日本人的性格

徐静波 ◎ 著

中国出版集团公司
华文出版社

图书在版编目（CIP）数据

日本人的性格 / 徐静波著 . -- 北京：华文出版社，2023.8

ISBN 978-7-5075-5838-8

Ⅰ . ①日… Ⅱ . ①徐… Ⅲ . ①随笔—作品集—中国—当代 Ⅳ . ① I267.1

中国国家版本馆 CIP 数据核字 (2023) 第 097059 号

日本人的性格

著　　者：徐静波
责任编辑：潘　婕
出版发行：华文出版社
社　　址：北京市西城区广外大街 305 号 8 区 2 号楼
邮政编码：100055
网　　址：http://www.hwcbs.cn
电　　话：总 编 室 010-58336239　　发行部 010-58336238
　　　　　责任编辑 010-63429159
经　　销：新华书店
印　　刷：三河市航远印刷有限公司
开　　本：710mm×1000mm　1/16
印　　张：18.25
字　　数：280 千字
版　　次：2023 年 8 月第 1 版
印　　次：2023 年 8 月第 1 次印刷
标准书号：ISBN978-7-5075-5838-8
定　　价：59.80 元

版权所有，侵权必究

前 言

到2023年的樱花时节，我在日本留学、工作已经满31年，人生黄金时代已在这个感情复杂的岛国度过。

这31年的时光中，除了刚开始几年读书和在大学当研究员之外，其余的时间一直从事媒体工作。

因为做媒体，有机会接触到上至首相、下至平民的立体的日本社会和各种阶层的日本人，发现日本人的做事方式与思维方式与外国人不太一样。这"不一样"，具体体现在哪些方面？譬如：

一、时间观念

日本人跟你约定上午10时见面，他说的是"绝对时间"，而许多外国人会认为是"目标时间"。所以，外国人会觉得我在10时左右到就可以了，但是日本人认为，10时整，你必须出现在我的面前，不然是"不守约"的失信行为。

所以，日本人拜访客户或参加聚会，估计要迟到几分钟的话，也要提前半小时联系。一般情况下，会在9时50分到达你的楼下等候，然后扣着10时整的时间敲响你的房门。而有些外国人没有这一概念，迟到了一定会跟你解释理由："车堵了""路不太好找"，日本人是很头疼这种辩解——你为啥不早一点出门呢？

二、暧昧文化

日本"经营之神"稻盛和夫说过一句话："越没出息的人，越爱纠结小事。聪明人看破不说破！"

稻盛先生的这句话道出了日本人"暧昧文化"之下的做人真谛。

我知道你在说假话、大话，但是，我不会反驳你，更不会当众揭穿你，而是一笑而过。因为一旦争辩和揭穿，不仅会扰乱整个环境气氛，也会搞僵双方的关系。但是，知道你是一个不真诚的人，从此，我会跟你保持距离，同时在心里会对你设置一道防线。

这就是许多外国人看不到日本人的内心到底在想什么的原因，因为日本社会文化中，没有非黑即白的"YES"与"NO"的绝对分界线。

所以，与日本人打交道，必须以"真诚"与"坦诚"为先导，以此来建立双方的信任，在相互信任的基础上再寻求合作，而不是一手交钱一手交货的简单买卖。

同时，要给予日本人"时空余裕"，他告诉你的，你要听；没告诉你的，不可以刨根问底，因为他一定有没必要或暂时不能告诉你的理由。

三、伙伴意识

有些外国人对于丰田、本田等日本汽车公司不大力发展电动汽车，白白失去海外电动车市场感到不解，甚至认为日本人是迂腐脑袋不开窍。其实，日本车企不愿意立即放弃燃油汽车产业，除世界目前的汽车市场依然是以燃油发动机汽车为主、电动汽车技术含量低于燃油发动机汽车等因素之外，更为重要的原因是与供应商的伙伴关系。

以丰田汽车公司为例，该公司的核心零部件供应商多达3000余家，次级零部件供应商达到1万多家。1936年，丰田汽车公司推出第一辆小轿车。2022年，一年卖出1072万辆汽车，成为世界第一大汽车制造公司。87年来，丰田汽车公司与这些老伙计长期合作，以"一损俱损，一荣俱荣"的命运共同体的关系，共同打造了"丰田王国"。

丰田汽车公司会长丰田章男公开表示："迎接新的百年汽车时代，我们必须考虑到100万零部件制造伙伴的利益。"因为轻易地将汽车发动机抛弃，转而去生产简单而不一样的电动马达，不仅会让大批零部件供应商倒闭，企业员工失业，更会严重损伤丰田集团与伙伴们长期建立起来的伙伴关系，令丰田成为一家"自顾私利"的不齿企业。

所以，丰田汽车公司一方面研发氢能发动机，在维持汽车发动机产业的同时融入新的动力能源；另一方面也给予合作伙伴们转型创新的时间和空间。不是"我好"就行，必须是"你好、我好、大家好"。

四、待客之道

很多国家的餐饮文化中，有一种"剩菜文化"，也就是说，主人不是根据"你能吃多少，我来做多少"的原则来配菜，而是依照"我想让你吃多少就做多少"

的原则来配菜。这一方面想表达主人的富裕，另一方面想表达主人的热情。菜全部吃了，会让主人很没面子。相反，剩下一些菜，才能显示这顿饭的"富足"和主人的"待客真诚"。

但是，日本人不是这么想，他们的餐饮原则是"能吃多少点多少"，"剩菜"是一种糟蹋食材的浪费行为。"吃光"才是最高境界。相反，你如果剩下，主人会认为饭菜不合你的胃口，甚至也会使大厨认为自己制作料理的水平太低。

从上述四个方面我们可以看出，日本人的思维与意识还是有些不同，而正因为这些不同，也使得不少人难以理解日本人做事的习惯与规矩。

那么，日本人的思维与行为特征为何与众不同呢？

首先，应该是与日本的地理环境有关。

日本是一个岛国，在古代，犯了错的人是无法逃离这个岛国的，因为逃到哪里，见到的都是汪洋大海。这就使得日本人产生不了躲到山区隐居为生的想法。因此，遵守规矩，不违法乱纪，成为日本人思维与性格中"谨慎"的一面。

其次，日本自古以来有很强烈的村落文化，在一个村落里，大家必须平等相处，互帮互助，形成"村落共同体"，不允许谁欺压谁。而维持这一"村落共同体"的，是严格的"村八分"规矩。

古代日本将村落共同生活的十件事，称为"十分"。这"十分"包括：成人礼、结婚、生育、照顾病人、房屋改建、水灾时的互助、每年的祭拜法事、旅行、埋葬尸体、灭火。为了维护一个村落的延续和大家生活的安定，在这十件事上，大家必须互帮互助。但是，如果村里有人不守规矩、捣乱闹事、欺人霸道的话，那么，就要对这个人实施"村八分"惩罚制度，也就是，除了埋葬尸体、灭火之外，一概不予帮助，实施集体排挤，让你无法在这个村落里继续生活。

再次，日本是一个多灾害的国家，经常会发生地震、海啸、台风等自然灾害，因此，一个人要独善其身，会非常困难，必须参加一个群体，寻求互助。这就决定了个体必须要有"从众"的思想与行为，而且做任何事情，不能给别人添麻烦。

古代日本社会实行等级非常严格的制度，即等级世袭制，也就是完全的阶层固化。天皇之下是将军，将军之下是藩主（类似诸侯），藩主之下是武士，武士之下是庶民。古代日本学习了中国许多的社会制度，就是没有引进"科举制度"，这就使得庶民无法通过科举考试这一途径"跳龙门"来改变自己的地位与身份。这种阶层固化制度就造成了两种现象：一是藩主必须照顾武士，武士必须照顾庶民；二是武士必须世代忠诚于藩主，才能保住自己家族的"武士"世袭地位。而庶民只要忠诚于武士，就能安居乐业。武士阶级遵循着武士道，其中包含了忠诚、尊重和荣誉等原则，这些原则都强调"忠诚"的重要性。

虽然早在160年前，藩主武士制度已经消灭，但是这种"忠诚"之心，至今依然是日本社会文化的一大根基。

最后，在日本社会中，人们通常被教导要尊重他人，避免引起冲突或不和谐。说话时，尽量使用表示尊敬和谦逊的语法和词汇，这导致人们在表达自己的情绪和观点时显得更加谨慎。同时，日本人通常不希望引起他人的困扰或不便，不给别人添麻烦，这也使得日本人在社交情境中表现得更为内敛。

"和"在日本人的精神世界里占据了重要的地位。日本的宗教主要有神道和佛教，两者都强调和谐与平等。在神道中，自然和人类被视为共存的命运共同体，这推动了人们对和谐共处的追求。而佛教强调所有生命的平等，所谓"万物皆为生灵"，这也使得日本人懂得相互尊重的重要性。

此外，日本人的思维与众不同，还与日语的语法与众不同有关。虽然日语中采用了大量的汉字，甚至在明治维新之前的日语基本上使用汉语记述，但是，日语的语法与汉语刚好相反。譬如，汉语中表达爱意的"我爱你"这句话，用日语表达的话，就变成了"我你爱"（私は貴女を愛している），也就是说，谓语置后。

汉语的语法与英语一样，所以，中国人和美国人无论如何争吵，最终还是能够做到"意思相通"。但是，与邻居日本人争吵，有时候就会争辩不清，意思难以完全沟通。这种现象或许真的与语法有关。

《日本人的性格》这本书，努力通过一个个故事来诠释日本人内敛、从众、忠诚、谨慎、不给别人添麻烦的思维与行为准则的内涵，希望能够让读者朋友们更好地了解日本人的做事方式，了解日本的风土人情，知道如何与日本人、日本社会打好交道。

徐静波

2023年6月1日于东京

目 录

日本人的个性

1. 东京人的品性 / 3
2. 大阪人的德行 / 5
3. 京都人的性格 / 8
4. 名古屋人的脾气 / 10
5. 福冈县的男人和女人 / 12
6. "秋田美人"的幸福指数为何那么低 / 15
7. 冲绳人的离婚率为什么那么高 / 17
8. 日本人的"熟年离婚" / 19
9. 北海道的味道 / 22
10. 北海道最值得去的地方 / 24
11. 《非诚勿扰》中葛优与舒淇的浪漫地 / 26
12. 日本什么地方最好玩 / 29
13. 坂本龙一的告别 / 31
14. 日本参加宴请活动的三个禁忌 / 35
15. 日本人的生意经 / 38
16. 日本人的姓为何五花八门 / 41
17. 爱子公主公布择偶标准 / 43
18. 佳子公主开始反叛了 / 46
19. 温泉旅馆社长为何自杀谢罪 / 49
20. 中岛美嘉又结婚了 / 51
21. 日本年轻人为何不想谈恋爱 / 53
22. 日本老年人的黄昏恋 / 56

23. 日本"卓越经营者"的五大共同素养 / 59
24. 日本人搞副业，都有哪些内容 / 62
25. 为什么日本人比中国人还喜欢大熊猫 / 65
26. 日本社会的新概念：能量夫妻 / 67
27. 日本相扑选手的断发式有何讲究 / 70
28. 日本女性结婚，彩礼为何那么少 / 72
29. 京都的艺伎都嫁给了谁 / 74
30. 日本"Z世代"年轻人的性格特征 / 77
31. "α世代"孩子的成长倾向 / 80
32. "经营之神"稻盛和夫的"遗言" / 82
33. 日本盆栽鬼才小林国雄 / 85
34. 日本人做事为何特别讲究仪式感 / 88
35. 日本女人的品性 / 91

日本人的思维

1. 日本人的思维方式 / 95
2. 中国的一片茶叶，为何能成为日本的"道" / 97
3. 日本女性的"好太太"标准 / 100
4. 日本人心目中的"品质"是啥样 / 102
5. 日本高中生排在前5位的梦想职业 / 105
6. 日本人常说的"一期一会"是啥意思 / 107
7. 日本人处理人际关系的尺度 / 109
8. 日本女性最不能容忍男人的5件事 / 111
9. 第一次在日本参加狗狗的葬礼 / 114
10. 东京人为何不开车送孩子上学 / 116
11. 日本社会如何对待同性恋 / 118
12. 日本年轻人跳槽的十大理由 / 121
13. 日本社会为何那么在乎"规矩" / 124
14. 日本首相为何要给大臣们送礼 / 126
15. 问20岁日本女孩：你找对象有啥条件 / 129
16. 日本人做事为何"一根筋" / 131
17. 日本为何要将舞蹈列入中小学必修课 / 133
18. 日本报考公务员的人为何越来越少 / 135
19. 日本人如何对孩子进行感恩教育 / 137
20. 日本如何培养孩子们的爱国之心 / 139
21. 日本"清楚"的女人长啥样 / 141
22. 日本中产阶层的焦虑 / 143

23. 日本年轻人如何看中国 / 145

24. 日本社会为何注重培养"人间力" / 148

25. 京都300年老店的老板娘 / 151

26. 在东京开出租车的冲绳老大爷 / 153

27. 日本人的思维方式为何与众不同 / 156

28. 为何有这么多人反对安倍"国葬" / 158

29. 日本为何没有"首都" / 161

30. 日本社会为何有那么多单身贵族 / 163

31. 日本人为何喜欢孤独 / 165

32. 日本人为何不愿意"当官" / 168

33. 日本社会的新流行:终活 / 170

34. 日本女性找对象都有哪些条件 / 172

35. 到底谁在管理日本这个国家 / 174

日本人的意识

1. 日本开启"倍速消费"时代 / 179
2. 日本到底会不会发生 9 级大地震 / 182
3. 弹性的"居家上班"开始制度化 / 185
4. 优衣库引爆日本企业加薪潮 / 188
5. 东京的房价为何疯涨 / 191
6. 日本哪些企业的人气最旺 / 193
7. 日本人平时都喝什么酒 / 196
8. 日本人喝酒的规矩 / 198
9. 日本的红富士苹果是如何研究出来的 / 201
10. 日本最宜居的小城是啥样 / 203
11. 日本人为什么喜欢慢生活 / 206
12. 日本为何规定女性离婚后 100 天内禁止再婚 / 209
13. 日本女性最容易得哪些癌症 / 211
14. 安倍夫人又开了一家小酒馆 / 213
15. 日本女性的早餐都吃什么 / 216
16. 月收入 1.5 万元的日本家庭如何生活 / 218
17. 日本人的睡眠最少,但为何寿命最长 / 220
18. 日本人到底富裕不富裕 / 223
19. 京都千年古寺的歌剧音乐会 / 225
20. 日本足球队强大的三个要素 / 227
21. 遇到两位中国留学生 / 230
22. 中国到底在使用多少日语词汇 / 233

23. 日本男人的心灵港湾——斯纳库 / 235
24. 日本官员退休后都去干什么 / 238
25. 日本年轻人为何远离汽车 / 241
26. 比"双学位"更重要的是"双文化" / 243
27. 东京车站为何成为人气火爆的网红打卡地 / 245
28. 日本农民为何比城里人还富 / 248
29. 日本养育一个孩子到大学毕业需要多少钱 / 251
30. 日本生儿育女可获多少好处 / 253
31. 北海道有一处爱情圣地,名叫"幸福车站" / 256
32. 日本人结婚时如何买房 / 258
33. 日本百年老店的待客之道 / 260
34. 日本人约会为何也要 AA 制 / 262
35. 大阪为何禁止政府工作人员开车上班 / 264
36. 一把传世的"海啸小提琴" / 267
37. 东京为何家家户户都有自行车 / 269
38. 在日本,什么样的人才算是"有钱人" / 272
39. 日本为什么会成为"低欲望社会" / 275

日本人的个性

1. 东京人的品性

"东京人"是一群怎样的人?

这是一个常常被朋友们问起的话题。

东京人心态平和,没有"皇城根儿"的傲气,因为天皇从京都搬到东京才150多年,东京人至今还不怎么服气。

明治天皇还没有到东京之前,东京名叫"江户",它是统治日本260多年的德川将军的政权中心,现在的皇宫便是当年的将军府。

当明治政府军从京都一路打到江户城时,德川政府选择了"无血开城",不仅交出了政权,还交出了江户城。

"江户人"变成"东京人"已经100多年,但是,那些祖祖辈辈居住在东京湾边的人至今还念叨着"我是江户之子"。

虽然没有谋反的动机,但是依然以"土著"自豪。

"江户之子"大多数是打鱼为生,或行商卖货,并非皇亲国戚,但是因为一直视"德川为主",至今依然将德川将军相关遗物遗址视为"神物圣域"。譬如,安倍前首相遇刺后的葬礼,就选择在德川将军的家寺——东京增上寺举行,寺院里至今还有几代将军的墓塔。

真正的"东京之子"已经不多,东京1400万人口中,"东京之子"估计不到十分之一。

所以,东京是一座移民城市。

东京的移民来自三个地区,明治天皇弃京都而移居东京后,日本延续千年的政治、经济中心从关西地区向东京转移。

日本最会做生意的人是"近江商人","近江商人"泛指的就是"大阪商人"。所以,最先涌入东京的移民便是大阪人。

大阪人有钱,抵达东京后,大多开店铺设公司搞金融,并与政府相通,搞"官

个性 4

商经营"，几乎把持了整个日本近代经济。

东京的第二代移民来自于日本东北地区。战时的东京被美军炸得一塌糊涂，战后经济复兴，需要大批的产业工人。在寒冷的冬日里闲得没事的东北年轻人，开始搭乘夜行列车，一路南下，抵达东京的上野车站，开始了"京漂"的生活，按照现在的概念，就是一群"农民工"。

东北农民工干活儿的地方，老板大多数是大阪人，所以，直到现在，大阪人依然在东京趾高气扬，而东北人在东京，依然小心谨慎。

说到东北农民工，得聊到一个人，他的名字叫"菅义伟"。

菅义伟是东北的秋田县人。他出生在一个小村落里，高中毕业那年，他和伙伴们步行一天翻山越岭，好不容易见到火车，然后搭乘了这一命运列车抵达东京。

菅义伟在一家印刷厂找到了一份工作。他专拣夜班干，白天复习功课，两年后考上了法政大学。大学毕业后，一个偶然的机会，他成了一名国会议员的秘书。当这位国会议员去世后，菅义伟继承了他的地盘，一举当选为国会议员。2020年，菅义伟接替安倍晋三，成为日本第99任首相。

因为贫穷，所以勤奋。日本东北地区的穷小子们到了东京，总是努力改变自己的命运。菅义伟的前辈田中角荣，便是东北新潟县农家出身，初中没读完，就跑到东京闯天下。1972年，成为日本首相没几个月的田中角荣访问北京，与周恩来总理签署了恢复两国邦交正常化的联合声明。

大阪人就没有东北人那样一心要改变命运的政治野望，只一门心思做生意赚钱买别墅，至今大阪还没有诞生过一位日本首相。

东京的第三波移民来自于外国。首先是日本殖民统治朝鲜半岛时期，一批朝鲜人移民到东京做苦力。20世纪80年代后，中国人大批涌入东京，目前在东京以及周边地区的中国人多达60多万人，是东京也是日本最大的外国人群体。

所以有人开玩笑说，你在东京的银座大街扔几颗石子，总会砸中几个中国人。

因为文化的多元，东京这座城市变得有趣，变得丰富多彩，你在东京可以找到任何国家和任何地方的菜肴，同时也可以买到世界各国的商品，日本大多数地方城市都在东京开设了特产店。但是，要在东京混下去，或者想混得比较好，唯有不懈的努力，别无他法。因为东京人知道，末班地铁绝对不会多等你10秒钟。

2. 大阪人的德行

日本把东京附近的地区称为"关东"地区，而把大阪和京都附近的地区称为"关西"。那么，"关东"和"关西"分界的"关"在哪里呢？

日本史书上将"逢坂关"作为"关东"与"关西"的分界点，是平安时代（中国唐、五代十国、北宋时期）的事。

"逢坂关"在哪里呢？在如今的滋贺县大津市。

"逢坂关"不是"山海关"那样的军事要塞，但是确实是一个交通关口，日本古代叫"关所"，类似于现代的"出入境管理处"。古代日本人从一个地方到另一个地方，都要通过"关所"，查验通行证件，检查一下有没有携带违禁物品。

但是，现代日本的"关东"与"关西"的概念，都已经比较泛指，一般以名古屋市所在的爱知县与临近的静冈县为界，爱知县以南的地区为"关西"，静冈县开始就属于"关东"。而日本的行政文件中，则常常避免使用"关西"的概念，而把"关西地区"称为"近畿地区"。

关西地区有一个大湖，叫琵琶湖，是日本的第一大淡水湖。琵琶湖周围地区是鱼米之乡，物产十分丰富。在湖的东边，以前有个"近江国"，那里的人自古会做生意，把榻榻米席子、蚊帐、漆器、茶叶、麻布等卖到外地去，然后再把外地的物产运进来。这一行商群体，被称为"近江商人"。

在古代，近江商人的形象永远是头戴斗笠、身披蓑衣、永不离肩的扁担。后来，近江商人把生意做到了京都、大阪和江户（东京），有许多近江商人就成了当地的大亨，成为千百年来日本经济的驱动者。

"近江商人"之所以能够行走天下，最关键的是，拥有自己的经营哲学，而这一经营哲学的核心，就是"三方好"——"卖手良し、买手良し、世间良し"。

个性 6

这段日文翻译成中文的意思，就是：

一、卖方好。做生意要对企业自身有利，以确保企业能够发展生存下去。

二、买方好。做生意要对顾客负责，不能坑蒙拐骗，不仅要讲诚信，而且要让顾客有利可图。"附赠小礼品"就是近江商人的一大发明。

三、世间好。做生意要对社会做出贡献，让社会也能获利，只有这样，才能确保企业有良好的营商环境。

近江商人的这"三好"哲学，影响了日本一代一代的企业家，也成了日本企业经营文化的核心。

远的不说，现代日本经济史上，纯粹的近江地区出身的著名商人就有两位，一位是松下电器的创始人松下幸之助先生，另一位是西武集团（王子饭店）的创始人、20世纪80年代时的世界首富堤义明。

当年，近江商人做生意最为集中的地区是大阪，因为大阪临海，从海路可以把货物运往全国各地，甚至远销中国和朝鲜、南洋。所以，大阪能够成为世界著名的港口城市，近江商人做出了不可磨灭的贡献。

后世的所谓"大阪商人"，几乎都是"近江商人"的后人。

我之所以花大量篇幅介绍"近江商人"，是为了说明"大阪人德行"的根本，那就是"近江哲学"。

全日本能够讨价还价的城市，可能就是大阪了。在大阪买东西，你不讨价还价，就是傻子。但在东京，你跟商家讨价还价，一定会遭受鄙夷的目光。

大阪人不仅会做生意，也很讲规矩，这一点很像上海人。所以，大阪与上海结为了"姐妹友好城市"，惺惺相惜。

我去大阪讲演时，200多人的会场，讲演结束后，总会有50人排队跟你交换名片，因为大阪人认为，万一有什么事，拿着你的名片找你总有一个依据和理由。但是到日本东北地区讲演，讲完就散了，一大叠名片愣是没发出去几张。相比之下，大阪人具有很强的社交性。

大阪人基本上都有和蔼可亲的性格。因为与人亲切交流，是做生意的基本技能。即使是初次见面的人，马上也会有"几年不见"的亲切感，所以，喝酒吃饭聊天，是大阪人最浓的人情味。也因为大阪人开朗，会找乐子，所以，大阪也成了全国"漫才"（相声）和滑稽戏的发祥地。

做生意需要决断明快,干净利落,不然稍不留神就会被别人抢了生意,所以,大阪人大多数是"急性子",大阪方言中,有一句"いらち",就是"急躁"的意思。

正因为有如此性格,大阪人谈恋爱,也大多喜欢"短平快",不可能老像东京人那样跟你情意浓浓地说"今晚的月亮真圆啊",通常就是直奔主题。所以,大阪人的"奉子成婚"率一直是全日本第一。

所谓"一方水土养一方人",大阪就是日本的一个典型。

3. 京都人的性格

京都人把京都以外的全国人民称为"田舍者",包括东京人。"田舍者"是汉字,翻译成中文的话,就是"乡下人"。

单是这一个例子,就足以说明京都人的"傲"。

京都人之所以傲,是因为它有傲的资本。

京都作为日本的首都存续了千年,这1000多年间,这座都城极尽荣华富贵,也形成了众多的文化与传统,京都人有一种自己引领了日本文化的自负和自尊。因此,对于来自外地的人,自古以来有一种审视的目光。虽然天皇去了东京,但是,他们一直认为,京都才是日本真正的首都。所以直到现在,吓得东京人不敢称自己是"首都人"。

在京都跟两位日本朋友喝酒,他们给我讲了一个故事。

大阪郎与京都女谈恋爱已经谈了几年,到了论嫁时,双方的父母都要正式见一次面。见面之前,男方的父母小心翼翼地问女方,见面时是否需要穿得正式一些?京都亲家在电话里轻松地说了一句:"都是一家人,不需要那么正式。"结果,大阪亲家穿了便服去了京都,而京都亲家是一身和服相迎。

京都人最大的本事,就是会将"真心话"和"客套话"分得清清爽爽,但是却让你在云里雾里。

我有一次跟京都人开会,会议开得有点长。边上的一位京都人轻轻地跟我说:"你的手表可真漂亮。"我说:"是吗?"自然亮出来给他看,但是发现他并没有认真看。会后一位京都的同事提醒我:"他是在提醒你,会议该结束了。"

这种"不把真正的意图原封不动地表达出来,而是用好听的语言来掩饰转述"的表达方式,京都人把它称为"建前"(读作"tatemae")。而真正想要表达的意思,称为"本音"(读作"Honne")。所以,即使是邻近的大阪人要搞懂京都人的"本音",也是难上加难。

但是，京都人认为这是一种"美"，因为即使拒绝你，也不会让你太尴尬。

京都人的另外一个本事，就是头脑灵活，善于察言观色。

京都自古以来是鱼龙混杂之地，既有皇亲贵族，又有将军武士，还有许多的生意人，以及文人墨客、武林高手，正因为形形色色的人非常多，为人处世就需要一定技巧。所以察言观色成了京都人的一种与生俱来的本事，他们能够根据自己的判断，因人说话，应景做事，让双方都客客气气，避免产生误会冲突。

"能读懂空气"，是京都人对人的最高评价。

京都人还有一个特点，就是"意志很坚定"，另外一种解读就是"顽固"。

不被别人的意见左右，能清楚地说出自己的想法，是京都人的一大特征。因此，京都人表面上很能倾听别人的说话，但是，许多时候，是一只耳朵进去另一只耳朵出来，常常坚持自己的认知和观点。做事也是如此，京都人很少托人办事，大多亲历亲为。

京都作为"千年古都"，在日本是一个独特的存在。在这一方水土生活的京都人，自然也是一群相当有特色的人。如果你能搞定京都人，那么，一定可以搞定全日本人。

个性
10

4．名古屋人的脾气

从东京坐新干线去京都、大阪，要经过名古屋，但是，没啥事的话，很少有人会下车，因为名古屋"何も無い"（啥都没有）。

这句话，对名古屋人来说，绝对的不公平，因为名古屋还有一座"名古屋城"可看，但是，除了这座城堡，没有什么其他的观光旅游景点，这就是名古屋的尴尬。

名古屋的尴尬还在于它的地理位置，它既不属于东京引领的"关东地区"，又不属于京都大阪引领的"关西地区"。因为通常的概念，"关东地区"到隔壁的静冈县为止，关西地区在名古屋前停止。它好比"金三角"，没人管。

名古屋的"贫瘠"还在于餐饮，名古屋没有个性鲜明的"名古屋料理"，最有名的，是鸡翅。名古屋人能够把一只鸡翅做成烤的、煮的，甜的、咸的，芝麻味的、味噌味的。下班回家路上，走进小酒馆，要上一杯啤酒，盯着鸡翅在炭火上冒出吱吱作响的油，那份惬意便是许多名古屋人一天最大的快乐。

我到名古屋，问名古屋人："为什么名古屋人热衷于鸡翅？"

他们给我讲了一个故事。说在昭和时代，名古屋就已经是一个工业之城，制造业和加工业十分发达，因此产生了一大批产业工人。工人们下班晚，或者三班倒，半夜三更走出工厂，走进居酒屋，最佐酒的东西，就是鸡翅，既便宜又有嚼劲。回家时，嘴唇上还油光发亮。

名古屋虽然没有什么特别可看的东西，但是，名古屋却有世界最著名的企业，那就是丰田汽车公司。

名古屋和周边的城市，可谓丰田王国，集中了众多丰田汽车的生产线和零部件生产加工企业。世界第一辆上市的氢能源汽车"MIRAI"就诞生于此。雷克萨斯车也在这里制造。世界最大的汽车零部件制造企业"电装"也在此。丰田是名古屋和周边城市人的骄傲！

世界最大的汽车制造公司为何会在这里诞生发展？这就说明了名古屋人的

一大性格特征，做事认真，工作勤奋，既有敢想敢干的冲劲，又有十分抱团的集体主义情怀。

因为丈夫白天黑夜在工厂里上班，所以，名古屋也是日本家庭主妇最多，而且妻子最是相夫教子的城市之一，名古屋人比谁都重视家庭生活。

那么，日本人如何评价名古屋人呢？

网上的评论说，名古屋人喜静，很少外出，所以特别自恋，总认为名古屋最好，一开口就说："你看，全日本就名古屋的自来水最好，不仅可以直接喝，而且是甜的。"最有名的口头禅，是"那东京算啥"。所以，名古屋人对于外地人，爱冷眼相待，不会主动接触、主动打招呼，具有很大的保守性。

名古屋人的第二个性格特征，是小气，买东西总是喜欢便宜的，还总爱讨价还价。跟自己没啥利益关系的人，绝对不会轻易掏腰包请客送礼。但是，一旦遇到亲朋好友结婚祝寿什么的，名古屋人比谁都要面子，包红包一点也不吝啬。

名古屋人的第三个性格特征，是"自我中心主义"，如果不按照他的意思执行，如果不听他的话，意见不合，就很容易发火。但是，一旦大家成为好朋友、好兄弟，那就会两肋插刀，很讲哥们儿义气。所以，名古屋人的"自我中心主义"也很具有集体主义的凝聚力和荣誉感，对于自己的朋友掏心掏肺，对于圈外的人，满脸寒霜。

名古屋人的第四个性格特征，是"短气"，就是性急，缺乏忍耐力，自我优先主义。所以，名古屋市不仅是日本交通违规率最高的城市，同时也是交通死亡率最高的城市。外地人到名古屋，死守的一条规则就是："开车不要与名古屋人抢道"。

遇到名古屋人，一定得记住"三项原则"：

第一，一定不能说名古屋和名古屋人的坏话。

第二，一定要与名古屋人抱团取暖。

第三，一定要主动跟名古屋人打招呼、掏心窝。

此外，还有一条，遇到丰田人，千万不能说丰田车不好，不然你会连一个盒饭都吃不到。

5. 福冈县的男人和女人

日本列岛是由四个大岛组成，从北到南，分别是北海道岛、本州岛、四国岛和九州岛。

九州岛由福冈县、佐贺县、长崎县、熊本县、大分县、宫崎县、鹿儿岛县构成。

仔细数一数，九州只有7个县，哪来的九个州呢？

原来在日本的古代，从飞鸟时代开始（公元592年）到明治4年（公元1871年），九州地区按地理位置划分为筑前、丰后、萨摩、大隅等9个"律令国"，所以称作"九州"。此后废藩置县，"九州"才改成"七县"。

所以，在古代日本，"国"的概念并非"国家"的概念，而是"州"（地区）的概念。直到现在，日本人之间询问"您老家在哪里"，大多说"お国はどこですか"，直译的话，是"你的国在哪里"。外国人一听，这话怎么那么怪？其实日本人是问"你的家在哪里"。

九州地区的核心城市，是福冈，"福冈"既是县名，也是县政府所在的城市名。日本总共划分了47个都道府县，"县"的行政级别相当于我们中国的"省"。

福冈为何会成为整个九州地区的核心城市？因为福冈有一个良港，叫"博多港"。在中国的隋唐史书中，"博多"应该是出现次数最多的日本地名，因为它是中国商船进入日本的第一个港口，也是日本遣隋使、遣唐使前往中国时的出发港。我去福冈的时候，专门去县立博物馆参观，有关"博多"与中国的关系，印象最深的是两个记述：

一是博多港附近，过去有一个中国商人集聚的区域，叫"唐人町"。现在这个地名还保留着，目前居住人口约3000人。1935年，"唐人町"诞生了一家世界著名的乳酸菌饮料公司"yakult"，中国称其为"养乐多"。

二是元朝时，忽必烈两度派遣大军攻打日本，主要的交战地就是博多港。其中1281年的那一战（日本称为"弘安之役"），20万元军和上千艘战船全军覆没。不是说日本有多善战,而是因为遇到了台风袭击。游牧民族不知道有台风这么一个天灾,结果选错了时机。日本人于是把这一台风视为天助的"神风"。第二次世界大战末期,美军开始进攻日本,日本组织"神风特攻队"驾机死战,这一"神风特攻队"的名称就源于700多年前的"弘安之役"。只是"失道寡助",这次"神风"没有帮忙。

有趣的是,日本只是把来犯元军称为"元寇",而不说"中国军队来袭"。我问了福冈博物馆的研究人员,他说:"那时的中国也被元寇占领。"

自古以来,福冈就是日本的亚洲门户,不仅是中国商船,来自韩国与东南亚国家的商船也多停泊在博多港,所以在古代,福冈就像是中国的广州,连接着世界。不仅有"唐人町",也有韩国人和东南亚人的生活区,早早就是一个国际化的城市。

所谓"一方水土养一方人",九州男人一向被认为是日本男人的典范。

日本社会有一个说法,叫"九州男儿秋田小町",这话的意思是,九州出帅哥,秋田出美女。秋田县位于日本的东北地区,"小町"是一位与杨贵妃同时代的日本妃子,她就出身在秋田县。

那么,作为"九州男儿"代表的福冈男人,有哪些性格特点呢?

首先是阳刚之气,福冈男人不仅长相魁梧,而且说话做事利落,福冈是日本典型的大男子主义盛行的地区。著名影帝高仓健就是"九州男儿"的代表,他出生在福冈县北九州市。

我有一种猜想,当年有数万名元军在战船颠覆之后爬上岸逃入山林,这些人后来就在九州各地繁衍生息,蒙古人的体格也多少影响了"九州男儿"的外形。

因为是国际贸易港口城市,福冈人的祖先来自四面八方,个性都比较明朗活泼,无论老幼,见面就熟,性格自由奔放。所以,福冈人具有天生的交际能力。而且无论遇到什么性格的人,福冈人大多能接受,具有很大的包容性和柔然性,不像名古屋人那样保守。

更为重要的是,福冈人具有很好的随机应变能力,只要觉得好,就马上决断,马上行动,具有商人的优秀品质。即使失败,即使被骗,也是笑笑而过,是天生的"乐天派"。

福冈男人的另外一个很重要的特点,就是讲义气,喜欢刺激。再加上港口

个性

码头作业的特点，很容易形成帮会。因此，福冈的黑社会组织之多，也是全日本第一，据说大小黑社会组织达20多个。

因为男性强势，福冈的女性大多数属于"遵从型"，谈恋爱绝对凭感觉，爱情主义至上者较多。

所以，日本社会普遍认为，福冈的女人比较听话，而且多属于奉献型。其中最典型的代表人物就是歌手酒井法子。

酒井法子出生在福冈市，中学时参加福冈"美少女"选美比赛获得亚军，此后就走上了演艺之道。但是，就因为福冈女性特有的"遵从"性格，与一名比她大十几岁的剧作家相恋多年无果后，遇到一位冲浪高手，立即坠入爱河，未婚先孕匆匆走进婚姻殿堂。丈夫吸毒，她不仅不阻止，反而还听从丈夫的引诱一起吸毒，结果一失足成千古恨。

福冈也是日本出美女艺人最多的城市，大家熟悉的歌手松田圣子、滨崎步，女影星黑木瞳、吉濑美智子、苍井优、吉田羊、富田靖子、桥本环奈等都出生于福冈县。

有一种说法，说福冈出美女的一大原因是因为福冈特有的骨头汤拉面，满满的一碗胶原蛋白，谁喝了都会变得美丽。

6. "秋田美人"的幸福指数为何那么低

日本自古有"九州男儿秋田小町"的说法,说的是最英俊的男子是九州地区的男子,而最漂亮的女人都在秋田县。

"小町"不是一个地名,而是一个人名,她的全名叫"小野小町",生活在日本的平安时代初期(中国的唐朝时期),与杨贵妃同一时代。

小町是美貌与才华集一身的大才女,她是平安时代的六位歌仙之一,写了很多细腻热情的恋歌,同时也是仁明天皇的爱妃。

小町就出生在秋田县的汤泽市,那里是温泉之乡,还盛产稻米。所以,秋田一直是日本男人向往的地方,因为那里有美女。

秋田县位于日本的东北地区,秋田女性的美在于肌肤,大多是白里透红的。

为什么秋田的女人肌肤如此好?一是因为日照少,二是因为温泉多,三是因为大米好、好酒多。

秋田县出生的女艺人中,最有名的是佐佐木希和坛蜜,她们可谓是"秋田美人"的代表。

但是,日本还有一个说法,说"最不幸的女人在秋田"。

为什么这么说呢?

因为秋田县在日本 47 个都道府县(相当于中国的"省、直辖市、自治区"的建制)的幸福指数的排行榜上,居然排在第 47 名。

这是日本品牌综合研究所于近日公布的《2022 年度都道府县幸福指数排行版》的调查结果。

如果说,排名第 46 位的东京都和相邻的神奈川县(排名第 45 位)是因为都市圈的拥挤和激烈的竞争,让人们透不过气来,那么,美女成群、温泉众多、稻米飘香的秋田县,为何会在全国垫底呢?

这是否太不公平?

个性

日本品牌综合研究所给出的调查依据是：秋田县的自杀率是全国第一、离婚率全国前列、癌症死亡率全国最高、出生率全国最低、人口减少幅度全国最大。

我问了秋田县出身的日本友人："在秋田县生活，真的有那么不幸福吗？"

他给我解读了以下的原因：

第一，秋田县的日照时间，是全国最少的，2021年只有1536小时（最多的埼玉县达到2366小时，全国平均是1969小时）。

第二，冬天的降雪量是全国最多的地区之一，一年有一半的时间是"寒日"，取暖费和除雪费的支出很多。

第三，轨道交通是全国最少的地区之一（除冲绳外），许多农村地区是4个小时才有一列火车经过，被称为"陆地孤岛"。

第四，全日本路灯最少的一个县。

第五，几乎没有24小时营业的超市。

第六，以农业为主，工厂少，收入低（2022年家庭平均年收入304万日元，约14.8万元人民币，全国排名第44位）。

日照时间少，肌肤就白嫩。但是，也正因为多数时间见不到太阳，很容易发生区域性抑郁症，继而吵架离婚，或选择自杀。而年轻人因为在当地找不到工作，大多背井离乡去外地发展。

所以，日本人开玩笑说，娶秋田美女结婚，就好比拯救美人出火坑。

一方水土养一方人，但"一方人"不寻求变革，幸福的生活就会遥不可及。

7. 冲绳人的离婚率为什么那么高

日本总务省公布的2021年度日本家庭婚姻状况显示，结婚501116对，比2020年度减少了2万多对。离婚184386对，也比2020年有所减少。

日本人把自己的国家称为"离婚大国"，因为理论上来说，三对夫妻中就就有一对离婚。尤其是结婚未满5年（还没有到"七年之痒"）的离婚比例高达31.7%。结婚不到一年散伙的比例也有5.3%。

日本总务省称，按照千人人口的比例计算，2021年度，日本的离婚率为1.50，比2020年度的1.57有所减少。但是，这个1.50的离婚率只是日本全国平均数。那么，日本47个都道府县中，离婚率最高的是哪一个地区呢？

第一位是冲绳县，高达2.53。第二位是宫崎县，为2.10。第三位是北海道，为2.09。

为什么冲绳的离婚率那么高？

与几位来自冲绳的朋友相聚，大家说，冲绳是一个美丽的海岛地区，同时也是一个孤立的亚热带地区。长期以来，特殊的地理环境形成了冲绳独自的社会文化，很容易导致"闪婚闪离"。

第一个原因，是早婚早孕。

"高中毕业就结婚"，在冲绳是一种比较普遍的现象。十八九岁的新娘不少，而且70%以上的婚礼都是"奉子"举行。所以，在冲绳参加婚礼，看到新娘怀里抱了一个，绝对不需要大惊小怪。没抱，反而奇怪。懵懵懂懂时候结的婚，没啥经营家庭的经验，再长大后发现俩人不对头，就容易闹离婚。

第二个原因，冲绳女性参加工作的比例是日本最高的，这种"双职工"家庭与"主妇式家庭"相比，容易因为各种压力、情绪以及顾家等问题产生矛盾。

第三个原因，是冲绳女性不仅自立，而且还有娘家的庇护。

冲绳女性大多数是当地人，娘家就几步远，夫妻一吵架，妻子就回娘家居住，

个性

而且自己还有工资可以养活自己，很容易与丈夫分道扬镳。

第四个原因，冲绳太小，做坏事很快会被知道。

冲绳人最强大的社会关系是"校友"。因为冲绳岛上的居住区就集中在几处，高中就那么几所。所以冲绳人一见面，第一句话就是"你是哪个学校的？"第二句话是"你是哪一年毕业的？"第三句话是"原来你是某某的同学"。

冲绳人开玩笑说，整个冲绳就一条情人旅馆街，你偷偷地带个人去，没走几步，对面过来的那一位就开口打招呼："你也来了。"结果，自己还没有回到家，妻子已经把刀磨好了。

第五个原因，是家庭暴力。

冲绳常年气温都在20度以上，天气热，容易导致脾气暴躁。所以，夫妻一吵架，动手的不少。

第六个原因，是冲绳男人喜欢喝酒。

东京男人晚上喝酒有一个时间观念，末班地铁之前必须结束，不然无法向太太解释。冲绳没有地铁，一条轻轨也是早早结束，所以，冲绳男女一起喝酒，常常是喝酒喝到天亮，而且跟谁在一起喝酒也是一清二楚，所以"彻夜不归"很容易导致家庭矛盾的产生。

日本厚生劳动省发表的一份"离婚动机调查报告"，列出了日本人离婚原因排行榜：

1. 夫妻性格不和。
2. 婚外恋等异性问题。
3. 家庭暴力。
4. 与公公婆婆等亲族成员关系不和。
5. 性生活不和。
6. 不给生活费（或零花钱）。
7. 乱花钱，生活浪费。
8. 不顾家，不管孩子。
9. 性格异常。
10. 夫妻分居。

看来，婚姻没有保鲜剂，唯有用心经营，才能幸福长久！

8. 日本人的"熟年离婚"

有结婚，就会有离婚。

所谓"分久必合，合久必分"。

对于离婚，日本社会有一个说法，叫"成田离婚"。说的是刚入洞房的新婚夫妇高高兴兴去海外蜜月旅行，转了一圈回到成田国际机场后，即宣布分手，理由是"性格不合，价值观不同"，因为吵了一路。

1997年，日本富士电视台把这一现象拍成了一部电视剧《成田离婚》，主演这部电视剧的影星草彅刚，46岁时才走进婚姻殿堂，因为疫情，还来不及去海外度蜜月。

"成田离婚"大多说的是日本年轻人的婚姻故事。

日本还有一种说法，叫"熟年离婚"。

"熟年夫妻"的概念，是指已经过了七年之痒，结婚20年以上的"老夫老妻"。

根据日本厚生劳动省2019年度人口动态统计，日本人平均的结婚年龄，男性为31.2岁，女性是29.6岁。结婚20年的话，这个"熟年"，也就是"中老年"的概念了。

2022年8月24日，日本厚生劳动省刚刚发表了一份最新的人口动态统计报告，报告称，2020年度离婚人群中，日本人的"熟年离婚"的比例达到了21.5%，创下了1947年有此记录以来的最高值。

泡沫经济崩溃后，日本人"熟年离婚"的比例不断攀升，1990年时的比例为13.9%，到30年后的2020年，就已经达到了21.5%，增加了1.5倍。也就是说，携手20年以上的5对夫妻中，最终有1对未能一起走到婚姻的终点。

日本社会婚姻状态有一个下滑的直线，疫情艰难的2020年度，日本人的离婚对数只有193253对。但是在2002年时，全国为289836对。这说明，日本社会总体的离婚对数在大幅减少，但是，"熟年离婚"的比例却在不断地攀升。

是不是年轻人比中老年人对于婚姻的态度更理性？一对刚在离婚申请书上盖了印的大爷说："等你到了我这把年纪，再说不迟。"

那么，是什么原因导致日本人在进入"熟年"的时候，毅然选择离婚呢？

第一个原因是性格不合。

第二个原因是价值观不同，在对待金钱、兴趣爱好上，理解各异。

第三个原因是家庭暴力。

第四个原因是婚外恋等男女关系。

第五个原因是与公公婆婆同居等引发的家庭矛盾。

东京婚姻研究所的分析报告称，导致"熟年离婚"的最大契机有两个：

一是丈夫退休时，二是孩子长大成人独立时。

现今日本中老年夫妻的家庭生活结构，大多数是丈夫工作，妻子为家庭主妇。在二三十年的岁月中，妻子一直过着"白天一人，晚上一群人"的生活。但是，当丈夫退休回家后，这一生活节奏就乱了套。

一位选择"熟年离婚"的女性说："过去，我送完孩子上学，一个人在家里可以看看电视连续剧，或者约几位朋友喝喝下午茶。但是，当老头子退休后，我发现自己开始为一日三餐做什么而发愁。尤其是整天看到一个人在你面前晃悠，又无话可说时，那种郁闷啊，就想跳楼。"

日本人的熟年离婚，72%是由妻子提出来的。当忙碌了一生的男人，本该退休后可以待在家里享清闲之福时，等待他的却是妻子的离婚申请书，那份悲催也不是两行泪可以说清。

虽然一张离婚申请书递交到市政府的窗口，就可以轻松结束人生的这场婚姻长跑，但是，日本社会也有一句话，"离婚所耗的能量是结婚的三倍"。

东京婚姻研究所算了一笔账，熟年离婚所需要准备的离婚资金，约在5000万日元左右（约250万元人民币），因为总有一方需要出去租房子或者买房子生活。另一方面，到84岁为止（日本人平均寿命），至少需要3000万日元左右的养老金。

虽然家中的财产和作为家庭主妇的养老金可以补充一部分今后的生活所需，但是，房子和票子的"人生刚需"，也导致许多熟年夫妻最终选择继续凑合下去的路子。

一个家庭，就如一家企业，有高山，必有低谷，破产容易存续难，如何相互包容苦心经营，才是一切的关键！

个性

22

9. 北海道的味道

　　日本是个岛国，主要由四个大岛组成，从南到北，分别是九州岛、四国岛、本州岛、北海道岛，当然还可以加上遥远的冲绳岛。

　　日本有47个都道府县，相当于我们中国的省、直辖市、自治区的建制，其中以岛为独立行政区域的，除了冲绳县，就是北海道。

　　北海道的"道"，其实是一个行政建制名称，所以，北海道政府叫"道厅"。

　　北海道有多大？总共有8万多平方公里，跟韩国的面积一样大，相当于两个台湾岛。总之，北海道很大！

　　北海道是日本最北端的地区，靠近俄罗斯的西伯利亚，所以，到了冬天是很冷的，常有暴风雪。

　　北海道以前是一个荒芜之地，生活着一个以狩猎为生的民族，叫"阿伊努族"。到了明治时期（中国清光绪年间），日本政府鼓励在本州的日本人到北海道垦荒，规定垦出来的土地归个人所有，结果出现了不少的"开拓勇士"，与我们中国的"闯关东"到东北地区垦荒一样。所以，你到北海道，到处可见"开拓神社"，里面供的，都是那些"开拓勇士"。

　　北海道最多的是机场，总共有14个。当然，从东京坐新干线列车的话，也可以穿越津轻海峡的海底隧道，直达北海道南端的函馆市，全程4个小时。

　　那么，到了北海道，哪些地方最值得一玩呢？

　　北海道分为道北、道南、道东、道央四个区域，旅游资源最为集中的地区是道南和道央。

　　因为道南与道央有几个常年不冻的港口，因此从明治时期开始，就是整个日本连接俄罗斯远东地区和欧洲的主要贸易港，留下了不少俄式和欧式的建筑。

　　道南、道央主要有两大港口城市——函馆和小樽。

　　函馆最值得一看的是夜景，被称为"日本三大夜景"之一，坐缆车到山顶，整个城市一览无余，而且神奇的是，城市的西边是日本海，东边是太平洋。

函馆的鱼市场是必须一逛的好去处，到那里买一只活的帝王蟹，叫附近的餐厅加工，蒸、煮、炸与生吃，你会知道啥叫"满足感"。

当然，想拍照片的话，一定要去俄式教堂、修道院最为集中的八幡坂走走，那里还有不少老旧的建筑和可以发呆的小餐厅。

去函馆的另外一个好处，就是所有的酒店和旅馆都有优质的温泉。泡在露天温泉里，还可以看到渔民们在海上钓鱿鱼。

特别提醒，到了函馆，千万不要漏了"五棱郭公园"，那是全世界也是特别罕见的五角形军事要塞。如果刚好遇到樱花季（每年的5月上旬），那么，这座五角城堡就是一个樱花海，一个字：美。

想买当地工艺品或好吃食品的话，一定要去"金森仓库"，那里全是商店。

小樽这座港口城市的风情与函馆略有不同，它少有俄式建筑，但是有不少欧式建筑。100多年前，这里是日本最为主要的欧洲贸易港，也是日本国际金融中心，日本银行（央行）在这里都有分店。从留存至今的红砖仓库、商业街里欧式的金融建筑，以及老旧的列车与铁轨，都可以想象当年的辉煌。

如今，小樽已是北海道最为热闹的旅游观光城市，它有一条运河和一条长长的老街，日本人把它叫作"北方的威尼斯"，电影《情书》就在这里拍摄。到了冬天，纷纷扬扬的白雪将整个城市装扮得如同一个童话世界，煞有情调。

到了小樽，你可以坐游船在运河上兜一圈，然后去逛老街。

小樽的老街不仅有吃有喝，而且有许多的商店。最值得一买的是玻璃制品和八音盒，全日本最有名。

喜欢喝威士忌的网友，请一定记住在小樽买一对威士忌酒杯，不仅价格便宜，而且造型时尚，是很好的纪念品。

小樽面向日本海，因此，海产品特别丰富，最有名的是帝王蟹、毛蟹、海胆，尤其是海参和鲍鱼，是全日本的"极品"。

因为海鲜多，小樽的寿司也特别有名。离开老街到餐饮店比较集中的街区逛一圈，你会发现小樽到处都是寿司店，所以，到小樽，一定要吃寿司。

如果喜欢海鲜，千万千万不要漏掉去吃一顿"巨无霸海鲜饭"，满满的鱼子、蟹肉、海胆、鱼肉，吃完之后，你会知道什么叫"奢侈"。

个性

10．北海道最值得去的地方

说到北海道，大家一定会想起漫山遍野的薰衣草。

去过了函馆与小樽这样精致的港口城市，再看北海道原汁原味的风景，那就是蓝天白云的广袤大地。

北海道的交通是机场多，但是铁路列车少，所以去看北海道大地，一定要开车前往。

看"北海道大地"，最值得去的地方就是旭川和富良野。

这两个地方位于北海道"道央"（中央地区），既有延绵的丘陵山地，又有平原，所以盛产稻米。

北海道的大米主要有两种，"ななつ星"（七星）和"ゆめぴりか"（美梦），都是日本"极品"的大米，用的都是雪山水灌溉。

旭川和富良野就是这两种大米的主产地。

旭川是北海道最有"北海道味道"的观光城市，是一座北国自然风光与都市生活相融合的美丽城市。

说起旭川，最出名的是"旭川动物园"，规模挺大，值得一看。但是，我想向大家推荐另外三个地方。

第一是旭岳。它是北海道最高的山峰，海拔2291米，是一座大雪山。这里是日本最早欣赏到红叶和下雪的地方，从山脚到半山腰，全年都有索道运行。而从半山腰到山顶，有一个登山道，从夏天到秋天，来自各地的登山客聚集在这里，非常热闹。下山的话，山脚下有不少的温泉，可以一解疲劳。

第二是就实之丘。它位于旭川市的西神乐地区。站在高坡上，广阔的丘陵风景、旭川市街远景、大雪山连峰尽收眼底。站在那里，你一定会感叹："北海道，我来了！"

尤其是那条被称为"云霄飞车之路"的起伏山道是一道奇异的风景，谁都想驾车去跑一趟。

就实之丘周边是没有被人工美化过的自然田园风光，到了夜晚和黎明，满天的星星会让你想唱《天空之城》。

第三是"神居古潭"。在北海道土著民族阿伊努语中，神居古潭是"神居住的地方"的意思，自古以来就是阿伊努族人的圣地。那里有日本绳文时代（旧石器时代后期），阿伊努族人的生活遗址和神的"魔人足迹"。

旭川市内最值得一逛的是步行街，沿街有1000多家店铺，可以买到许多当地的工艺品和各种土特产。

当然，你在旭川市，一定要去一趟"5·7小路"，那是一条满是昭和时代风情的餐饮街，特别是烤鸡肉串很有名，还有炭火烧煮的盐味猪内脏千万别错过，那是旭川的"名物料理"。

11.《非诚勿扰》中葛优与舒淇的浪漫地

中国人对于北海道的认知,每一代人的"触媒"是不一样的。

"60后"和以前的人,大多数来自于高仓健主演的电影《追捕》(日文名《君よ憤怒の河を渉れ》),这是"文化大革命"后登陆中国的第一部外国电影。高仓健饰演的检察官杜丘被人陷害后逃到北海道,遇到了美丽的姑娘真由美(中野良子饰演),那一起骑马奔跑和驾驶小型飞机逃离的镜头,让封闭了许多年的中国人发现日本原来比我们发达,并且知道了北海道是一个雄大而浪漫的地方。

对于"70后""80后"来说,知道北海道,是因为岩井俊二拍摄的情感电影《情书》,主要的外景地是小樽。

而此后的年轻人认知北海道,应该是葛优与舒淇主演的电影《非诚勿扰》。

《非诚勿扰》第一部的外景地,大多数是在北海道的道东地区拍摄的,留给大家的印象就是浪漫的地方、缠绵的感情。

北海道的道东地区多平原与湖泊,因为没有高山的阻挡,所以到了冬天,来自西伯利亚的寒流直接就把这里冻成了冰块,不仅湖上结冰,海上也结冰。

正因为如此,道东形成了不少独特的自然景观。

第一个要带大家去的地方,是网走市。

在日本明治时期,网走被称为"死亡之地",因为冬天可以冷到零下40度。1890年,日本明治政府在这里建造了一座监狱,专门关押重犯。由于实在寒冷,关在这里的囚犯要么冻死,要么逃走,因此上演了许多悲惨剧。高仓健特地在这个监狱里体验了一把,主演了系列电影《新网走番外地》,让全世界知道了日本还有这么一座残忍的监狱。

如今,这座监狱已经改成了博物馆,大家可以走进去参观,也可以体验"蹲号子"。

为什么将这座监狱推荐给大家看,因为它的结构很特别,属于"五翼放射状平屋舍房",不仅是日本国内最古老的监狱,也是世界最古老的木造行刑建筑。

对了,到了网走监狱,可以留下来吃一顿饭,"网走狱饭"的味道还是不错哦。

网走也有浪漫之地,首先是能取岬,那是一段突向鄂霍次克海的悬崖,从能取岬可以远远地眺望鄂霍次克海的各个方位,具有无与伦比的广阔视野,能看到大秃鹫在空中翱翔。冬天更是观赏流冰的绝佳之地。

葛优与舒淇饰演的秦奋和笑笑,在这里拍下了一大段对话人生与爱情的镜头。

网走还有一个浪漫地,是北浜车站,那是秦奋和笑笑开始北海道之旅的地方。车站很小,候车室已经变成了"爱情屋",贴满了爱的纸条。里面新开了一家咖啡馆,可以喝着苦涩的味道,想象爱情的甜蜜。

到了9月下旬,还可以到网走市的能取湖,看铺天盖地的珊瑚草,红艳艳的一片,拍照绝好。

离开网走市,下一站就到阿寒湖。

到了阿寒湖,就没有在网走市那样能让你感情起伏。

阿寒湖的自然景色很美,冬天湖上结冰,来自西伯利亚的丹顶鹤成群结队地飞临阿寒湖,最大的丹顶鹤展翅的幅度可以达到2.4米。每年的11月到次年的3月,都是观赏丹顶鹤的好时节。

到了阿寒湖,不要忘了泡温泉。阿寒湖有一条温泉街,临湖建了不少温泉酒店和旅馆,舒淇泡澡的那一家温泉酒店叫"阿寒鹤雅酒店",曾经获得过日本最佳旅馆奖。

泡着露天温泉,欣赏静静的湖景,舒淇演绎的那一幕,你也可以浪漫体验一番。

到了阿寒湖温泉街,就一定要去一趟"四姐妹居酒屋"。那是电影《非诚勿扰》中,秦奋和好友邬桑满心欢喜地进去、尴尬地落座、滑稽搞笑寻开心,最后笑笑也寻访进来的地方。

店的真实名称叫"炉ばた浜っ子",我去那里喝过酒,是一对老夫妻开的店。丈夫腿有残疾,沉默寡言,总是默默地烤着各种食材。网走市政府的官员告诉我,当年剧组找到市政府,要寻找一家居酒屋拍摄时,市政府为了照顾这位残疾人的生意,特地安排了在那里拍摄。

个性

如今,这家店很火,门口和店里都挂着《非诚勿扰》的大幅海报和剧照,尤其是"四姐妹"的大幅海报,平添了人们的不少遐想。

阿寒湖整个地区是一个国家森林公园,除了阿寒湖,还有摩周湖、屈斜路湖、硫磺山(活火山)和琴半岛等景点。尤其是摩周湖大到20平方公里,最深211米,是世界上少有的"透明湖",而且常起雾,颇有神秘的色彩。

到阿寒湖,有时间还可以去看看日本最大的阿伊努族的村落,那里还生活着100多名阿伊努族人,可以欣赏到传统的阿伊努族舞蹈,吃到阿伊努族料理,买到他们手工制作的工艺品。

北海道道东的最后一站,是知床半岛。

知床半岛濒临鄂霍次克海,这里是全球纬度最低、且有海冰现象的海域。知床半岛长约63公里,尖端的知床岬,阿伊努族语"siruetoku"是"大地尽头"的意思,至今保持着最原始的面貌,因此被称为"日本最后的秘境",2005年被评为世界自然文化遗产地。每到冬天,半岛被从遥远的西伯利亚南下的流冰所包围。但是,也有热气蒸腾的温泉瀑布。

知床半岛上有"知床五湖",大小5个湖泊散布在原始森林中,湖面上倒映着知床的群山。整座半岛在葱郁茂密的原始林内,栖息着许多稀有珍贵的动植物,最有名的是狗熊。所以,在知床半岛,到处可见"熊出没"的警示牌。这里还有世界最大的猫头鹰。

由于流冰的侵蚀作用,长年累月形成了知床独特的景观——海岸的悬崖绝壁。胆子大的话,可以从乌涛劳港坐上知床观光船,沿着绝壁走一圈,可以欣赏悬崖峭壁连绵的半岛全貌,而且可以看到在海滩边觅食的大狗熊。

北海道最好的旅游季节是每年的4月到11月。尤其是漏下了东京和京都樱花季的朋友们,可以追到北海道看樱花,因为北海道的樱花季是从5月黄金周开始到下旬才结束。北海道的樱花,情调也会不一样。

对了,日本人把《非诚勿扰》翻译成《狙った恋の落とし方》,倒过来翻译的话,也可以翻译成"精准恋爱法"。

12. 日本什么地方最好玩

经常被国内的友人问到一个问题："日本什么地方最好玩？"其实，这个问题很难回答，因为前提是你想玩什么。

从旅游的角度来说，日本这个国家有这么几个特点：

第一，四季分明。这个分明是以大自然色彩的变化而呈现，譬如粉红的樱花开了，春天到了；向日葵朝天，夏天到了；漫山遍野的枫叶红了，秋天到了；皑皑白雪覆盖了大地，冬天到了。因此，日本的一年四季都能够满足你视觉的需求，让你拿着相机到处"咔嚓"不完。

第二，城市的特色区分很明显。京都就是一个千年古都，你到了那里，能够感受到一种厚重的历史感。无论是古寺，还是老街，都能体味到浓浓的文化气息，寻觅到大唐的痕迹。但是，到了东京，见到的就是一座现代化大都市，快速行驶的新干线，星罗棋布的地铁网络，高高的城市建筑群，身着西服步履匆匆的公司员工。所以，从京都到东京，会有穿越时代的感觉。但如果你到了乡下，又能见到漂亮精致的小村庄，小桥流水人家的风景。

第三，自然景色美丽。有闻名内外的富士山、有九州广袤的草原、有鸟取县的沙漠、有冲绳的海水沙滩、有北海道的白桦林。小小的一个岛国，因为南北狭长，汇聚了大自然众多的天然元素，几乎应有尽有。

第四，独一无二的和式温泉旅馆。日本属于火山国家，地热资源丰富，温泉到处都有，是全世界温泉资源最为丰富的国家，温泉种类多达几十种。因为有温泉，所以日本诞生了世界上独一无二的和式温泉旅馆，睡在榻榻米房间，你爱干啥就干啥，因为房间有多大，床就有多大。而且还能提供一日两餐的美食。

第五，美食很丰富。日本料理"和食"被联合国认定为"世界非物质文化遗产"。和食料理在于精致与原汁原味，几乎不用浓烈的调味品，讲究食材天然的属性，是一种健康的饮食。其实，到了日本，还有一种料理很值得品尝，那就是"乡土料理",就是各地本土料理,尤其是老太太们利用当地的食材做的家庭料理"お母さん料理"(母亲家常菜),最令人怀恋。当然,日本的大都市里汇聚了世界各国的料理,而且用做"和食"的手艺做各国美食,做出了不一样的风情与味道。所以,日本是亚洲地区米其林餐厅最多的国家。

第六,购物天堂。你走在东京的银座大道上,世界上所有的名牌专卖店都能找到,而且新款商品都是与欧洲本店同步上市。如果趁日元大贬值到日本扫货,那比在欧洲本店购买还要便宜二三成。当然,日本生产的化妆品、小家电、工艺品、服装、调味品、健康食品都值得购买。有兴趣的话,还可以在日本买房子,永久产权,价格比北上广深还便宜。

第七,可游玩的地方众多。从东京迪士尼乐园到大阪环球影城,从富士山脚下的欧洲花园到长崎的荷兰村,尤其是各地众多的博物馆、科技馆、美术馆,可以成为孩子们暑假游学的好去处。当然最值得一提的是众多的高山滑雪场,因为日本是岛国,空气湿润,雪质被称为是世界最好的"棉花雪",没有冰碴,所以,摔倒了也摔不痛屁股。

总结这七大优势,我想能够回答大家关注的一个问题:到日本,到底可以玩什么?

最近,日本一家专门做中国游客接待的旅行社在中国内地做了一次问卷调查:如果疫情平息,你最想去日本什么地方?

答案是:第一,富士山;第二,北海道;第三,东京;第四,京都。

那么,到了日本最想做什么?

答案是:第一,享受大自然的美景;第二,品尝日本各地美食;第三,泡温泉;第四,购物。

前不久,日本旅行协会也以相同的问题问了中国香港和台湾地区的人,最想去日本什么地方?

答案是:第一,北海道;第二,东京;第三,京都;第四,大阪;第五,冲绳。

看来,中国人对北海道情有独钟。

13. 坂本龙一的告别

世界著名的音乐家坂本龙一到了癌症晚期，很少有人知道，直到他宣布举行人生最后一次音乐会，人们泪洒衣襟。

2022年10月25日，久未露面的坂本龙一发表了一份公告，宣布在12月11日，他将面向全球举办一场"Ryuichi Sakamoto: Playing the Piano 2022"钢琴独奏音乐会。

坂本先生说，两年前，也就是2020年12月12日，我举办了一场个人钢琴音乐会，当时全世界都在新冠病毒大流行的黑暗隧道中寻找光明。我在东京的一个演播室里演出，现场没有观众。这次演奏会因为是现场直播，很遗憾没有存档。

相隔两年，坂本再次回归，向大家展示"演奏中的坂本"。

坂本龙一说："我已经没有足够的体力来举办现场演唱会……这可能是你最后一次看到我以这种方式演奏。但是，这次的音乐会将会比以往任何时候更好地呈现给大家新的音乐享受。"

读完坂本龙一的这段文字，我们知道，他开始与世界做最后的告别。

1952年1月17日，坂本龙一出生在东京的中野区，那是一个在《蜡笔小新》动画片里经常出现的住宅街景，就在这样的环境里，他从3岁就开始学弹钢琴。幼儿园的时候，他就创作出个人第一首歌曲《小兔之歌》。

初中时期，坂本龙一深爱披头士的音乐，喜欢上了克劳德·德彪西的作品。高中时期，他经常逃课去新宿泡爵士咖啡馆、看电影、逛书店、参加学生游行。受左派青年的影响，他迷上了约翰·凯奇和让-吕克·戈达尔的作品。

1970年，本来和同学们约好一起抵制高考的坂本龙一偷偷报考了东京艺术大学的音乐系作曲专业，并被录取。大学时期，他对世界音乐极其感兴趣，特别是对日本冲绳、印度和非洲的传统音乐，于是他深入研究了民族音乐学和古典音乐，并尝试使用电子音乐设备进行演奏。

1975年，坂本龙一参加了民谣摇滚歌手友部正人作品《谁也不能画出我的画》的钢琴演奏录制，开始了录音室音乐人生涯。次年，他获得了东京艺术大学大学院音响研究科硕士学位而毕业。

1977年，坂本龙一与音乐家细野晴臣、高桥幸宏组成了先锋乐队"YMO"，并在1979年8月，在美国洛杉矶举行了首次海外公演，这支被东野圭吾形容为"天才"的乐队，是电子音乐的先驱，影响了早期的嘻哈音乐和电子音乐，因为太过先锋，最初在日本没有激起很大的反响，反而是在美国先红了起来。但乐队出版的专辑 *Solid State Survivor* 轰动国际音乐界，销售量超过200万张，并最终获得了第22届日本唱片大奖"最佳专辑奖"。

1981年，坂本龙一开始担任NHK广播台音乐节目Sound Story的主持人，挖掘日本的音乐新人。1983年5月，他发行的专辑碟片《花心的我们》，获得了日本唱碟销售排行榜的冠军。同年，坂本龙一与大卫·鲍伊合作主演了战争片《圣诞快乐，劳伦斯先生》，坂本龙一除了饰演战俘收容所所长世野井外，还负责了该片的配乐工作，该片的配乐获得了第37届英国电影学院奖"最佳配乐奖"，入围第7届日本电影学院奖"最佳配乐奖"。

1987年，坂本龙一在意大利导演贝纳尔多·贝托鲁奇执导的电影《末代皇帝》中饰演日满电影协会会长甘粕正彦，并负责电影音乐的创作，该片的配乐获得了第60届奥斯卡金像奖"最佳原创配乐奖"、第45届美国电影电视金球奖"最佳电影配乐奖"、第31届格莱美奖"最佳影视器乐专辑奖"。

1992年，坂本龙一为巴塞罗那奥运会开幕式谱曲并担任指挥。同年，为彼得·考斯明斯金执导的电影《呼啸山庄》配乐。

1999年，他创作的歌剧《生命》在大阪和东京举行公演；同年，为高仓健主演的电影《铁道员》配乐。

从20世纪90年代起，坂本龙一为30多部海内外电影和动画片配乐，被誉为"世界第一配乐师"。好莱坞几乎所有的大导演都找到他，因为他的配乐，能够助推电影进军奥斯卡奖。

2012年，坂本龙一获得了第6届亚太电影大奖"电影杰出成就奖"。2013年，他担当NHK大河剧《八重之樱》音乐的创作。8月，担任第70届威尼斯国际电影节评审,并获得"配乐明星奖"。

2014年,坂本龙一开始感到身体不适,最后被确诊为咽喉癌,那年,他62岁。

坂本龙一是音乐与商业的天才,他从出道以来,无论在音乐事业,还是在经济领域,都获得了巨大的成功。1982年,与歌手矢野显子结婚,生了一个女儿坂本美雨,虽然在2006年离婚,但是,他一生都受到家人的呵护与包容。

"也许太顺畅了,上帝希望给我一个惩罚",坂本龙一在接受媒体采访时如是说。

不论如何豁达,对于一位音乐家来说,声带受损是残酷的。

沉寂了一年,坂本龙一回归音乐现场,担任电影《荒野猎人》的音乐监制,该片的配乐入围第59届格莱美奖"最佳原创影视音乐专辑奖",获得了第73届美国电影电视金球奖"最佳配乐奖"等奖项。

2021年1月,坂本龙一被查出了直肠癌,而且已经转移全身。20个小时的外科手术令坂本龙一第一次感觉到生命的脆弱。在短短的一年时间里,坂本龙一先后接受了大小6次手术。

但是,这一切苦难都没有削弱坂本龙一对于音乐的热情。就在这一年,坂本龙一在病床上第一次为中国电影配乐,担任了许鞍华执导的影片《第一炉香》的音乐创作。

导演史蒂芬·野村·斯奇博拍了一部电影纪录片《坂本龙一:终曲》,记录了坂本龙一与癌症斗争的日常生活,他每天需要服下定量的药物,定期接受治疗。但是,他依然拖着疲惫的身躯,走进自己的工作室,创作一部部电影配乐。

《终曲》中,坂本龙一为了寻觅自然的声音,倾吐敲打消防栓的声音,寻觅用小提琴的弓划过锣面的微妙之音。他来到北冰洋,听取地球最凛冽的风声;走进原始森林,闭上眼睛倾听微风拂动树叶的低吟。坂本龙一想把大自然的声音都融入自己的音乐中,创造一种天籁的美音。

在《终曲》中,坂本龙一对于生死开始有了思考,他说:"许多人以为生命是一口不会干涸的井,但我们真的不知道自己什么时候会死去。所有的事情都是有限的,我们有过多少个欢乐的童年与美好的下午,但是现在还有让你感到深沉的温柔吗?这样的美好也许只有四五次,也许已经没有。你还能看到多少次满月呢?"

也许是还渴望多看几次满月，当医生告诉他"癌症已是晚期"时，坂本龙一没有倒下，他依然支撑着，用已经支离破碎的身躯去诠释最美好的音乐。

但是，体力的不支让坂本龙一感悟到生命在倒计时。

2022年6月，坂本龙一在文艺月刊《新潮》上开始发表自传连载，题目是《我还有几次，能够看到满月》。

坂本龙一在开篇序言中写道："作家夏目漱石死于胃溃疡，享年49岁。与之相比，即使我在2014年第一次发现癌症时就去世，也活了62岁，也已经算是很长寿了。罹患新的癌症，迎来70岁的现在，虽然不知道今后的人生还能看到几次满月，但既然好不容易活下来了，就应该像敬爱的巴赫和德彪西那样，继续不断地创作出音乐，直到生命的最后一刻。"

也许是人生的最后一次演奏会，坂本龙一这一次特别选择了NHK电视台的509录播厅，那是他最初录音的地方，也是他作为录音师和配乐师的艺术人生的一个原点。

他已经无法在观众面前演奏，于是分几天，在录播厅里把自己一生中最爱的曲子演奏了一遍，剪辑成60分钟的片子，在12月11日12时、18时、24时，12日6时，分四次在网上播放。

为了这最后一次的辉煌，他专门从纽约请来了摄制团队，用拍电影的技法与艺术性，来记录他向全球粉丝们的感谢与告别。

坂本龙一创造了一个辉煌的音乐时代，但是，他最终选择了朴素的告别。当满月照耀大地的时候，纯洁而明媚，便是他人生至高的追求。

那一年，夏目漱石在学校当英语老师的时候，给学生出了一篇短文翻译，他要求把文中男女主角在月下散步时，男主角情不自禁说出的"I love you"翻译成日文，学生直接翻译成"我爱你"的意思，夏目漱石说：不对，要含蓄，应该译为"月が绮丽ですね（今晚月色真美）"。

喜爱夏目漱石的坂本龙一，那一句"我还有几次，能够看到满月？"催人泪下，因为他的内心，对于这个世界有着太多的眷恋。

2023年3月28日，这位伟大的音乐家悄然离开了人世，享年71岁。

"因为有你，月亮才格外美丽"，这是日本的爱情名句，也是我们对于坂本龙一不灭的敬意。

14. 日本参加宴请活动的三个禁忌

2023年，到访日本的中国商务访日团逐渐增多，留学生也开始进入校园读书。最近，我接待了几批客人，发现中日两国之间在社交活动，尤其是宴请活动中存在着一些习惯与认识的差异，而这些差异，往往就造成双方的误解甚至严重影响商务活动的效果。

日本社会在社交活动中，比较讲究两点：第一是礼仪，第二是信誉。具体表现在三个方面：

第一，严禁突然失约。

突然取消公务活动，这样的案例极少。但是，突然决定不参加宴会的事情不少。其实，在日本的社交活动中，参加会议多一人少一人并没有大碍，但是，参加宴会或聚餐，多一人和少一人是大忌。

我们中国人的思维习惯是，吃饭是多双筷子和少双筷子的事。因此，把吃饭这件事看得很轻。但是，日本的餐饮不是圆桌，大伙一起吃，基本上实行的是分餐制，也就是一个人、一个座位、一套餐。而且高级餐厅实行完全的预约制，按照人头配菜。因此，突然有一个人不参加，那么，这个人的餐费也是照收不误。

我曾经宴请一批客人吃日本怀石料理，料亭在前一天再三来电确认客人的参加人数，因为店里要按照人数备料做菜。结果到了就餐的时间，8个人只来了3位，说其他5个人买东西去了。我很理解大家好不容易出国，很想多买一些东西的心情，但是，结果是十分的尴尬：这5个人的餐费，店里照收不误，因为预约的临时取消费是100%，白白扔掉了十几万日元。

所以在日本，即使不是宴请，而是AA制的聚餐，跟餐厅约好了参加人数，你临时有事不来的话，这个份子钱必须要由不参加者个人承担，不然只能由参加者替你均摊，一旦均摊到每个参加者头上，那么，你就会成为大家的敌人。

第二，不要临时带人参加。

个性

36

日本重要的宴请，一般都会安排在高档餐厅，而高级餐厅的席位都是预约制，规定一桌或一个房间只能坐4个人或6个人，尤其是吃日本怀石料理，为确保客人用餐的舒适性和高雅感，店家是会根据客人的人数来安排房间和餐桌的大小。

日本怀石料理9道菜或11道菜，都是实行分餐制，别看每道菜都是一点点，但是，一道菜的制作可能需要几个小时的努力。而且无论是鲜鱼贝类或蔬菜等食材，必须是当天进货的新鲜材料，因此，店里都是按照预约的人数进食材，然后准备相应份数的菜。

按照"吃饭就是多双筷子和少双筷子"的思维，在具体的商务接待中，往往会遇到客人临时带人参加的问题。

我遇到的最为尴尬的一次，是接待一个代表团。主宾抵达餐厅时，带来两个年轻人，特别热情地向我介绍："这是我儿子和他的女朋友，在这里留学，今天晚上也叫他们过来一起聚聚。"我一听就蒙了，就约了8个座位，准备了8份怀石料理，临时要增加2个人用餐怎么办？

我同事赶紧与店里商量，店老板直摇头："没有办法增加。"最后，只能与代表团私下商量，我们去掉一位陪同，他们也减少一人就餐，勉强安排两位新加入的用餐。

还有一种情况，就像高级寿司或铁板烧等，虽然不需要预先特别备料，但是因为座位是固定的，一个吧台往往就10个座位，如果刚好有空位还可以，没有空位的话，临时带人参加绝对是个大忌。

万一遇到需要临时增加人员，必须提前至少半天通知主办方融通，而不能搞突然袭击。

第三，必须守时。

在日本参加聚餐，必须准时。因为牵涉到三个方面的问题：

第一，如果你是主宾，你不到，大家只能干等。

第二，如果是高端宴请，少一个人都难以干杯开场，大家也只能等。

第三，如果是吃怀石料理，那是很讲究菜的温度。如果吃铁板烧，几个人的份都是一起做的。所以，人员不齐就没法开席。

万一遇到紧急事情，或者堵车的问题，必须提前告知主办方，以便主办方与餐厅调整开宴时间，不能到点了才说。

  日本社会对于缺乏团队精神、不守规矩、行为任性的人，往往会敬而远之。好好的一次合作，常常会因为这些小事而泡汤，所以必须恪守以上的三条注意事项，塑造守信守约的美好形象。

个性

38

15. 日本人的生意经

一年前樱花盛开的时节，22岁的松井哲也走出大学校园，成了一名"社会人"。

他先后投简历给12家公司，最后被4家公司内定，而他本人则最终选定了一家国际商社。

国际商社是日本社会的一个特殊存在，它原来是日本财阀集团的中枢机构，一般拥有自己的银行、国际贸易公司、国际投资公司、国内外加工生产基地、涵盖全球的销售网络。所以，国际商社是日本经济中的航母舰队，是驱动日本经济向前发展的发动机。

三井物产、三菱商事、住友商事、丸红、伊藤忠商事等都是日本国际商社的代表，这些巨无霸企业集团控制了日本经济的命脉。可以说，像日本这样的"国际商社"，在世界其他国家存在不多，所以它是日本社会与经济的一种特殊的产物。

无论是东京大学毕业，还是早稻田大学毕业，国际商社都是大多数毕业生入职的首选，不仅因为在这样的公司里能够获得比别人更多的成长资源，同时也可获得比别人更高的薪水。

松井走进公司的时候，先在公司的研修基地参加了两个月的学习，了解公司的历史、集团的架构与组织体系，学习公司的企业文化以及工作规则等。

研修结束后，松井才知道，自己被分配到国内营业部，成了一名销售员。

这一年中，按照松井的说法，自己"不是在见客人，就是在去见客人的路上；不是在喝酒，就是在前往喝酒的途中"，因为公司的企业文化中，有一条就是"生意是腿走出来的"。也就是说，你必须亲自上门、不断会面、多次交流，才有可能获得客户的信赖，从而获得生意。

我见到松井的时候，发现他已经不再是一个柔弱的书生，而是像个运动健将。

他拿出手机给我看每天走路的步数，没有少于1万步的。

问起做销售员的心得，松井说，这一年，自己最大的长进是卡拉OK唱得好了，酒量进步了，小腿粗了。

他说，在日本做生意，不管你是大公司，还是小公司，尊重对方的"自尊"是相当的重要。因为哪怕是5个人的小作坊，很可能就是一家独角兽企业，生产宇宙工业中不可缺少的某种关键零部件。所以，绝对不能以为自己是大公司的人，就可以居高临下地对客户说话，必须时时谦恭，说话都要用敬语。

为了能够与客户打成一片，下了班后，如果没有其他安排，松井就会一个人去卡拉OK店里练歌，因为时常会和客人一起去酒吧喝酒唱歌，如果自己不会唱，就难以烘托热闹的气氛，会让客户感到没趣。

松井练的歌，是从昭和年代的老歌开始。因为客户的年龄段不一样，唱的歌都不一样。所以，自己必须学会各个时期的流行歌曲，随时可以与客户同台共鸣，不会让客户产生代沟感。

其次，是练酒量，学习酒文化知识。

松井说，日本人喝酒的文化跟中国人不同，中国人往往选高级的喝，而且一桌人只喝一种酒，譬如喝茅台。而日本人在一起喝酒，第一杯往往搞集体主义，喝一样的酒，多数是啤酒。而从第二杯开始，就各喝各的，因此喝得五花八门。

"作为一名销售员，必须懂得所有酒水，尤其是葡萄酒，要懂得各国及各种葡萄酒的口味、历史、年份背景、配什么菜合适，能够主动地帮客户选酒，既让客人喝得满意，又不贵得离谱。"松井说。

做了一年的销售员，松井感悟到的"销售员哲学"的核心，并不是唱歌与喝酒，而是"话术"，也就是说话的技巧。

松井总结出来的经验是：

第一，与客户说话，最重要的并不是讨好客户、奉承客户，而是要获得客户的信任，这是关键。因此，介绍产品时，一定要说真话、要说对方能够理解的话，好就是好，不足的地方也要说透，注意点也要说清楚，别把自己的东西吹到天上去。

第二，与客户说话，口气一定要谦恭、诚恳，哪怕对方不耐烦，也要笑眯眯到底。

第三，要顺着客户的思路说话，说客户喜欢听的话，不可逆鳞而为。

而最为微妙的一点，就是你在与客户交谈时，既要让对方感到你了解对方，又不能让对方感觉到你在背后调查了他们，产生不必要的警惕心，这种"度"的把握，需要极高的技巧。

在国际大商社，你要向上进步，有做过销售员的经历和销售业绩，是至关重要的一个职业环节。松井说，他的梦想，是希望有一天，能够到商社驻中国公司去当董事长。

16．日本人的姓为何五花八门

在古代，日本平民只有"名"，而不许有"姓"。有"姓"者，皆为诸侯将相或名门望族。

一直到了明治时代，为了征兵、征税和管理户籍等需要，1870年，明治天皇颁布了《平民苗字容许令》，容许包括平民在内的所有日本人拥有姓氏。

但是，由于习惯了长期无"姓"，彼此称呼名字还显得亲切，因此，法令颁布后，日本平民阶层并不热心，使得日本社会的户籍管理工作一直无法顺利推进。拖了5年时间，明治天皇在1875年又颁布了一份《平民苗字必称令》，将"容许"变成了"必须"，要求全体国民必须在短期内给自己取好"姓"，否则就是违法，将面临送官处罚。

于是，日本全国掀起了造姓热。

但是，一般日本平民不识字，于是取姓就没有太多文化性，"因地制宜"地随意取姓，就成了日本社会的风潮。

譬如，住在山林之中，就取"山中"或"中山"；后面有一片大树林的叫"大林"，树林不多的叫"小林"；门前有一座坟的，叫"大塚"；村头有条河的，叫"河村""小川""江口"；而家在田中央的，叫"田中"。

实在太没有文化的人，遇到户籍普查员，被问到"你姓什么？"时，刚好老婆在身边，忙回道"我老婆"。如果身边有孙子，忙喊一句"我孙子"。于是户籍普查员就很认真地记录下来——你姓"吾妻"，他姓"我孙子"。

中国有"百家姓"，而日本的姓最终达14万种之多，弄得谁也搞不清。

虽然日本姓氏繁多，而且造姓十分随意，但是一些大姓还是有源可溯。

例如，"佐藤"是日本的一个大姓，但是，这个姓在以东京为核心的关东地区很常见，而在以大阪为核心的关西地区则不太常见。

其原因是，"佐藤"是一个源自日本关东地区藤原氏的姓氏。藤原氏是下野国（今枥木县）佐野庄的领主，因此这个地区的人们从地名中取了一个字"佐"，再加上藤原的"藤"，给自己取名为"佐藤"。

因为"佐藤"之姓来自名门望族，结果关东地区和日本东北地区的许多平民认为能获得此姓是十分荣耀的事，干脆跟姓，傍了大款。

"佐藤"成了如今日本的第一大姓。

还有一个姓也是日本的大姓，而且在关东地区也很常见，叫"铃木"。

"铃木"这个姓的起源与纪伊半岛熊野神社祭司官穗積氏族有关，因为穗積氏族以"铃木"为姓。而从中世纪开始，熊野神社的分支神社遍布全国，而参拜的人都以铃木为名，于是铃木这个姓就传到了关东地区。

所以，你如果听到日本人姓"佐藤"和"铃木"，多半就是关东人。

"田中"则是关西地区最常见姓氏的代表。

顾名思义，"田中"的字面意思是"在稻田的中央"。

当一个新的村庄建立起来后，"田中"这个姓就被住在村子中间的一个有影响力的人取走了，然后逐渐传播到周围地区的农民中。

为什么关西地区多"田中"？

这是由于关西地区气候相对温暖，水稻种植在关西地区是主业。所以，"田中"这个姓与关西地区的地理环境有关。

除了"田中"，在关西地区常见的其他姓氏，还有"上田"和"吉田"，都与稻田有关。

可以说，关东地区的许多姓氏都与武士出身有关，而关西地区的姓氏大都与农民出身有关。

到了现代，有不少外国人加入日本国籍，叫"归化"。按照规定，外国人加入日本国籍，必须改为日本姓，而日本姓必须是日本众多姓氏中有的姓。于是，外国人加入日本籍，取姓大多走两个极端，要不跟日本人丈夫或妻子的姓，要不取自己喜欢的日本名人的姓。所以，喜欢山口百惠的取"山口"，喜欢"木村拓哉"的取"木村"，也是五花八门。但是，如今日本姓氏中，已经有"孙""张"等中国人常用姓氏，所以，加入日本国籍时，基本上还是可以保留中文原姓。

17. 爱子公主公布择偶标准

日本德仁天皇的宝贝女儿爱子公主，2023年已经21岁，她现在的皇室身份是"内亲王"，而社会身份是"学习院大学文学部日本语日本文学科四年级学生"。

根据现有《皇室典范》的规定，皇室女性成员结婚后，即自动脱离皇籍成为平民，不再是皇室成员，也不再享受皇室成员的待遇，更不能参与皇室公务活动。

但是，如今的日本皇室，第三代中只有1位男丁，而且还是德仁天皇弟弟秋筱宫的儿子，2023年也已经16岁，名叫"悠仁"。根据日本皇位的传承传统，皇位首先传长子一系，因此，理论上来说，德仁天皇首先应该把皇位传给自己的孩子。但是由于德仁天皇只有爱子一个孩子，而且还是一位女儿，因此，今后这皇位到底如何传承，留下了一个大大的问号。

爱子的婚恋问题受到日本社会的广泛关注。因为爱子的堂姐真子找了一位单亲平民家庭的男子结婚，此事的曲折已经成为日本社会持续的话题，给皇室带来了不少负面的影响。因此，人们更多地期望爱子的婚姻能够顺利美满。

"爱子"的名字源自中国典籍《孟子》，在《孟子·离娄章句下》中有句话："爱人者，人恒爱之；敬人者，人恒敬之。"指的是：爱别人的人，别人也永远爱他；尊敬别人的人，别人也永远尊敬他。

德仁天皇和雅子皇后很期望这一位好不容易得来的孩子，今后是一位充满"爱"的人。

在2022年3月的人生首次记者会上，爱子不用讲稿，直接回答记者的提问。但是，爱子说自己毛病很多。

她说，我的优点，其实我自己都感觉不到，您提出了这个问题，让我想想，如果非要说自己有什么优点的话，应该是"到哪里都能睡觉"。以前，我去栃

个性

木县的那须御用别邸，到的那天晚上，我就在檐廊上的沙发上睡着了，就这样迎来了第二天的早晨。关于缺点，从刚才的故事中或许您已经明白了，似乎是自由成长的，自己也意识到"有些我行我素"。另外，我从小就认生，希望今后能努力克服。

作为一位公主，爱子能够公开讲出自己的优点和缺点，让日本国民一下子感受到了她的纯粹与可爱。

爱子居家的生活，喜欢做四件事：一是照顾狗狗，二是听着音乐读《源氏物语》等日本古典文学作品，三是与父母打羽毛球或与皇宫工作人员一起打篮球，四是练习大提琴。

21岁的大姑娘，该有自己的青春与恋爱。爱子想找怎样的伴侣呢？

她在记者会上说："结婚，对我来说感觉还很遥远，至今为止都没有这方面的意识。至于理想的恋人条件，并没有什么特别的东西，我认为在一起的时候彼此都能露出笑容，这一种关系应该是最理想的。"

日本各大媒体的舆论调查结果显示，有超过80%的人希望爱子将来能够成为日本女皇，认为从小接受帝皇意识教育的爱子，具备这样的素养。

那谁会成为驸马呢？

最近不断有消息传出，爱子的白马王子已经现身，他很可能是以下两个人其中之一。

一位是日本花道元祖"华道家元"第45代当主池坊专永的孙子，31岁。他考入了著名的私立大学庆应大学理工学部，读了一半又考入了文科中最难的东京大学法学部。他现在不仅是一位日本花道界的王子，更作为一名写真家，活跃于日本的摄影界。

这位男子属于文理两通，而且长得很英俊。他出身名门，家教甚好。祖母是曾经担任过文部科学副大臣的池坊保子，而保子的父亲曾经是一名子爵。家世上溯的话，祖先是平安时代的村上天皇。同时保子的母亲是昭和皇后的妹妹，所以也属于皇亲国戚。

虽然这位男子目前不属于旧皇室成员，但是却与皇室有着诸多的关系。这名男子的姐姐池坊美佳，在德仁天皇单身时代，两人是男女混合双打网球赛的搭档，虽然没有婚姻之缘，但常有交往。

另外一位"白马王子"则是日本的旧皇族成员的子孙。1947年，美国主导的联合国司令部下令将属于日本皇族的11个宫家51人全部削为平民。其中有一个宫家是1900年创设的贺阳家，贺阳家现在的家主是"贺阳正宪"（63岁），他还是爱子的父亲德仁天皇从学习院小学开始到高中毕业的同班同学，曾经也作为天皇的妹妹黑田清子的结婚候选对象。

贺阳正宪有两个儿子，一个27岁，一个25岁。两个人在学习院里从小学读到高中毕业，与爱子是校友。哥哥毕业于早稻田政经学部，弟弟毕业于早稻田大学理工学部，都是非常优秀的青年。在最近几次的皇宫新年祝贺会上，贺阳正宪曾带儿子们去皇宫与天皇和皇后，还有爱子见面，所以贺阳家的两个儿子目前与爱子都有交流，尤其是弟弟和爱子相差4岁，年纪相近。

据说，贺阳正宪的小儿子最近与爱子在皇宫里有单独见面，因此引起了许多人的猜测。

虽然日本现有的《皇室典范》只指定男性继承皇位，但是由于日本80%以上的国民支持爱子将来继承皇位出任女皇，所以，日本政府的皇室问题专家会议曾在2021年的12月22日，向政府提交了一份报告书，就今后的皇位继承问题和皇室的发展提出了两点建议：

第一，允许内亲王和女王（公主）在结婚后继续保持皇族的身份。

第二，只要皇族认可某位男子为养子，同时这名男子又有皇室血统，那么这位男子可以成为皇族。

根据这个方案，爱子如果跟有皇家血统的旧皇室成员的男子结婚的话，那么这名男子就可以作为养子而成为亲王，而爱子也可以理所当然地留在皇室内，将来可以继承皇位，他们生下的孩子，也可以自然而然地继承皇位。

爱子的白马王子到底会是谁？这已经成为日本国民最为关注的一个话题。

18. 佳子公主开始反叛了

日本皇室最漂亮的公主佳子，最近出现了反叛情绪。

由于德仁天皇的即位，佳子的父亲秋筱宫出任了皇室里排名第一的皇位继承人"皇嗣"。因此，她的家从2019年开始进行了大规模的改修，总共花费了30亿日元（约1.5亿元人民币），计划在近期完工，一家人可以从临时住处搬入新居。但是，出乎预料的是，一向是爸妈"乖乖女"的佳子竟然拒绝入住新家，她要求一个人继续住在现在的房子里。

了解内情的一位宫内厅记者透露，佳子目前与父母的感情是处于完全对立的状态，她甚至不许父母进入她的房间，吃饭也不愿意跟父母同桌，而是自己一个人关在房间里吃。

在公众场合里满面笑容的佳子，回了家之后，为何会有如此孤立的举动？

有一种说法，说佳子与父母亲感情对立的最大原因是因为姐姐真子的婚姻。当初真子准备与单亲家庭出身的平民男友小室结婚，两人都公布了婚约，但是因为媒体报道出了小室的母亲花了以前在一起生活过的男友几百万日元未还的丑闻，秋筱宫夫妇开始反对女儿嫁给小室。而当时唯一支持真子勇敢地去追求幸福的人，就是妹妹佳子。于是，在过去几年中，秋筱宫一家就形成了姐妹俩与父母亲对立的格局。

经过几年的努力与等待，真子最后毅然放弃一切的皇室待遇和结婚资金援助远赴美国，与正在纽约律师事务所工作的丈夫一起生活。"公主出走"这件事在日本社会引起了各种议论，对真子可谓是毁誉参半。

人们忘不了真子出嫁时，佳子与姐姐的拥抱，因为她始终是姐姐最坚定的支持者。佳子大学毕业后没有参加工作，而是继承了姐姐以前担任过的"日本网球协会"名誉总裁的职位，全身心地投入皇室的公务。

作为日本皇室第三代中最靓丽的女性成员，佳子目前是皇室中公务最为繁忙的一位。就在2月16日，她还一个人代表皇室参观了日本女性书法展。而在三天前，她还参加了一个座谈会。由于从小跟着母亲学习手语，因此在1月23日，她还出席了残障儿童母亲的表彰会，用手语致辞，其专业水准之高，引起了聋哑儿童的阵阵掌声。

2023年，佳子已经28岁，也到了该出嫁的年龄。有消息说，佳子的男朋友是一位初中同班同学，目前是一位牙科医生。

但是，各路八卦杂志记者始终未能拍到两人在一起的照片。而佳子在去年12月的生日会见中，对于自己的婚姻问题也表示："我觉得，能晚一点结婚是一件好事。"

日本宫内厅对于佳子的恋爱行动采取了"紧盯"的战略，生怕再次出现姐姐真子那样的情况，影响皇室的声誉。秋筱宫夫妇对于佳子的婚姻，自然也是期望门当户对，不要像真子那样下嫁一个过于平民的男子。

佳子一直觉得自己就像是笼中的金丝鸟，大学毕业之后，没有任何与男性接触的机会，自然也无法自由恋爱。牙科医生能不能成为驸马，也是一个未知数。

在这一背景之下，佳子拒绝搬入新居与父母同住，而是要求一个人单独居住在目前的临时小楼里，"你想干什么？"这便是最触动秋筱宫夫妇和宫内厅紧张神经的事情，生怕这宝贝女儿半夜越墙见情郎，闹出皇室丑闻来。

日本皇室对未婚女子单独居住一向比较忌讳，虽然佳子目前居住的小楼也在赤坂御所里，而且离新家只有50米距离，送一碗热汤也不会冷，但毕竟牵涉到一个女孩子的安全和她的名誉，所以，如何劝说佳子随父母搬入新家，已经成为一件十分头痛的事情。

由于日本皇室第三代中只有一个男孩，就是佳子的弟弟，因此，一旦佳子结婚，根据目前的《皇室典范》，佳子必须放弃皇籍成为普通平民，姐姐真子就是如此。

这样一来的话，日本皇室成年的年轻人越来越少，只剩下刚20岁出头，还在读书的爱子公主（天皇的女儿）。

所以，能不能在佳子出嫁之前，日本政府和皇室一起完成《皇室典范》的修改工作，允许女性皇室成员在结婚后继续保留皇籍，也是一个迫在眉睫的事情。但是，一旦佳子出嫁后继续保留皇籍，那么，她依然是公主，而她的丈夫也将成为"亲王",这使得佳子自由选择丈夫的余地越来越小。

"公主不好当",这种孤独与无奈,也许就是骨子里不服输的佳子反叛的根源。

19. 温泉旅馆社长为何自杀谢罪

2023年3月12日上午7时许，在福冈县筑紫野市的一处山林里，发现了一名上吊自杀者。路人报警后，赶来的警察从附近的一辆轿车中，还发现了几份遗书。经过确认，这位自杀者是附近的温泉旅馆"二日市温泉·大丸别庄"的社长山田真，这家旅馆在不久前被揭露出温泉水是一年才换两次。

山田社长在遗书上写道："真是对不起，所有的问题都是因为我的缺德行为所致。"

"大丸别庄"距离福冈市中心的博多新干线车站开车仅20分钟，是福冈县历史悠久的著名温泉旅馆，已经有150年的经营历史。旅馆远离喧嚣的市区，周围山林环抱，有大正、昭和和平成时期建造的房间，每间和室都有不同的建筑风格。客人可以根据自己的需要和喜好，享受一个量身定做的住宿享受。

这家温泉旅馆的最大卖点是温泉已有上千年的历史，最早发现于公元720年前后。因此，许多人为了泡一泡"千年温泉"，纷纷来到这家旅馆泡澡，加上富有历史感的客房和丰盛的日本料理，这家温泉旅馆一直人气很旺。

但是，不久前，当地警方接到了旅馆内部人士的密告，称旅馆内的温泉水并没有按照法律所规定的必须一周完全换一次，而是一年才换两次。

警方接到报警后，立即会同当地的检疫所对这家温泉旅馆进行了检查，结果发现这家温泉旅馆的温泉水中，检出的嗜肺军团菌超过了标准值的3700倍。

根据日本的《温泉旅馆业法》的规定，温泉池中的水必须一周完全更换一次，以防止细菌的繁殖。

而"大丸别庄"给当地保健所报告的也是一周换一次，但是事实上却是一年才换两次。

为什么这家温泉旅馆要做如此手脚？原因在于温泉水的枯竭。

虽然这家温泉旅馆对外宣传是"流淌不尽的千年温泉水"，其实，温泉水早已接近枯竭，水量严重不足。于是这家旅馆从别处购买了一些温泉水勾兑，然后利用循环水加热设备对温泉水进行循环加热，让泡澡者始终能够沉浸在泉水叮咚的美妙之中。

但是，因为这家旅馆男女浴池的面积均有300多平方米，每天所需温泉水水量都在10吨以上，因此，为了节约成本，这家旅馆开始"偷工减料"。

嗜肺军团菌在大自然的湖泊河流中均有存在，但是一旦感染，很可能会诱发肺炎，如果肺炎严重的话，也可能会导致死亡。日本厚生劳动省的调查称，日本每年有50~70名的人因为感染这种病菌引起肺炎而死亡，尤其是老年人和新生儿等免疫机能比较低下的人，很容易被感染导致肺炎。

那么，像福冈"大丸别庄"这样的问题，将会遭到怎样的处罚呢？根据《旅馆业法》第十一条规定，要被处以50万日元（约2.5万元人民币）的罚金。如果严重违反卫生法的话，有可能会被取消营业许可。如果客人在泡了含菌量高的温泉之后病变受伤或死亡，那么刑法上将会处以"业务过失致伤罪"，追究经营者的刑事责任。

温泉旅馆"大丸别庄"问题被公开曝光以后，承受了许多的压力，营业也被迫停止。同时还将面临处罚和破产的可能。正因为有如此大的责任，所以，山田社长最终选择了以死谢罪，这也是日本廉耻文化的一种表现。

自杀虽然可惜，但是，在日本社会看来，一家百年旅馆最终败在山田的手中，他承担这样的责任，也是理所当然。

20. 中岛美嘉又结婚了

日本社会最近一个茶余饭后的话题：中岛美嘉怎么又结婚了？

2023年2月19日，中岛美嘉在个人网页上发表了一个惊喜：

> 不好意思因为私事打扰大家。
> 我结婚了。
> 我和一直支持我演出的乐队成员马谷先生，
> 今后将作为伴侣相互扶持，共同进步。
> 希望今后也能温柔地守护我们。
> 感谢大家！

中岛美嘉是日本著名歌手，她那首沧桑感满满的《雪之华》感动了许多人。

中岛出生于1983年2月19日，老家在鹿儿岛县日置市伊集院町，2001年，以主演日剧《新宿伤痕恋歌》及演唱单曲 *STARS* 出道。2002年，获得第44届日本唱片大奖"最佳新人奖"。2003年，发行专辑《爱无止尽》，该专辑销量突破140万。2005年获得日本奥斯卡最佳女演员奖。2007年，发行单曲 *LIFE*，该曲获得第35届日本有线大奖"有线音乐优秀奖"。但是在2010年，中岛由于患上咽鼓管开放症不得不停止音乐活动专心治疗。

仅仅过了一年，中岛顽强复出，从2011年开始，接连推出专辑。2016年，为电影《请和我的妻子结婚》演唱主题曲 *Forget Me Not*。2018年1月，在上海新静安体育中心举行了演唱会。

中岛不仅歌唱得好，人长得也美，因此她的婚恋问题一直备受人们的关注。2014年，中岛突然宣布结婚，丈夫是参加过2008年北京奥运会的日本排球国手清水邦广，年龄比她还小4岁。

中岛与清水结婚时，日本列岛轰动，因为许多人认为是"美女与野兽"配——清水身高193cm，而中岛只有160cm，两人相差33cm，这份差距令舞台上劲头十足的中岛，一下子变成了小鸟依人。

中岛结婚后，一度想做家庭主妇，一心相夫教子。但是，遗憾的是，在2018年2月，两人结婚还不到四年，就突然宣布离婚。

离婚的理由是"聚少离多、远距离生活"，真实的原因，也许只有夫妻两人知道。

而此次再婚的对象是一位吉他手，名叫马谷勇，比中岛大两岁。在中岛感情最为困难的时候，似乎马谷就陪伴在她身边到各地演出，两人走到一起，也是正常。

但是，当中岛发布了一张与新婚丈夫的合影后，日本"中岛迷"们陷入了疯狂，因为马谷先生的形象实在"太疯狂"！

中岛美嘉又走了一次极端！

中岛已经40岁，虽然过了青春少女的迷茫期，但是否又陷入了精神迷茫期？这是许多日本人甚为担忧的事情。

一位中岛的闺蜜向周刊杂志透露说，中岛与马谷相爱是因为马谷是一位极为优秀的吉他演奏家，两人既是事业上的伙伴，又是感情上的伙伴，中岛对于再婚一事非常认真。

据悉，中岛正在准备造人计划，一位天才歌姬与吉他音乐家的爱情结晶，说不定会造就非凡的音乐天才，这也是许多"中岛迷"的期待。

21．日本年轻人为何不想谈恋爱

日本年轻一代被称为"低欲望的一代"，他们对于恋爱和消费没有太大的兴趣，所以日本社会出现了"远离汽车""远离书报""远离电视""远离奢侈品""远离婚姻"的"远离综合征"。这种社会现象的出现，直接导致日本社会越来越缺少一种活力，以至于父辈们看不懂自己的子女为什么生活会那么无趣无味？

日本年轻人的"远离综合征"的一个最明显的表现，就是"远离恋爱"，也不想结婚。

日本内阁府曾在 2022 年 6 月公布了一份《令和 4 年版男女共同参画白皮书》。这份白皮书里公布了年轻人生活的官方调查数据：

第一，有 65.8% 的 20 多岁的男性没有恋人和妻子，有 39.8% 的人没有谈过恋爱。

第二，有 51.4% 的 20 多岁的女性没有恋人和丈夫，有 25.1% 的人没有谈过恋爱。

这就意味着，大多数的年轻人没有恋人。

日本 Coeto 公司曾经在 2022 年的圣诞节对日本的年轻人进行过一次关于恋爱问题的问卷调查，这个调查有几个数据很值得关注。

第一个问题是"你现在有没有恋人或者十分亲密的异性朋友？"回答有的，只有 32%。

第二个问题是"你为什么不想恋爱？"有 48.9% 的人认为"一旦有了恋人，自己的生活就会变得不自由"。

第三个问题是"如果没有恋人的话，你感觉到快乐吗？"针对这个提问，有 73.9% 的人认为"没有恋人，我也过得很快乐"。

从以上的调查结果中，我们可以看出，日本的年轻人不想刻意去恋爱，因为担心恋爱会影响自己的自由生活，人生不想受到恋爱的束缚。所以对于恋爱

个性

采取了一种消极的态度，总觉得谈恋爱是一件很麻烦的事情。

日本 TBS 电视台在街头采访了一群年轻人，问他们对于恋爱的态度。其中几位年轻人是这么回答的：

"我以前也约会过，但最近没有。我在家里一个人就有许多的乐趣，所以我不需要浪漫的约会。"

"没怎么约会过，我的目标是成为一名警察，我对约会或类似的事情不感兴趣。"

"我周围的人都不希望有女朋友，所以我现在也在努力工作，对于恋爱，没有特别渴望，一切随缘。"

"我从未约会过，我没有钱，也没有时间。"

"我并不需要恋爱，那是一件麻烦的事情。我不愿意减少我的睡眠时间来和某一个人一起玩。"

为什么日本的年轻人不愿意谈恋爱？

除了上述年轻人表达的个人意见外，收入低下也是其中一个重要的原因。

日本内阁府表示，由于经济的低迷，年轻人没有多余的闲钱可以去谈恋爱。参加工作的 20 多岁男性中，32% 的人的年收入不到 300 万日元（约 15 万元人民币），而女性中，这一比例达到了 53%。

此外，整个社会对于恋爱和结婚不感兴趣的人不断增加。另外，随着智能手机的普及，一个人就可以快乐的事情越来越多。同时，男女相遇的机会也在不断减少。

Coeto 公司的问卷调查还显示，"如果有机会有条件的话，是否还是想恋爱一场？"有 72% 的人表示"有机会的话，还是想尝试恋爱，但是不想受到恋爱的束缚"。

那么，日本年轻人对于恋爱结婚有什么条件和要求呢？

调查显示，年轻人对恋爱结婚的第一要求，是对方人品好，性格好，这个比例达到了 75.5%。

第二要求是，两人相处融洽，性格合得来，这个比例是 69%。

"外貌"和"共同的兴趣爱好"分别排在第三位和第四位。其中对于"外貌"的要求只占到 38.1%，这说明日本年轻人特别看重人品，并没有把长相作为主要条件。

　　这个调查还显示，日本年轻人把"对方的经济条件"排在了恋爱结婚条件的第六位（22.3%）。"学历"排在了"年龄"之后，仅为第九位（12.2%）。

　　由此可见，在日本年轻人恋爱结婚，最在意的就是对方人品和性格，而不是经济条件和学历。

22. 日本老年人的黄昏恋

窗外还飘着雪花,铃木老太太早早地起了床,她开始淘米,然后用冰水将米浸泡20分钟,老太太说:"那样沉睡过的米,烧出来的饭才会更香。"

烧饭期间,老太太跑去浴室里洗了一个澡,今天她又要出门,得把自己整得干净利落些。

半个小时后,电饭煲里飘出了米饭的香味,铃木老太太开始往脸上扑粉饼。

虽然是生活在日本东北的小城市里,但是,日本人一直有一个习惯,出门一定要把自己好好收拾一番,不至于显得太寒酸,不然对人也是不礼貌。

老太太把烧熟的米饭盛在一个大平盆里,洒上一点醋,晾着。

过了10分钟,老太太从冰箱里拿出昨夜准备好的鲑鱼肉和梅子酱,开始做饭团。她手很巧,捏出来的饭团很是松软。

一下子就做了8个饭团,她小心地用拉布一个个包好,整整齐齐地放在一个饭盒里,又包了一点自己做的酱菜,用大的保暖瓶泡了一壶味噌汤。

收拾完毕,已经是上午8时半,她望了望窗外,雪花还在飘舞,但是显然比昨天小了许多。门外已经积了厚厚的一层雪,白皑皑的一片。

自从嫁到这里,铃木老太太生了两个孩子,一生的岁月都在这个屋子里度过。6年前,丈夫去了天堂,就剩下她一个人守着这么一个大屋子,时间一长,老太太有点寂寞了。

临出门时,她到客厅,在佛笼前给丈夫的灵位烧了一支香。

那已经是她的习惯,每次外出,都要敲一下铜钵,然后给丈夫念叨几句。

铃木老太太已经75岁,看上去还是60多岁的样子。她从车库里开出小车,装上了那盒饭团和味噌汤,离家开上了雪道。

老太太是要去医院拿药,她关节有点不好,还有血压有点高。

这些都是老年病,之前老太太本来是半个月去一趟医院的,但是最近,她一个星期去两次，因为她发现，医院的候诊大厅是一个很不错的聚会唠嗑的地方。

老太太所在的小城，人口只有3万人，除了神社，还真没有适合老年人去的地方。总不能蹲在神灵的面前说三道四，说不定哪一句话冒犯了神灵会遭到天罚。于是，老人们终于发现，医院是一处聚会的好地方，因为每个人都要去拿药。

日本的医院，不管大小，都有一个漂亮的候诊大厅。铃木老太太要去的医院是当地的大医院，那个候诊大厅一排排沙发椅子，还有24小时的中央空调，很有时尚感。

据说，这家医院的候诊大厅也是最近重新装修过的，还增加了两台饮料自动售卖机，因为发现不少老年病人一待就是半天，而且原来在别的诊所里看病的，也都跑到这家医院里来了。

铃木老太太一大早做了这么好吃的饭团，自然不是都给自己吃的，她是为一位老先生做的，上次来拿药时，老先生坐在她的边上。

老汉快80岁，身体很健朗，就是糖尿病多年，有点虚胖，但是脸色很红润。

老汉以前在大城市里工作，退休后回了老家，出门依然喜欢穿西装系领带，还戴一顶礼帽，在铃木老太太的眼里，那就是电视剧《豪门望族》中的老社长的形象。

铃木老太太上次与老先生唠嗑时，已经知道老先生如今也是孤男，所以，约好了今天一起到医院里去拿药，怕错过时间，所以赶了一个早。

门诊是上午8时半开始，老太太在早上9点钟就已经开车赶到了医院。她说了一个胃痛，拿了个号坐在大厅里静静地等着，眼睛不是看电子屏上的叫号，而是一直瞄着大门，她担心老先生来了，见不到他的身影。

终于轮到她去诊室，她的号已经呼叫了两次，老太太终于扛不住，很不情愿地走进了诊室，医生问她的病状，老太太总是走神。医生感觉她不对头，建议她做一个胃镜，老太太一听直摇头，她知道自己的胃好好的，只是心乱。

终于拿到了一张处方，走出诊室，她四处寻找，还是没能发现老先生的影子。

"怎么还没有来呢？"老太太开始感觉自己的血压有点升高。

在椅子上静静地坐着，眼睛不时地瞄向大门的方向。过了半个多小时，终于见到老先生进门的影子，老太太发现自己的脸有点发烫，她从椅子上站了起来，静静地站着，为了让老先生能够看到自己。

老先生也看到了她，摘下礼帽，朝她鞠了鞠躬。

俩人坐在了一起，老太太掏出手绢，帮老先生掸去礼帽上的雪花，说了一句："今天的雪可真大。"老先生说："是啊，小时候总是打雪仗，一晃过去这么多年了。"

轮到老先生进诊室，老太太开始在自己的腿上铺了一块花色的大手绢，把带来的饭团、酱菜掏了出来，等老先生回到座位上时，老太太已经把味噌汤倒在了纸杯里，端给老先生，说："趁热喝吧"。

老先生端在手里，一个劲地低头："真是太给您添麻烦了。"

于是俩人边吃饭团边唠嗑，偶尔还传来笑声，让挂号台上的护士看得两眼发直。

"医院约会"正在成为日本的一种社会现象，有点酸酸甜甜。

23. 日本"卓越经营者"的五大共同素养

日本是全世界拥有百年历史以上企业最多的国家，截至 2022 年 8 月，还在经营的"百年企业"多达 4 万余家，占世界百年企业总数的 52%。其中创建于公元 578 年的建筑企业"金刚组"，已有 1445 年的历史，也是世界上现存最古老的企业。

这么多的"百年企业"中，有超过 40% 的企业还是代代相传的家族经营，但是也有一部分企业，创业一族已经退出了经营班子，而是由公司培养的员工团队在负责企业的经营与发展。

譬如，创建于 1937 年的丰田汽车公司，至今已经有 86 年的历史，虽然还不到"百岁"，但是已经是世界最大的汽车制造企业。

丰田汽车公司社长丰田章男是公司创始人丰田喜一郎的长孙，虽然丰田已经不是家族企业，但是，丰田家族依然牢牢把控着丰田汽车公司。前些天，66 岁的丰田社长宣布辞去社长职务退居会长，让年轻的员工团队去创造契合 AI 生活的汽车新时代，但是他依然掌控着整个公司的发展。

而索尼公司创立者盛田昭夫与井深大先生都已经去了天堂，这两个家族后来没有诞生出优秀的经营人才，因此，从 20 世纪 90 年代开始，索尼就开始进入了"员工经营"的时代，由企业自己培养起来的员工一代一代地担负起引领企业持续创新发展的重任。

从明治维新时期开始，日本诞生了一大批企业，也涌现了众多优秀的企业经营者。

那么，过去 150 多年间，有哪些企业家是日本现在的企业经营者心目中最强大的榜样呢？

日本能率协会于 2022 年秋季对一部分企业经营者进行了一次问卷调查——"你心目中最卓越的经营者是谁？"结果选出了 10 位"最卓越经营者"：

排名第1位的是京瓷公司创始人稻盛和夫先生。
排名第2位的是松下电器公司创始人松下幸之助先生。
排名第3位的是本田汽车公司创始人本田宗一郎先生。
排名第4位的是美国苹果公司创始人乔布斯先生。
排名第5位的是创办了500多家企业的涩泽荣一先生。
排名第6位的是软银集团创始人孙正义先生。
排名第7位的是日本电产集团创始人永守重信先生。
排名第8位的是索尼公司创始人盛田昭夫先生。
排名第9位的是YKK公司创始人吉田忠雄先生。
排名第10位的是丰田汽车公司社长丰田章男先生。

这10名"卓越经营者"中，稻盛和夫、松下幸之助、本田宗一郎、盛田昭夫被称为日本四大"经营之神"，不过，随着不久前稻盛和夫先生的离去，这4位"经营之神"都已经成为故人。

这里值得一提的是涩泽荣一先生，他是10人中唯一一位活跃在明治与大正时代的人物。他出生在1840年，创办了日本历史上第一家股份制银行和贸易公司，拥有"日本企业之父""日本金融之王""日本近代经济的领路人""日本资本主义之父""日本近代实业界之父"等多项桂冠。创办的500多家企业，涉及铁路、轮船、渔业、印刷、钢铁、煤气、电气、炼油和采矿等重要经济部门，许多都成了日本近代化和现代化的主角。涩泽荣一还成为将《论语》作为第一经营哲学的人。他的著作《论语和算盘》中将自己的成功经验，总结为：既讲精打细算赚钱之术，也讲儒家的忠恕之道。

还有一位值得介绍的是吉田忠雄先生，1908年，他生于日本富山县黑部乡。20世纪30年代时，只身到中国上海学习做生意。第二次世界大战前返回家乡，在一家瓷器店当店员。吉田忠雄在破产的公司中接到一批拉链，干起了拉链修理业，创办了第一家专营拉链生产的三S公司。1945年，日本战败后，吉田忠雄在黑部创办了拉链工厂，用人力机械制作拉链；为了提高拉链的质量，他又从美国引进了制造拉链的旧机器，并配以各种不同的合金材料，生产出了优质拉链。1948年，三S公司更名为吉田工业株式会社，简称"YKK"。

那么，这10位"卓越经营者"的身上，都有哪些闪光点吸引了众多现代企业家的膜拜？经营者们列举出了以下五大素养：

第一，具有看透事物本质的出色能力。

第二，具有应对时代与市场千变万化的柔软性。

第三，具有创新的气概和能力。

第四，具有理论思考能力。

第五，具有对人的关爱与好奇之心。

日本企业家们认为，要成为"卓越经营者"，这五个非凡的能力是必须拥有的，经营者遍地都是，但是能够成为"卓越经营者"的，往往是凤毛麟角，因为除了本身超群的素养之外，更需要营造与驾驭"天时地利人和"成功环境的特殊能力。

要让自己的企业成为"百年企业"，这几位日本"卓越经营者"的创业经历与思想哲学很值得我们学习与研究。

24. 日本人搞副业，都有哪些内容

在日本社会，"搞副业"是一个很敏感的事，因为长期以来，日本实施"年功序列"制度，为了保持企业员工对企业的高度忠诚，几乎所有的日本企业都禁止员工搞副业。一方面是为了防止员工把企业的技术专利泄露出去，同时也为了防止企业员工搞副业影响本职工作。

但是在20世纪90年代，当时的日本首相小泉纯一郎引进了美国的"能力主义"劳动制度和合同工制度，开始打破了传统的"年功序列"制度。这就使得日本企业在用工方面，除了正式员工之外，增加了合同工和临时工。而合同工和临时工为了维持自己一定的经济收入，确保自己的基本生活，不得不去从事其他的职业，这样一来，日本社会就开始出现"搞副业"问题，而且也获得了部分企业的支持。

日本经济新闻的调查显示，截至2021年，全国允许员工搞副业的大企业比例已经达到了60%，这个比例虽然并不高，但是也可以看出多数企业已经改变了传统的雇佣制度的限制，允许员工去从事本职工作之外的副业。

当然，一些制造类企业虽然允许员工从事副业，但是要求从事与本职专业毫不搭界的副业。也有企业对于计划从事副业的员工实施了申报制度，要求员工说清楚自己将从事什么样的副业，一个月的收入是多少，以加强对从事副业员工的管理，防止员工利用企业的技术去从事雷同本职工作的副业。

那么，目前日本人从事的副业主要有哪些呢？日本一家跳槽中介网站"转职hub"在2022年10月进行的一个网上调查显示，有35%的人表示已经从事了5年以上的副业，20.7%的人表示搞副业已有两三年，还有18%的人表示刚刚做副业。

那么，为什么要去从事本职工作之外的副业？

这次调查显示，最多的理由是"为了补助家用"（35.5%）；还有31.7%

的人是"为了存钱"，觉得自己应该通过副业增加点储蓄，以防失业或者遇到紧急情况时钱不够用；还有13.3%的人觉得自己应该利用业余时间去发挥更大的作用。从这个结果来看，有70%以上的人是为了增加收入才去搞副业，也就是说想赚点钱。

那么日本人大都在从事什么样的副业呢？

调查结果显示：

排名第一位的是"ポイ活"，就是利用专用的积分网站在电商平台上购物从而获得积分，用这个积分再去买自己需要的东西，或者去进行其他的消费。

排名第二位的是"商品点评"，通过在一些网站上对商品进行点评，撰写评语，获得厂家的商品券或现金谢礼。

排名第三位的是"讲师"，利用自己的专业知识，给人讲课，或辅导他人。

排名第四的是"数据输入"，就是帮助有需要的人输入文字或数据。

从以上排名前四位的副业来看，日本人的副业不仅"小儿科"，而且内容挺有趣。

那么，搞副业每个月的收入是多少呢？

有56.2%的人每个月的副业收入不到5万元（约2500元人民币），有25.7%的人每月收入为5万～10万日元，10万～15万的比例还不到7.7%，基本上都属于一些"零花钱"。

当然，也有一种高收入的副业，那就是夜晚东京银座高级酒吧的陪酒小姐，一些漂亮年轻的女性下班后直奔银座，一个月副业的收入可以达到100万日元（约5万元人民币）以上。

对于这些副业收入的使用途径，40.8%的人表示用来"储蓄"，24.8%的人表示作为生活费补贴，23.8%的人用于自己的兴趣爱好。而从事副业的大多数时间是利用节假日休息时间，有的也利用下班后的时间。

日本劳动者的年平均收入在过去30年的时间里，不但没有增加，反而出现了减少。2010年时，日本劳动者的年平均收入为463万日元（约23.7万元人民币），但是到2021年，已经大幅减少到424万日元（约21.7万元人民币），整整减少了2万元人民币。但是，随着互联网时代的到来，网络与手机的普及，事实上人们的生活费支出比二三十年前增加了许多，这就导致人们生活负担加

个性

重了，不得不考虑从事副业，或者成为双职工家庭。

日本社会"搞副业"的趋势正在扩大，越来越多的人开始认为，搞副业并不是一件难为情的事。大家生活都不容易，通过自己的努力多挣点钱，也会成为一件令人羡慕的事。

25．为什么日本人比中国人还喜欢大熊猫

2023 年 2 月 21 日，中国大熊猫"香香"离开东京上野动物园回到了中国。这一消息令日本人落泪。"香香"临别前与日本民众见面的最后一次机会，全国有 5 万多人报名参加抽选，最后只有 2600 人幸运抽中了与"香香"告别的机会。其中最后一组 100 人的抽选倍率高达 70 倍。

现场许多日本人泪湿衣襟，家住东京都品川区的一名 37 岁的平面设计师水口奈津季在接受媒体采访时流下了眼泪，她说："这种离别的感觉很难受，但我非常想告诉'香香'，我对它充满感激之情。对我来说，'香香'是我最要好的朋友。它给了我勇气，让我充满活力。"

上野动物园教育普及课课长大桥直哉表示："这么多人来看它，大家喜爱它的那一份情谊，我想已经传递给了'香香'，所以，'香香'今天比平时表现得更加的活泼，充满了一种奉献的精神，也许它感悟到了些什么。"

上野动物园福田园长祝福说："虽然非常不舍，但还是希望'香香'到了中国后，能尽快适应新环境，找到好伴侣，留下自己的后代。"

"香香"于 2017 年 6 月 12 日出生在上野动物园，它是中国 2011 年赴日的雄性大熊猫比力（日本名"力力"）和雌性大熊猫仙女（日本名"真真"）的女儿。这也是上野动物园近 29 年来首次诞生熊猫宝宝，因此它倍受日本民众的喜爱。但是根据规定，由于力力和真真是从中国借来的，所以它们生下的孩子的所有权也归属中国。本来，"香香"在出生后第二年就要送回中国，但由于新冠疫情的影响，归期多次推迟，最后确定在 2023 年 2 月 21 日送回中国。

这几天，无论是报纸还是电视台，都在报道"香香"的故事。动物园附近的上野商店街都挂上了送别"香香"的标语，面包店里也推出了"香香"面包，大家的惜别之情，比看公主出嫁还难受。

为什么日本人如此喜欢大熊猫呢？

个性

日本著名动物学者金泉忠明先生指出,日本人可能是全世界最喜欢大熊猫的人,许多人为了能够看大熊猫一眼,不惜从北海道、冲绳赶到东京,然后在上野动物园排上几个小时的队。与欧美人相比,日本人拥有不一样的动物审美趣味。欧美人比较喜欢像狮子、马这样雄健的动物,但是日本人更喜欢可爱型的动物,而憨态可掬的大熊猫正符合日本人对动物的欣赏趣味,符合日本社会的可爱文化。

大熊猫可爱在哪里?

金泉先生说,对于日本人来说,大熊猫表现出来的各种行为特征能够引起人们的许多爱怜之情。首先它的脸和身体是圆墩墩、胖乎乎的,这种形状能唤起人们内心的一种柔情,给人以安心感。同时,它的行动表现出的那种优雅缓慢,给人以高贵与安定的感觉,不像狮子老虎那样呈现出一种凶猛感。尤其是在爬树过程中表现出来的努力与迟缓,很会引发大家内心那份想关爱它、拥抱它、帮助它的怜爱情感。

日本人对于大熊猫的喜爱,源自1972年。

那一年,中日恢复邦交正常化,作为送给日本人民的礼物,第一对中国大熊猫"康康"和"兰兰"作为"和平使者"来到了东京的上野动物园,由此掀起了一股旷日持久的日本"熊猫热"。因为日本没有大熊猫,对于日本社会来说,大熊猫就是"梦幻般的动物"。

过去50年,日本人的"大熊猫热"已经持续了三代人。而"香香"是29年以来第一只在上野动物园出生的大熊猫,更是引发了人们对"香香"的喜爱。

"香香"走了,去了四川。何时能够再见?这份愁绪缠绕在许多日本人的心头。

在上野动物园里,一名小朋友看了"香香"最后一眼,哭着喊了一句:"帰らないで。"(你不要回去。)这句话让许多人眼眶一红,流下了眼泪。

26. 日本社会的新概念：能量夫妻

日本社会最近流行一个新名词，叫"パワーカップル"，翻译成中文的话，就是"能量夫妻"。

那么，"能量夫妻"是一个什么样的概念？

通常所指：夫妻两人是双职工，两人加起来的年收入超过1000万日元（约50万元人民币），消费水准也比一般家庭高出2倍，属于高收入家庭。

在日本，年收入1000万日元是什么概念？根据日本国税厅的调查，2021年度，日本劳动者年平均收入为424万日元（约21.7万元人民币），而1000万日元，就是平均数的2倍以上。

在我们的印象当中，日本社会是女性结婚以后就成为家庭主妇，生儿育女，相夫教子，而男人在外拼命工作养家糊口。但是经过泡沫经济崩溃的洗礼，这个传统的家庭结构事实上已经崩溃，如今真正的家庭主妇的比例只有43%，也就是说一半以上的女性在结婚甚至生育孩子以后，依然在工作，不然难以维持一家人较好的生活水准。

厚生劳动省公布的调查数据称，2020年，日本全国家庭主妇型的家庭为571万家，而双职工家庭已经达到1240万家，也就是60%左右的家庭是双职工家庭。

那么，双职工家庭的收入是多少呢？日本总务省的调查数据称，2020年，双职工家庭的实际月收入是68万元，年收入大概是在816万元（约41.8万元人民币）。如此看来，这个平均数距离1000万日元以上的"能量夫妻"家庭的收入，还有相当大的距离。

那么，日本如今年收入在1000万日元以上的有多少人？

日本国税厅的数据称，年收入在：

1000万～1500万日元的比例为3.6%；

1500万～2000万日元的比例为0.8%；

2000万～2500万日元的比例为0.3%；

2500万日元以上的比例为0.3%。

从以上的调查数据可以看出，日本高收入群体的体量并不是很大，年收入在1000万日元（约50万元人民币）以上的比例，仅为5%。

30多年前的泡沫经济时期，日本女性谈婚论嫁的条件是"三高"——高学历、高收入、高个子，其中"高收入"的标准是2000万～3000万日元。如今回头看，已是天方夜谭，一个国家不可能永远向阳。

"能量夫妻"的收入结构，一般为：丈夫600万日元以上，妻子400万日元以上，而且还都是税前收入。如果是1000万日元年收入的话，扣除各种税金和社保费之后，实际到手的是731万日元（约37.4万元人民币）。

日本这种"能量夫妻"家庭在不断地增加，2013年，全国还只有21万户，到2020年已经增加到34万户。而在2020年到2021年之间，又猛增了7万户，而且以中青年家庭为主。

那么，"能量夫妻"家庭的增加，给日本社会带来了怎样的冲击？

首先，"能量夫妻"家庭喜欢购买高级高层公寓楼（日本称为"タワーマンション"）。

东京的房价在过去5年中已经上涨了20%左右，这是因为"回归都心"的潮流越来越烈。原来居住在郊区的人们纷纷把家搬回东京市中心，享受更为繁华和便捷的生活环境。于是，东京目前也出现了一个兴建高级高层住宅楼的热潮。这些高层住宅的售价，两室一厅（室内面积在80平方米）都在1亿日元以上，不仅建在东京市中心，而且拥有24小时管家式服务，景观环境也特别好，一推出，就会被买空，而购买的主体就是这些"能量夫妻"家庭。

日生基础研究所的报告称，年收入在1400万日元左右的家庭，购房的标准大都在7000万～1.4亿日元之间（约358万～717万元人民币）。如果是租房居住的话，每月的房租都会在30万日元（约1.54万元人民币）左右。

其次，"能量夫妻"家庭日常生活支出会比一般家庭增加2倍以上，而且每月的零花钱也会增加2.5倍。同时也撬动了便捷的家用电器和保姆式家庭服务，譬如"能量夫妻"家庭中，使用自动扫地机的比例达到了24%，这个比例是一般家庭的两倍以上。

再次,"能量夫妻"平均一个月会有一次外出泡温泉旅游的机会,一年也会有一两次出国旅游的机会。

日本社会对于"能量夫妻"家庭的大量增加充满了期待,因为他们的高收入必然带来高消费,将会驱动日本消费市场的发展,同时形成日本高消费群体,使得日本的高端商品也能找到一个很好的市场,而不再依赖于外国游客。

这种"能量夫妻"的不断增加,也在改变日本的社会结构,女性结婚以后继续工作,"夫妻共斗"正在成为一种社会潮流。日本家庭专业主妇的比例将会进一步下降,"男主外,女主内"的传统家庭结构已经崩溃,日本已经由一个"平均主义"社会迈向了"竞争社会"。

27. 日本相扑选手的断发式有何讲究

日本人一直有一种"蒙古"情结，说多数日本人的屁股尾骨边，都有一个青印。而全世界在那个位置有青印的，还有蒙古人。

我很想探究一下这一说法的真伪，可惜没有机会。

但是，世界上有一项独一无二的传统竞技项目，也只有日本和蒙古才有，这一竞技项目在蒙古叫"摔跤"，在日本叫"相扑"。

日本古书《日本书纪》记载，早在垂仁天皇7年（公元前23年）7月7日，日本就举行了"捔力"比赛。

公元1578年，日本战国时代的枭雄织田信长观看了相扑比赛，说明那时的这一竞技活动，已经进入了贵族社会。

1860年，浮世绘大画家歌川国贞画了一幅"相扑绘"，把相扑力士们的"力"表现得淋漓尽致。

到了20世纪90年代，贵乃花和贵若花两兄弟相继夺得相扑界的最高位"横纲"时，日本现代相扑进入了最鼎盛的时期。可惜，此后日本相扑力士走入衰退期，而蒙古的年轻摔跤选手纷纷来到日本，成为日本相扑界的主力选手。

其中最有名的选手是"白鹏"。

白鹏于1985年3月11日出生在蒙古国首都乌兰巴托市，2000年，15岁的他来日本学习相扑，次年春进入宫城野部屋。2004年初获"新十两"资格，2007年，22岁的他获得相扑的最高勋位"横纲"。此后保持了日本相扑史上最多的45次大赛的优胜纪录，被称为"史上最强横纲"！

2019年9月，身高192厘米、体重155公斤的白鹏加入日本国籍。2022年秋季大赛后宣告引退，时年37岁。

2023年1月28日，在相扑比赛的圣地——东京两国相扑馆，白鹏举行了"断发式"。

"断发式"是相扑选手告别职业生涯的最重要的仪式,目前也只有"横纲"勋位的选手才有资格在两国相扑馆的土俵上举行这一仪式。

300余名受到邀请的亲朋好友出席了这一隆重的"断发式",这其中有日本前首相森喜朗、鸠山由纪夫。

断发式前,白鹏的人生最后一次相扑比赛,留给了自己的儿子。

断发断的是相扑力士特有的发结"髷",受邀请的恩人、友人们陆续登上土俵,每人为白鹏剪掉一小束髷发。

最后由白鹏的师匠为他剪下髷结,并嘱咐他要尽快培养出大关和横纲。

白鹏的夫人为丈夫献花,她在大学四年级时就嫁给了白鹏,并为他生下了四个孩子。

日本相扑界有一个规定,女性不能登上土俵。所以,白鹏的夫人和女儿们都在土俵下为爸爸祝福。

白鹏引退后,他将继承"宫城野"的相扑部屋的袭名,担负起培养年轻选手的重任。

一代横纲的告别,也是一代相扑名师的诞生。只是如今,日本相扑传统需要外国人来撑台面,也是日本男人们的一份遗憾。

28. 日本女性结婚，彩礼为何那么少

与日本女性结婚，到底要不要送彩礼？

有人说"要"，有人说"不要"。

对于这一问题，我咨询了日本社会学家小熊先生，他说，日本有彩礼，但不是中国意义上的彩礼。

"日本式彩礼"叫"结纳金"。

日本虽然已是一个现代化社会，但是，在社会生活中，还恪守着许多传统，譬如结婚的规矩。

日本人结婚，首先要有"婚约"。这个"婚约"是有仪式感的，最为常见的，就是双方父母正式坐在一起，由男方向女方呈上"结纳金"和"结纳品"，表示两家正式结为"亲家"。

这种婚约的"结纳"仪式，大多在高级酒店或高级料亭进行，除了双方的父母和婚约双方之外，还会有至亲参加。

"结纳金"的标准称呼，叫作"御带料"，一般的标准，是男方月薪的2～3倍，目前日本社会大多数是100万～150万日元（约5万～7.5万元人民币）。根据地域，东京首都圈为主的关东地区，大多数是100万日元。而大阪、京都为中心的关西地区，大多数是150万日元。

小熊先生说，日本的"结纳"传统，源自中国古代实行的"六礼"，"六礼"是中国传统的结婚程序，分别是纳采、问名、纳吉、纳征、请期、亲迎。而其中的"纳采"就成了日本"结纳"文化的原点。

"结纳金"的用途主要是男方给女方添置一些结婚所需的用品。但是，如果女方招的是上门女婿的话，则女方要给男方家庭呈上"结纳金"。

按照规矩，女方在收到"结纳金"后，要返还一部分给男方，返还的比例一般为30%～50%。

我们中国的"彩礼",包含了对岳父岳母养育女儿的答谢敬礼之意,所以,从这个角度上来说,日本的"结纳金"跟中国的"彩礼"在含义上有所不同。

中国人在结婚的数字上喜欢"成双",因此,送彩礼时比较喜欢"6688"。但是,日本社会与中国刚好相反,喜欢奇数,所以在包"结纳金"时,30万、50万、70万的数字比较多,多数人认为"100万"是最为圆满的数字。

"结纳"是日本的一种传统文化,对于重视传统和礼仪的家庭来说,不送"结纳金"会被认为是非常失礼的事。所以,对于有脸有面的家庭来说,"结纳"仪式选择在哪一家高级酒店里进行,双方穿什么礼服,都是非常有讲究的,而且双方家庭事先都会商量好。

"结纳金"不能拿一大沓钱直接交给女方,而是要装在一个"金封"的专用贺礼封袋里交给对方。贺礼袋的正面要写上"御带料"三个字。

"结纳"仪式上,呈送的"结纳品"的种类与内容,也有严格的规定,一般为"九品",分别是:

1. 礼签:用鲍鱼肉拉长晒干后做成的礼签,象征长寿。

2. 目录:记录彩礼的品名和数量。

3. 结纳金。

4. 胜男节(鲣鱼干):象征男性的坚强。

5. 寿留女(小墨鱼干):这是庆祝时用的酒菜,作为可长久保存食品,也有防备灾害的意思。

6. 子生妇(海带):寓意多生子女。

7. 友白发:一种白色的麻线,有祝愿夫妇和睦相处白发到老的意思。

8. 末广:纯白的扇子,祝福爱情纯真无垢,婚后家庭昌盛。

9. 家内喜多留:一种喜庆的木桶酒,祝福喜庆。

准备娶日本女性为妻的各位,一定要把这篇文章好好保存。日本丈母娘不会要求你结婚时必须买一套房子,所以,娶日本女性,成本不大。当然,男方父母要为儿子买一套新房相送,那一定会感动日本亲家,令整个家族刮目相看。

29. 京都的艺伎都嫁给了谁

到京都时，正是初秋时节。枫叶有些泛红，鸭川边坐了不少谈情说爱的年轻人，凉爽秋风中，享受着清闲的惬意。

疫情逐渐平息，京都的街头开始出现了不戴口罩的人，久违的笑声，在这一座千年古都的各个角落弥漫开来，有一种大病初愈的欢悦。

京都的游人依然不多，店家们都期待 10 月 11 日全面打开国门后，有大量的外国游客涌入。但是，老京都人都已经习惯了这两年的清净，言语间对于太多的人、太多的嘈杂，平添几分担忧。

晚饭是在鸭川边上的一家百年老店吃的，老到什么程度？已经开了 305 年。被称为"女将"的老板娘很是清秀，据说已经是第 9 代传人。

隔着玻璃窗能够看到鸭川的夜景，那玻璃也已经有 90 多年的历史，完全的手工制作，看上去有些凹凸。

京都人恋旧，是因为有旧的东西可恋。从公元 794 年（唐朝贞元十年），日本天皇将都城从奈良迁到京都后，一直到 1868 年明治天皇去了江户（今东京）为止，1074 年间，日本的都城都没有挪动过，京都是名副其实的"千年古都"。

京都人很后悔 20 世纪 70 年代开始的泡沫经济的拆建，那一栋栋现代高楼，就好像在一位美艳的皇妃脸上贴了膏药，使古都的韵味备受摧残。

后来，京都古城申报世界文化遗产时，直接遭到评委们的否决。

好在京都还保留了几条老街，那真是老街，千年不变的古寺，百年不变的建筑，让我们还能有机会寻觅大唐古都的遗痕，思恋武则天统治下的洛阳风貌——1000 多年前，京都便是仿照洛阳都城建造的，至今还留有"洛中""洛南"的地名。

说到京都老街，最著名的是祇园。京都有五大花柳街，祇园是其中最有名的，千百年来，无数达官贵人、文人墨客在此醉梦流连。入夜，游客们也是扛着相机追拍艺伎们的魅力身姿。

但是，因为太有名，如今的祇园已经变成了一条旅游街。

京都的老绅士说，京都的名士们，还有来自东京的著名艺人们，去的最多的花柳街是宫川町。

宫川町位于鸭川的北侧，从歌舞伎座起步，沿着鸭川走，就能看到一条隐匿于城市中的老街。

江户时代，宫川町是京都名妓们的云集之地，夜夜笙歌，天天欢欣，难以言喻的热闹。如今，时代变迁，宫川町只是一处艺伎相伴的喝酒处，有点艳，但没了过往的"俗"。

走进宫川町老街，居然见不到一个人影，唯有一盏盏高高悬挂在门口的灯笼，告诉人们：这里是茶屋。

"茶屋"便是艺伎们的"家"，是艺伎们招待客人们喝酒聊天的地方。其实，艺伎不是"妓"，只是琴棋歌舞女子。

京都的"茶屋"不是人人都能进的居酒屋，大多需要熟人的介绍，价格自然也不菲。

友人带我去的茶屋，有5位艺伎，年龄都在二三十岁，满脸白粉与红唇相映，古典而艳丽。

茶屋里有榻榻米的和室小间，也有飘着木香的吧台，聊嗨了，问她们一个问题："艺伎大多嫁给了谁？"

文子小姐我已经见过几次，很熟悉，也聊得来。她说，其实艺伎的生活圈很窄，平时练舞的时间也多，受职业的限制，又不可能到处参加聚会，所以，接触最多的就是客人。而能够到茶屋里喝酒的客人又大多是中老年人，所以，能够寻觅到结婚对象的概率其实很低。

文子小姐的几位伙伴都没有结婚，只有1人有男朋友，是高中的同学。

文子小姐说，她相识的艺伎姐妹们最后嫁的人，其实跟一般的公司白领没有太大的区别，有公司职员，也有企业经营者。有的嫁给常来店里的东京、大阪的艺人，机遇好的话，也有嫁入豪门的。

文子小姐说，花柳街有一个很重的规矩，艺伎不能直接给客人留电话号码等联络方式，必须通过茶屋的妈妈联系，因此，即使喜欢上了一位客人，也不能直接联系和约会,被妈妈知道,那是犯规,严重的要被赶出门第。

"其实最理想的,是嫁给京都一些百年老店的年轻接班人,结婚后,自己还可以成为女将,继续古都文化的传承。"文子小姐说。

30. 日本"Z世代"年轻人的性格特征

最近在东京组织了一场活动，邀请了一些日本年轻人做志愿者，这其中，有参加了工作的年轻白领，也有在校大学生，所谓"Z世代"。

日本把20世纪60—70年代出生的人称为"X世代"，把20世纪80—90年代出生的人称为"Y世代"，而把20世纪90年代至21世纪初出生的人，称为"Z世代"。

与这些年轻人交往多天，发现他们有一个共同特点，那就是脸上很少有表情的波动，很少能够看到其灿烂的笑容，似乎都是"闷骚型"。

这是很令我纳闷的地方，因为我的感觉是：年轻人聚在一起，应该是打闹、说笑话、吹牛、欢声笑语，而不是个个像走进了教堂。

为什么现在的日本年轻人聚在一起，没了表情，没了欢笑呢？

遇到庆应大学的志水教授，他带了几位研究生，跟我聊了这么一件事。

他现在与学生交往，基本上都是通过LINE（日本版微信），拉一个群，无论是布置作业还是日常联系，都在这个群里沟通，联系十分便捷。但是，如果你想跟学生通个电话，那么麻烦就来了，你打10次，对方总有7次不接，你刚失望时，他会用LINE给你发来一句话："老师，有什么事吗？"同样，学生想给老师通一次电话，预先会先发一个LINE："老师，我跟您通一次电话行吗？"

志水教授说，后来我才发现，学生有一种"电话恐惧症"，他们从小已经习惯了一个人静默的网络生活，一接到电话，就会产生一种莫名其妙的紧张，不知道如何跟你聊，甚至担心说话的内容会被边上的人听到。

这种"电话恐惧症"在日本的年青一代身上表现得已经比较明显，能用LINE写的，尽量不用语音；能用语音的，尽量不打电话；能打电话的话，尽量不见面。

一对在LINE上聊得热火朝天的年轻人，却很少提出约会，因为就怕见了面，

个性

不知聊什么好。

宫本先生是一家公司的人事部长，他说现在最为头疼的事是年轻人没有笑容。无论是在办公室，还是接待客户，都表现得一本正经。"始终保持笑容"是日本社会受人称道的一大服务魅力，但是，现在以这个标准来要求年轻人，他们的反驳是："本身没什么好玩的事，为什么要笑？""脸上一直堆着笑容，是不是太假太累？"

宫本部长52岁，他说自己在孩童时代，一放学就跟同学们跑到外面去玩，回家就跟兄弟姐妹打闹，不仅活动的范围广，而且接触的人多，一天的喜怒哀乐轮回转，情绪丰富。而现在的孩子，回家后就赶紧做作业，做完作业去补习学校，一天的生活十分充实繁忙，与同学朋友外出游玩的时间几乎没有。同时，兄弟姐妹越来越少，许多家庭是独生子女，在家里打闹、吵架也大幅减少，甚至有什么问题都可以上网查询，与父母的对话交流也变得稀少，这种从小一个人在家里"独乐"的生活环境，使得年轻人的表情变得简单，甚至有些僵硬，拍照片很少能看到他们天真灿烂的笑容。

聊到年轻人职场的生活，宫本部长也表示有些不理解。

他说，以前到了下班的时间，年轻人总是会跑到上司的桌边，问一句"是否还有什么工作要做？"言下之意，就是"没事的话，那我就先走了"。但是，如今你上一次洗手间，就会发现好几个人已经不见了。

"我们年轻的时候受的职场教育是，做工作不是为了完成任务，而是为了获得比期待更高的业绩。"宫本部长说，现在的日本年轻人，大多数认为把自己手头的工作按时做完，就已经很对得起这份工资了。

"因为在这么一个不安定的社会里，你为公司做出的贡献不一定能够获得相应的回报，要求年轻人像老一辈人那样对企业忠心耿耿奉献一生，事实上也已经是不可能了。"宫本部长表示理解。

但是，年长的老员工们总是无法适应年轻人的工作态度，他们认为，加班是一个职员的本分，做得更好是寻求自己成长的阶梯。

日本的年轻人并不都这么想，他们有他们的价值观，他们擅长互联网，喜欢个性化事物，关心社会问题，渴望自由，讨厌不平等。

时代在变化，世代在更替，尤其在互联网世代再遇到少子化问题，如何适应年轻人的生活习惯与节奏，发挥他们的个性特长，为他们提供更大的人生舞台，这不仅是日本社会需要面对与思考的问题，也是这个时代需要构建的一种新的生存与发展的环境。

  我只是感悟到，今后要多用语音电话，少用文字留言，因为声音比文字更有温度。

个性

31."α世代"孩子的成长倾向

我们把出生于20世纪90年代至21世纪初的人，称为"Z世代"。"Z世代"是人类最早的数码时代的原住民，他们从小接触智能手机和平板电脑，在社交网络中长大，比起拥有某种固定的"商品"，他们更倾向于在娱乐和经验中发现价值。比起"竞争"，他们更愿意实现自我和对社会做出贡献。

正因为"Z世代"的年轻人具有与上一代人不一样的特征，因此表现在消费上，即产生了远离私家车，喜欢订购，喜欢共享经济，重视情感消费的趋势。到2025年前后，"Z世代"的大部分人将步入社会，作为社会消费的主角，同时也将结婚生子，培育下一代。

那么，"Z世代"之后的新一代人，也就是2010年之后出生的这一代人，叫什么呢？

现在已经有了一个名词，叫"α世代"——无限可能的一代。

这是21世纪出生的第一代的孩子，到2022年，年龄最大的也只有12岁，还在上小学六年级。"α世代"成为社会和经济的主角还比较遥远，但他们的价值观和习惯已经开始影响家庭的生活和消费趋势。

那么，"α世代"会表现出哪些特征呢？

日本一些社会学家开始在关心和讨论这个问题，归纳起来，有3大征兆：

第一，"α世代"将更自我，更关心社会问题。

随着日本"少子化"问题的日益严重，"α世代"独生子女的比例将会进一步扩大。孩子们的"自我意识"会更强，更注重于自我价值的实现，而不会像爷爷奶奶那一代人注重于"集体主义"和"顺从主义"。

同时，随着自我主张意识的强化，"α世代"的人会更加关注社会问题，譬如男女平等、可持续性、全球变暖、社会贫困等问题。在消费上，他们在父母的影响下，也会更倾向于与父母相同的价值观来选择物品和服务。例如，可回收包装的点心、非塑料玩具、有机食品等，重视环境、重视自然。

第二，具有与生俱来的"数码生活意识"。

"α世代"的孩子一出生就开始使用智能手机和平板电脑，与"Z世代"相比，他们具备更高级的数码知识，有些孩子从幼儿园就开始学习编程。同时，他们很少有机会认识和接触现金，对于现金支付毫无概念，把二维码当作最主要的支付手段。

有一个笑话：去京都进行修学旅行的孩子，为了不增加自己的行李负担，计划给爸爸妈妈爷爷奶奶准备的礼物——京都名吃"八桥"糕点，在返程前就直接在亚马逊网站上订购，人还没有回家，礼物就已经送到了家里。

第三，习惯于封闭式的"疫情生活"。

"α世代"遭遇了百年不遇的新冠疫情，这3年的不自由的生活，对于他们的人格形成与生活习惯的养成产生了巨大的影响。

特别是在新冠疫情期间，大多数"α世代"过着在家学习、无法参加学校活动等不正常的学校生活，即使在节假日，也不能去游乐园玩，也无法外出与父母一起去旅行，不得不过一种受社会管控的生活。这一生活方式使得他们热衷于在线打游戏、观看媒体直播，不用跟外面的人接触就能享受休闲娱乐的生活。这种生活方式将会使"α世代"的孩子们的人格更趋向于自我和封闭，并对于他们的消费行为产生影响。

"α世代"的命名者是澳大利亚咨询师马克·麦克林道尔，他认为，到2025年，全世界约有20亿"α世代"，将超过婴儿潮一代，成为历史上体量最大的一代人。

虽然"α世代"影响社会与消费的行为，恐怕要在10年后才会反映出来，但是，我们提前关注，将有利于研究2030年前后社会经济与政治的走向，也有助于培养好自己的孩子。

32. "经营之神"稻盛和夫的"遗言"

一代"经营之神"稻盛和夫先生走了，享年90岁。

2022年8月30日一早得到消息，向多位与稻盛和夫先生有交往的人士求证，大家都没有听说。最后向京瓷公司的一位董事发了手机短信询问，他一直没有回复，直到下午，京瓷发表讣告后，他才告诉我"确有其事"。

从讣告中得知，稻盛先生其实已经走了好几天，他是在24日早上8时25分，在自己家中告别这一世界的。死讯一直保密，也许是怕打扰大家。丧事由稻盛先生的三个女儿一起操办悄然完成。30日公布去世的消息时，刚好是稻盛先生的"头七"。

1932年1月24日，稻盛先生出生在鹿儿岛县鹿儿岛市，父亲经营一家小小的印刷厂，兄弟姐妹7个人，因为经济拮据，他是家里唯一一个上到高中和大学的人。

稻盛先生的梦想是当一名医生，结果没有考上大阪大学的医学部，只能进了刚刚成立不久的鹿儿岛县立大学，读的是工学部有机化学专业。

1955年大学毕业后，日本经济正处于战后的萧条期。他在家乡求职四处碰壁，最后在教授的介绍下，进入了京都市一家濒临破产的公司——松风工业公司工作。

在这家公司工作的4年多时间里，稻盛先生做了两件事：

第一，了解了公司主打产品——高压电绝缘陶瓷"绝缘子"的制作方法。

第二，找到了自己的终身伴侣和最强的事业支持者。

从公司辞职的第二天，稻盛先生便与自己的同事小妹朝子举行了婚礼。婚房只有10平方米，厨房和洗手间都是公用的。

朝子夫人并非一般女子，她的父亲名叫"禹長春"，是在日本出生的韩国人。禹長春是朝鲜半岛第一位考入东京大学获得农学博士学位的才子，曾经担任京都农场场长和韩国中央园艺技术院（国立试验场）院长，被称为"韩国近代农业之父""韩国泡菜之父"。

1959年，27岁的稻盛先生创办了"京都陶瓷"公司。

他的女儿回忆说，父亲从来没有参加过她们学校的家长会，甚至都没有赶上大女儿的婚礼。每天很少在深夜12时之前回家，满脑子都是工作，还时时要为公司的资金操心。

就这样，稻盛先生把一家7人作坊发展成了一家从经营电子零部件到手机、太阳能电池和办公、医疗设备等所有领域的世界500强企业，拥有员工8万人。

1984年，为了打破日本NTT公司垄断电信市场的局面，52岁的稻盛先生再度创业，他在东京创建了第二电电公司（现KDDI），并为此后孙正义创建软银通信公司铺平了道路。如今，KDDI不仅是日本三大通信公司之一，同时也是世界500强企业。

2010年，日本最大的航空公司之一"日本航空"（JAL）宣告破产。当时的日本首相鸠山由纪夫力邀稻盛先生拯救这一"日本的翅膀"。已经在京都寺院里出家的稻盛先生临危受命，以78岁高龄出任日本航空公司董事长。

通过改革公司经营体制、裁员和出售高耗能客机等手段，公司第二年就扭亏为盈，并在两年多后，再度在东京证券交易所上市。而稻盛先生没有领取1日元的工资，还受邀担任了日本内阁特别顾问。

在日本人的印象中，稻盛和夫既是与松下幸之助（松下电器创始人）、盛田昭夫（索尼创始人）、本田宗一（本田公司创始人）齐名的日本四大"经营之神"，同时也是一名哲学家和思想家。在日本众多的企业家中，稻盛先生属于"另类"。

他崇尚佛学和儒学，他的思想与经营理念深受佛学的影响，将对人性的尊重与追求人性的完美，与企业经营融为一体，形成了独自的人生哲学、经营哲学和阿米巴经营体系，构建起了影响世界的"稻盛经营学"。

稻盛先生写了许多书，最有代表性的是《活法》《干法》《心法》三本，成了许许多多企业经营者的心灵与经营指南。2015年时，稻盛先生著作的销售量就已经突破了1000万册，其中在日本发行480万册，在海外发行了520万册（9成是中国读者）。

2017年，在《财富》排行榜上，稻盛先生以840亿日元的资产排名日本第

49位。但是在1984年，稻盛先生就把自己的财产捐献出来，成立了"稻盛财团"，目前财团的资产为1108亿日元（约55亿元人民币）。

稻盛先生拿个人财产做了两件大事：

第一是创立了"京都奖"（而非"稻盛和夫奖"），每年奖励世界优秀的科技与艺术的杰出贡献者，被誉为"日本的诺贝尔奖"。

第二是设立"盛和塾"，培养海内外企业经营者。马云、任正非都曾拜稻盛先生为师。

对中国充满挚爱之情的稻盛先生，不仅在中国投资了许多京瓷子公司，甚至为了帮扶中国贫困地区，他还在贵州投资建设了手机工厂。

1998年，为了让日本人更多地了解中国，他跑到北京见到中国领导人，建议中央电视台节目在日本落地。为此，他联合了日本最有影响力的媒体和企业共同出资，支持旅日中国纪录片导演张丽玲成立了"大富"电视台。

如今，"CCTV大富"频道已经走进了90%以上的日本酒店旅馆和许多日本人家庭，超过CNN成为日本最大的外国电视频道，成为完全由日本企业支持的中国在海外的最大"传声筒"。

我有幸在稻盛先生担任日本航空公司董事长期间对他做过一次采访。在我眼里，稻盛先生是一位圣人，他燃烧了自己，照亮了别人。他的身躯是否存在，其实已经变得不再重要，因为他的思想和灵魂，已经成为影响世界的"人生指南"，已成为一份"世界遗产"。

稻盛先生晚年在接受日本经济新闻采访时，给日本社会和自己的门生们留下了两大"人生遗言"：

第一，人与社会必须时时拥有变革之心，"意识改革"尤为重要，必须与时俱进，紧跟时代步伐。

第二，企业经营必须要有"利他之心"，与合作伙伴利益共享，才能成就自己，成就他人，成就社会。

33．日本盆栽鬼才小林国雄

第一次知道"小林国雄"先生的名字，是因为看到了一本书《盆栽艺术》。

封面上那棵苍劲古朴的松柏深深地吸引了我的眼球。据说这棵盆栽松柏已经有1000年的历史，强烈的好奇心驱使我很想拜见这位大师。

好友莉生兄刚好与小林先生认识，他马上帮我联系，小林先生很爽快地答应跟我见面，见面的地点，就约在他的盆栽美术馆——春花园。

春花园位于东京都江户川区，占地2400多平方米。在东京的市区里能够拥有如此大的一块土地，小林先生花费了10亿日元（约5000万元人民币）的私财。

走进春花园，满眼都是绿色，这让炎热的夏日多了一份清凉。

春花园给人的惊奇，不只是各种奇异的盆景，还有由盆景构建而成的园林。

终于见到了小林先生，这是一位和蔼的小老头，握他的手，满是厚茧。

小林先生74岁，从28岁开始从事盆栽艺术，至今已经46个年头。

小林先生的奇在于没有师匠的教诲，无师自通。他就像中国的绘画大师齐白石，草根出身，自成流派，属于"天才"级的大师，作品让人瞧一眼，就知道这是"小林流"的艺术作品。

小林先生陪我参观那棵《盆栽艺术》的封面树，很谦虚地告诉我：盆栽艺术来自中国，我只是把它继承和发扬了一下。

在这棵千年盆景树前，我和小林先生有了这样一段对话：

徐：日本的盆栽艺术与中国有什么不同？

小林先生：盆栽艺术大约于1300年前诞生于中国，800年前传入日本。总体来说，盆景的美是形与意巧妙结合的自然美，既有美的艺术造型，又包含美的思想意境，所以它是"无声的诗、立体的画"。这一点，中日两国都是一样的。所不同的是，日本的盆栽艺术融入了日本的风土文化，审美观上有了"物哀""闲

个性

寂""野趣"等诸多特征，也把一份禅意推向了极致。

徐：日本盆栽也一定形成了各种流派，您追求的是什么样的艺术？

小林先生：一个完美盆栽的形成，往往需要几十年的时间，需要付出一生的心血和感悟。我所追求的是盆栽造型的线条，还有美术意义上的留白。让一棵树能彰显出更多的跃动感和空间感，不仅让人感悟到生命的勃动，还能感悟到大自然的那份沧海桑田般的傲然风骨，给予人无限的遐思，心灵的治愈。我想，盆栽的真正奥义不只是美，还有一种道劲的力。

徐：您把一生的心血都献给了盆栽艺术，从中您感悟到了什么？

小林先生：生与死的共存。一棵千年松柏，部分树干已经枯死，但是，剩下的树枝仍以蓬勃的生命紧紧拥抱着枯干，让它的生命继续展示出不灭的世界，这一种生死相恋的意境，不仅寓意着生命的传承，也让我感悟到人生的真谛：酣畅淋漓！

小林先生每天清晨4时起床，先喝一杯咖啡。5时开始，就在春花园里转悠，给一棵棵盆栽修剪枝叶，观察每一棵盆景的健康状况，思考新的造型与意境，每天的劳作时间都在15个小时。

他最大的能耐，是能用几年的时间，在古老的松树上嫁接出翠绿的柏树枝叶。同时去繁存简，塑造出美与力相融、极具冲击力的造型。

小林先生的工房里，挂着日本历代首相颁发的"总理大臣奖"，仔细一数，居然有4幅，这应该是日本盆栽艺术的最高荣誉奖。

春花园里，他接待过亚马逊总裁贝佐斯、阿里巴巴创始人马云，也接待过许多世界政要。

小林先生如今在意的，已经不是获奖，而是传承。

他说，盆栽艺术源自中国，发扬于日本，它是人类的美丽财富，所以盆栽艺术不能只局限于中日两国，应该走向世界。

小林先生已经走访了世界上30多个国家，做了150多场讲演，同时接纳了来自世界各国的120多名弟子。在春花园里，我遇到了来自上海的陈一鸣、来自我国台湾地区的吴孟玮、来自波兰的拉法，他们都是追随小林先生而来。

如今，在小林先生的极力推动下，盆栽的日文发音"BONSAI"已经被吸纳为一个专用的英文单词。

"盆栽让我们感悟到一种顽强坚韧的生命力,一种与众不同的东方美感。也学会了一份关爱,要像爱护自己的孩子一样,天天细心呵护,并相伴一生。这是一种艺术,更是一种人生。"小林先生送给我一块"梅花石",上面都是斑斓的梅花。

我想,这应该是小林先生的思想指引,无论是盆栽,还是水石,让自己的心灵去感悟深藏的物哀,感悟岁月流逝带来的幽静与风韵,感动生命的尊严!

小林先生的大弟子神康文先生说,师匠总是在孜孜不倦地追寻一种超然物外的极致的艺术、一种哲学。

34. 日本人做事为何特别讲究仪式感

现代社会人人都忙，加上父母与孩子分居，许多时候我们都不知道如何过传统节日，也忘了甚至懒得去讲究节日的仪式感。

日本这个社会总体保守，保守并不一定是坏事，革新也并不一定完全是好事。

日本人的保守，集中体现在"守规矩"上。"老祖宗定下的规矩，一定有其道理，必须遵守"，这是日本人与日本社会"守规矩"的原理。如果你破了规矩，伤害的往往是自己，譬如过年过节的祭祖。有些人不懂怎么做，有些人懒得做，结果你的孩子也不知道有这么一个传统与仪式，等你自己到了地狱，才会知道过年过节没人给你祭奠送东西，看别人大鱼大肉的，自己饿得哇哇叫。

这当然是佛教教义中演绎出来的一种传统说法，这种说法变成做法，就是一种祭奠之礼。

日本人常用"礼仪礼仪，就是要用'仪'来体现'礼'"的说法，要求做事必须讲究仪式感，要用仪式来表达自己的情感，而不是闷在心里自个儿冥想。

所以，任何文化的传承，于国于民，最终也是于自己。虽然烦琐，但是必须坚守！

聊到日本社会的文化传承与仪式感，就跟大家聊聊"盂兰盆节"。

日本社会有句"进入八月不干活儿"的说法。为什么到了8月份，大家都不干活儿呢？

因为8月日本有一个特别传统的节日，叫"お盆"（御盆）。所谓"御盆"就是过"盂兰盆节"。

"盂兰盆节"在我们中国叫"鬼节"或"中元节"。

《盂兰盆经》记载，释迦弟子目连，看到死去的母亲在地狱受苦，于是求佛救度。释迦要他在农历七月十五日，即僧众安居终了之日，备百味饮食，供养十方僧众，可使母亲解脱。佛教徒据此记述兴起了"盂兰盆会"。到了民间，无论贫富，家家都要备下酒菜、纸钱祭奠亡人，以示对先人的怀念。

据《佛祖统纪》卷三十七称，中国最早的盂兰盆会出现在梁武帝时期（502—549）。而日本在平安时期（中国的唐朝），由遣唐使节和高僧，将盂兰盆会的习俗传入日本，并把它演变成一年一度祭奠祖先的最大节日，类似于中国的"清明节"。

日本的盂兰盆节期间，分散在全国各地的家人都要赶回老家祭祖，因为日本人很相信先祖神灵的保佑。于是，日本就自然而然地形成了"御盆假期"。这个假期不是法定的假期，但是，比法定的假期还要牛，因为没有人可以用任何理由阻止人们回老家祭祖的步伐。

"御盆假期"有多长？一般是一个星期，有些企业把前后的周六周日加上，最长的放 10 天的假。当然，政府机关和金融机构必须按照正常的日历上班，但是可以轮流调休。日本首相一年放两次假，一次是新年，另一次就是"盂兰盆节"，因为他也得回老家祭祖。

那么，日本的盂兰盆会（盆节）都有哪些仪式？

第一，农历七月初一（8月1日），农村要割草，城里人要清除家中院子里的杂草，因为要倾听先人在地狱中的呼叫。

第二，8月8日立秋节，要开始祭祖的各种准备，尤其是要准备佛笼、祭棚和擦洗各种祭器。同时要准备好一根黄瓜和一根茄子，做成马的形状，让先祖们骑马回家。

第三，8月13日是迎接先祖回家的日子，要烧盆火，点灯笼，为先祖引路。同时，家里的祭棚上要放上各种糕点和酒水，供先祖品尝。

第四，8月13日至15日，是扫墓的日子。从全国各地赶来的家人们要去先祖的墓地清扫墓园墓碑，同时要供上糕点鲜花，一家人合掌祭拜，感恩先祖的保佑，感恩先祖生命的延续。（日本人没有烧纸钱的习惯，似乎在那边不花钱。也没有人听从别人的忽悠，给先祖烧纸糊的车和手机，好像那边用不到。）

第五，8月16日，是送先祖的日子。又要点燃盆火和灯笼，为依依不舍的先祖们照亮回去的路。那一天，日本千年古都——京都要举行一个特别的"五山送火"仪式，在五个山头点火烧出一个巨型的"大"字。同时，在河边要放流莲花灯笼，或者放飞点燃蜡烛的风灯，挥挥手道一声"明年再见"。

日本各地在 8 月份举行燃放烟火大会，也是迎送先祖祭奠先人的一个重要仪式。

所以，盂兰盆节期间，日本各地热热闹闹，东京城空空如也。

35. 日本女人的品性

日本人评价一位女人，基本上使用两个词，一个叫"綺麗"（漂亮），一个叫"可愛い"（可爱）。

"綺麗"（漂亮）与"可愛い"（可爱）到底有什么不同？

日本人一般都笑而不答，但细细观察，还是能够发现日本人玩文字游戏的端倪——漂亮的女人不一定可爱，而可爱的女人不一定漂亮。换言之，"可愛い"女人一般都不是非常漂亮的女人，但是很有女人的味道。而"綺麗"的女人，大多高高在上。

前几天，我请一位德高望重的日本老前辈吃饭，他说带两位弟子一起参加。

见了面，才知道，这两位弟子是一对夫妻，30多岁。妻子名叫"纯美"，地道的东京女人。纯美长着一张极为柔美的小脸，说话很好听，细声细语，一边说话，还一边剥着虾给自己的先生吃。

纯美与丈夫属于"职场恋爱"，丈夫是这样评价自己妻子的："綺麗"不够，"可爱"有余。

老前辈听了很不高兴，说："你看来是身在福中不知福，像纯美这样的上品美人，在我那个年代，都属于稀缺资源。"

纯美听了高兴，拉着老前辈的胳膊，说："我下次一定做好吃的给您。"

纯美称得上是日本传统的"和风女人"，看上去顺从，尊敬丈夫，处处想着照顾人，一顿饭间，都是她在夹菜和分羹，让大老爷们不由生出几分怜爱。

一位能让男人们生出"怜爱"之心的女人，一定非常可爱，我觉得纯美可称为一个典范。

纯美说，母亲从小告诉她一句话："做女人一定要像女人，这才会幸福。"

小时候，纯美并不理解这句话的意思，长大后，她开始明白这句话的内涵，就是"人类既然分为男女，那么，必有其各自的分工，女人就要做好女人的本分，而不与男人争雄。女人如果不像女人，那就会出现错位，一定不会太幸福"。

那什么是女人的本分？

纯美从母亲身上感悟到的是：相夫教子，温柔多情，尊敬丈夫，善理家务，上得了厅堂，下得了厨房。

纯美的母亲是一位大学教授，在男人的世界里，她柔得如一泓清泉，结果没人敢欺负她，反而是人人喜爱她，也人人尊敬她。因为她让大家产生一种强烈的意识——她是一位女人。

纯美说："母亲的人生法宝就是以柔克刚，柔才是女人最强大的武器，因为再粗暴的男人，在柔情的女人面前，都下不了狠手，反而会产生怜爱与保护之心。"

纯美结婚前，母亲让她去上"女红课"，学做菜。母亲说："一个女人不会做菜，那就拴不住男人的胃，他就会到处去觅食。一个家能够成为男人的避风港，往往是因为避风港有口粮。"

结果，纯美去学了三个月，按照她先生的说法，是变着花样搞出各种菜，每到节假日，就喜欢叫上朋友到家聚会，闺蜜、朋友多了许多。

"会做菜的女人是美丽的"，纯美自己表扬自己，因为丈夫总认为外面的菜没有家里的好吃，一下班就往家里跑，很少外食。

纯美的先生姓"秦"，中国西安人，这让纯美颇感自豪，因为说不定是"秦始皇的后人"。2022年俩人有一个伟大的计划：造人！理由是中日邦交正常化50周年，怎么也要整一个"中日良子"或"早稻田太郎"。

从纯美的身上，我感悟到一个道理：女人是因为可爱才美丽，而不是因为美丽才可爱。

日本人的思维

1. 日本人的思维方式

我们中国人爱用"同文同宗"来形容中日两国的关系,但是多数日本人不承认,他们认为日本虽然一开始是使用了汉字,并吸纳了大量的中国文化和社会制度,但是,随着日本社会的发展,日本还孕育了本土文化,更吸纳了西方文化,因此,中日关系应该是"同文不同宗"。

他们举例说,日本人虽然长着与中国人同样的脸,写着同样的汉字,但是却有着完全不同的思维方式。而这种思维方式的不同源自文化的不同。

那么,日本人的思维方式到底有哪些特征呢?

日本人的思维方式源远流长,既受到古老的神道文化的熏陶,又受到来自中国大陆的儒家、佛教的影响,形成了一种深厚而独特的文化底蕴。其中,最为显著的特点莫过于"和"的精神。日本人崇尚和谐,无论是在家庭、社会,还是与自然的关系中,都力求达到一种平衡。这种和谐的追求,反映在日本人的思维方式上,便是遵循"和敬清寂"的原则,即尊重、清静和内敛。

在日本社会中,我们可以看到这种思维方式的具体表现。

礼仪和敬意:在日本,拜访、商务洽谈和社交场合中,人们都会鞠躬以表示敬意。日本人会根据对方的地位和关系亲疏来调整鞠躬的角度。这种严格遵循礼仪规范的举动体现了日本人尊重和内敛的思维方式。

团队精神:日本公司长期实施的"终身雇佣制度"和"年功序列制度"强调了员工对公司的忠诚和对团队的责任。在日本公司,员工会共同完成任务,彼此支持,以确保公司整体的成功。

坚忍和敬业:日本人以勤奋和敬业著称。日本企业的加班文化,尽管受到了一定的批评,但这也反映出日本人对工作的敬业精神和不屈不挠的态度。

对自然的敬畏:日本传统建筑和园林设计充分展现了日本人对自然的尊重和敬畏。例如,日本的庭院设计强调自然美和谐,流水、石头、植物等元素共同营造一种宁静祥和的氛围。

对细节的关注：日本的手工艺品，如陶瓷、漆器等，都以精湛的工艺和对细节的关注而闻名。在制作过程中，匠人们追求极致的完美，体现了日本人对细节和品质的重视。

精益求精：日本人对待工作和生活的态度是不断改进和精益求精。这种思维方式体现在日本的生产和服务领域，如"5S"管理方法和追求不断改善的"Kaizen"理念，这些都是日本企业追求高效和完美的典型例子。也正因为如此，日本式服务也赢得了世界的赞誉。

在日本社会，个人的利益往往要服从集体的利益，人们习惯于将自己融入集体，与他人协作共事。这种强调团队精神的思维方式，无疑为日本社会的高速发展和和谐稳定提供了有力保障。

然而，日本人的思维方式并非一成不变。随着时代的变迁和国际交流的加深，日本人的思维方式也在逐渐变得更为开放和包容。越来越多的日本人开始接受外来文化，尝试着将不同文化的精髓融入日本传统文化中，以期打造一种更为丰富多元的文化体系。在这个过程中，日本人也逐渐展现出更为灵活、多元的思维方式，充满创意和活力。

日本人的思维方式在面对困难和挑战时表现得尤为显著。他们坚忍不拔、刻苦耐劳，具有强烈的使命感和责任心。这一品质源于日本古代武士道精神，旨在培养人们忍耐、勇敢和坚定的品质。在日本人的日常生活中，这种坚忍的思维方式反映在对待工作的敬业精神、对事业的忠诚以及对社会的奉献上。

日本人在思维方式上还具有一种独特的审美观，他们崇尚自然、简约和极简。这种审美观在日本的建筑、艺术、设计等领域得到了广泛的体现，营造出一种宁静、和谐的氛围。在这种审美观的影响下，日本人的思维方式也趋向于简约、高效和务实。

日本人的思维方式是一种独特的文化现象，深受传统文化和现代文明的影响。他们崇尚和谐、团结、坚忍和对细节的关注，这些特质吸引着世界各国民众的目光，也因此成为许多人喜欢到日本旅游的一大原因，因为能够体味到不一样的文化色彩。

2. 中国的一片茶叶，为何能成为日本的"道"

2023年4月20日，日本政府在首相官邸举行表彰仪式，授予日本茶道里千家的前家元千玄室先生以"内阁总理大臣显彰奖"。

"内阁总理大臣显彰奖"是日本政府颁发的一项特别荣誉奖，迄今只授予过两次。一位是在美国的高尔夫大师赛上，为日本第一次赢得大满贯的松山英树；还有一个是被授予国立宇宙航空开发机构的航天工程团队，这个团队研发并指挥小行星探测卫星"隼2"从远离地球几十亿公里的小行星"龙宫"上取回尘土碎石并成功返回地球。

日本政府在决定表彰千玄室先生时，对他做了这样的评价："半个多世纪以来，他一直致力于在世界各地传播日本文化精神，并通过茶道推进国际文化交流。"

千玄室先生今年已经100岁，依然十分精神。我拜见他时，他一直说："感恩中国，把茶文化传入了日本。"

中国茶文化的起源，最早可以追溯到公元前2700多年的神农时代。相传神农尝百草，发现茶叶具有解毒的功效。秦汉时期，茶叶开始在宫廷和贵族中流行，茶道文化逐渐兴起。同时，茶叶作为药物在民间被广泛使用。

公元805年，日本僧侣最早将茶叶带回日本，但茶文化在当时的日本并未得到广泛传播。9世纪中叶，到长安学佛的日本僧侣带回茶籽，开始在日本广泛种植茶树并推广茶文化。

茶叶最初是作为治病的药物使用，因此，古时的日本人一旦生病，就往寺院里跑，求僧人给一包茶叶。

而日本的茶文化演变成"茶道"，则是在公元16世纪时，当时日本出现了一位"茶圣"千利休。

千利休出身于大阪的商人家庭，受父亲影响，千利休很小就对"茶汤"有着浓厚的兴趣，18岁时拜日本茶道史上承前启后的伟大茶师武野绍鸥为师，先后成为织田信长和丰臣秀吉的茶头，继承并创造了闻名于世的"草庵茶道"。

茶道最初称作"茶之汤"，安土桃山时代"茶之汤"才逐渐演变为茶道，而千利休则是茶道形式的完成者。

千利休对日本茶道产生了深远影响，他强调"侘寂"的美学，倡导简约、自然和谦逊，主张在不完美、朴素和无常中寻找美。千利休通过茶道实践，将这种美学传播开来，并对日本文化产生了深远的影响。

千利休逝世后，他的孙子千宗旦继承了爷爷的茶道。在晚年，千宗旦又将茶道传给了他的三个儿子，分别创立了表千家、里千家和武者小路千家。这三个流派各具特色，但都秉承了千利休的"侘寂"美学和"和敬清寂"的茶道理念。

而"里千家"的茶道强调内心的修养和对茶道精神的追求。在茶道的实践中，通过举手投足间的礼仪和对茶具、茶室的精心布置，体现出一种对和谐、尊重、纯净和宁静的追求。强调茶道不仅仅是品茗的艺术，更是一种生活哲学的体现。

里千家茶道是日本传统文化的瑰宝，代表了一种深邃的哲学思想和生活态度，不仅在日本传统文化中占有重要地位，还在全球范围内产生了广泛影响。里千家强调内心修养和精神境界的提升，使得茶道成了一种跨越国界和文化的心灵沟通方式。通过茶道的实践，人们能够更好地体会到尊重、谦逊和内敛等美德的价值，以及在平静与和谐中寻找生活的真谛。

而千玄室先生便是里千家茶道的最忠实的传承者和弘扬者。

千玄室是里千家的第15代传人，1923年出生于京都，自幼跟随祖父千宗休学习茶道，并于1943年开始担任宗家千利休的助手。在担任助手期间，他深入研究茶道，精进自己的茶道技艺。1955年，千玄室正式继任里千家第15代宗匠，成为里千家茶道的新一代传人。

千玄室在担任第15代宗匠期间，致力于将茶道推广至世界各地。他积极参与国际交流活动，以茶道为桥梁，促进日本与其他国家的文化交流。1991年，他获得中国南开大学哲学博士学位，并几次为访日的中国领导人表演茶道。

千玄室先生的贡献不仅在于传播茶道，更在于他所倡导的"茶之心"精神——即以和为贵，尊重、谦逊和友好的精神。

2002年，千玄室将里千家宗匠（家元）的职位传给了自己的儿子。

我感叹的是，一个日本人家族将中国的茶文化演变成"日本茶道"，16代人先后传承400余年，守护和传播"茶之心"精神，这种"一生只做一件事"的专注，让一片茶叶变成了一种全球性的文化现象，并陶冶了许多人的心灵，这种功德真可谓"无量"。

3. 日本女性的"好太太"标准

最近，日本最大的生活信息网站"TRILL"进行了了一项舆论调查，问日本男人们："好太太都有哪些特征？"

答案五花八门，但是归纳起来，有这么几点：

第一，性格开朗。

当男人工作了一天，拖着疲惫的身子回到家，看到太太满面笑容地等着自己，帮自己脱外衣、拎包，就这么一瞬间，所有的疲惫都会烟消云散。

第二，困难的时候能够支撑自己。

男人在外面打拼，总会遇到工作上的不顺心或者遭遇人际关系的烦恼，那个时候，能够在身边鼓励自己丈夫，愿意与丈夫一道战胜困难，而不是责备男人的太太，是许多男人心目中的好太太。

第三，能够相互理解。

夫妻两人从小生长在不同的成长环境，性格脾气不同、思考问题的方法不同，价值观也会不同，因此遇到问题时产生不同的意见也是理所当然的。在那个时候，能够相互理解，并坦诚交流，不求谁占上风，最为重要。所以，能让夫妻成为人生最大的理解者的太太是好太太的模范。

第四，能够相信对方。

无论世界上遇到什么样的敌人，只要太太坚定地站在自己的身边，给予自己最大的信任和支持，男人绝对会变得坚强而幸福。

第五，对公公婆婆孝顺。

对于男人来说，能够遇到一位孝顺公公婆婆，并把公公婆婆当作自己父母的太太，是一生的幸运。

这项调查还问了男人们另外一个问题："在你看来，怎样的女人可能会成为好太太？"

答案是这样的：

第一，无论什么时候，都开朗向前。

日本社会有一句谚语，叫"男人只要出门，便会遇到七个敌人"（男性は外に出れば七人の敵がいる），意思是说，男人闯荡世界，一定会遇到许多困难，遇到许多敌人。那个时候，一直鼓励男人"没有关系""你一定行"的女人，一定会是一位好太太。

第二，会做一手好菜。

虽然男人有许多在外应酬吃饭的机会，但是，女人亲手制作的料理总是最温馨。所以，会做一手好菜的女人，总是很受男人迷恋，会让男人有一种想回家吃饭的冲动。

第三，有一定的自立精神。

男人是一种被人过于依赖就想逃避的生物。所以，女性过于依赖男人，会让男人出现不安甚至烦躁。那么，一般事情都能自己处理，有一定自立精神的女人，是容易让男人们产生"我想娶她回家"的念头的。

第四，喜欢孩子。

喜欢孩子、喜欢动物的女人，一般都是很富有爱心的女人，女人的这一柔情面会让男人们联想到：如果和她结婚，一定会组成一个充满爱的家庭。

第五，相处时有安心感。

在一起时如果时时有紧张感，那么，恋爱时还好，结婚后总会出现问题，因为一旦生活在一个屋檐下，就会经常产生矛盾，令两人关系变得别扭。所以，相处时轻松开心的女人，结婚后一定也会构建起一个快乐的家庭。

第六，漂亮。

因为男性总是喜欢漂亮的女性，所以，漂亮的女人总是会诱发男人的遐想："娶她做太太，一定很幸福。"但是，仅有漂亮是不够的，女性最重要的是，给予人的清爽与整洁感。即使不是最漂亮，可爱也是很能赢得男人心的。

虽然已经进入21世纪，但是，对于"好太太"的要求，日本社会还是比较苛刻。事实上，日本双职工家庭已经占到60%，让工作了一天的太太也要像整天在家的主妇们那样笑容满面，也是不太可能的事。但是，从以上的调查中，至少能够让我们知道男人们的渴望，同时也知道经营幸福家庭所需要努力的目标。

4. 日本人心目中的"品质"是啥样

"手机的寿命是几年？"

一般是3年。

"笔记本电脑的寿命是几年？"

一般是5年。

得出这一结论的依据是，在一般情况下，手机都是3年一换，而笔记本电脑过了5年，也基本上就拖不动了。

你不得不承认，手机也好，笔记本电脑也好，都属于消耗品。

既然是消耗品，用得着使用高价零部件和精心打造吗？

这个问题一直困扰着日本企业，因为其中涉及一个很重要的问题，那就是"品质"。

何为"品质"？日本人一直信奉一个信条，那就是：所谓"品质"，就是"永恒"。

这句话是什么意思呢？

也就是说，一台家电产品，或一辆汽车，从开始使用到10年后，其性能依然如初，没有降低，更没有损坏。

"品质"不是出厂时是好的，而是使用了许多年后，依然是好的。

前几天，上海一位80多岁的老先生给我看了一台20世纪70年代制造的索尼收音机，说那台收音机是他当年第一次去日本研修时买的，过去半个世纪，还挺好用。

我说，那个时候的日本人确实都在想一个问题："怎样才能做到产品永远不坏？"因为那个年代，大家都不富裕，买了一台家电，就想用得长久。所以，日本人就用心地去做永恒的产品。

但是，如果要把产品的品质做到"永恒"，必然需要使用好材料、高品质的零部件，毫无疑问，这会大大提高产品的制造成本。

当其他国家做不出你那样的产品时，你的高价是一种合理。但是，当其他国家也能做出类似于你的产品时，你就陷入了竞争。竞争的结果就是高价的你会面临被淘汰的危险。

过去几十年，日本的制造业就走了这么一条路，最终令日本企业不得不放弃白色家电（洗衣机、空调、电冰箱等）、电视机、手机、电脑和小家电，因为中国、韩国甚至越南和马来西亚都已经做得很好，而且材料成本和劳动力成本远远低于日本。

当日本企业为了提升产品的市场竞争力也开始采用低价零部件，甚至篡改数据时，树立了几十年的"日本做的东西就是不容易坏"的永恒品质神话开始崩溃，人们开始惊讶："日本的产品怎么也会坏呢？"

这几年，特斯拉纯电轿车开始出口日本，但是，2022年，特斯拉只卖出5000余辆，这对年销售量达到240万辆的日本国内汽车市场来说，几乎到了可以忽略不计的地步。

为什么特斯拉不受日本人欢迎？

日本人说，车子造型很炫，操控系统也很AI，但是，就是坐着不舒服。

为何不舒服？坐过特斯拉的人都说"太硬"。

这里就引出日本人对于"品质"的第二个认知，那就是"舒适度"。

所谓"品质"，就是"舒适"。

一个产品用起来舒适，一辆汽车驾驶起来自如，坐起来也舒适，这种"舒适度"便是日本企业长期追求的一种品质，而这种品质不仅需要用到"人间工学"的原理，更需要一种极为微妙、持续不断的探索与协调，还需要材料学的支撑。

东西可以仿造，但是要做到赏心悦目般的"舒适"，则需要用心去打造。

譬如说，坐过日本新干线的商务座，你会发现，一落座，就会有一种被柔柔地包裹的感觉，即使坐上5个小时，臀部也不会感觉疲惫，因为座椅的设计很符合人体结构原理，而且所使用的材料能够很轻易地分散落座后的压力，使你的臀部始终处于"悬浮"的状态。

这种微妙的设计，便是对"品质"的一种新解读，不是"会不会坏"的问题，而是坐得舒适不舒适的问题——那是一种更高境界的品质追求。

所以，保持产品的永恒度与舒适度是日本回归品质时代的标志。而这一标志的背后，又是如何保持产品的低成本与竞争力的困惑。可以说，日本产业发展又到了一个十字路口。

5. 日本高中生排在前 5 位的梦想职业

2023 年 3 月 13 日，是日本"摘口罩日"。

那一天，日本首相岸田文雄没戴口罩走进了首相官邸。因为，内阁会议决定，从 13 日开始，政府不再要求国民利用公共设施时佩戴口罩，包括搭乘客机和新干线列车。

但是，日本政府要等到 5 月上旬的黄金周结束后，才会正式宣布将新冠病毒从传染病的 2 级降为 5 级（流感级），因为需要给国民一个"心理准备期"，也需要给医疗机构一个医保政策调整期和药物储备期。

毫无疑问，日本已经进入后疫情时代。

经过 3 年多的疫情冲击，日本高中生们的心理发生了哪些变化？

日本最大的社交平台 LINE（可称为"日本版微信"）于最近发表了一份针对高中生的问卷调查报告，调查的内容是"将来你最想做什么样的工作？"

结果显示，排名第一位的居然是"公务员"，第二位是"系统工程师与 IT 编程员"，第三位是"机械工程师与设备修理师"，第四位是"教师与教授"，第五位是"护士"。

而在 2021 年的同样调查中，第一位是"教师与教授"，"公务员"排在第二位。

为什么在后疫情时代，高中生的梦想职业会发生如此变化？

报告公布了高中生们的回答理由。

一、为什么想当公务员？

1. 三年疫情，看到了公务员们为了守护国民健康、守护教育而废寝忘食工作的身影，内心有一份感动。

2. 看到外交官们为了捍卫国家利益所表现出来的坚毅的面容，我也想成为国家组织中的一员。

3.新冠疫情期间，有不少人找不到工作，但是，公务员是一份十分安定的工作，不会被解雇，收入也不受影响。

4.成为地方公务员，能够为地方的发展发挥出自己的作用。

二、为什么想当"系统工程师与IT编程员"？

1.因为世界已经进入人工智能（AI）时代，编程将会是一项社会最需要的工作。

2.未来社会中，拥有专业的IT系统与编程技能，便能最快融入AI时代。

3.系统工程师与IT编程员是一个高收入的职业。

三、为什么想当"机械工程师与设备修理师"？

1.未来制造业，最需要的是精密仪器设备的研发与制造者。

2.用自己的双手创造出一件工业制品，最能体现人生的价值。

3.在电视剧中看到飞机机械修理师一丝不苟的工作姿态，发现这一职业太有魅力。

四、为什么想当"教师与教授"？

1.新冠疫情期间，是老师一直牵挂和守护着我们，千方百计给我们上课学习的机会。

2.教导孩子们如何成长如何做人，是一份非常需要担当，又非常有意义的工作。

3.无论是中小学教师还是大学教授，都是十分令人尊敬的职业。

五、为什么想当"护士"？

1.新冠疫情期间，是护士冲在医疗的最前线，他们具有一种伟大的奉献精神。

2.护士是美的象征。

3.护士能够给病痛的人带来关爱和温暖。

日本高中生的职业梦想，看起来还是比较清纯。也许当他们跨入社会，最终的职业选择都会发生变化。没有把"当企业经营者""当投资家"作为自己梦想的职业，一方面，说明日本高中生的心灵中还有一方净土；另一方面，也让我们看到了日本年青一代的创业低欲望与缺乏创业勇气的现实。

6．日本人常说的"一期一会"是啥意思

日语中，我最喜欢的一个词，是"一期一会"，日语念成"いちごいちえ"。这个词源于日本的茶道，属于日本创造的"日文汉字"。

日本古代的茶道宗师千利休曾书写了"和敬清寂"四个字，作为茶道追求的最高境界，也是日本茶道的思想精髓。

日本传统的文化世界里，有一种美学，叫"侘寂"，从老旧的物体（人）的外表下，显露出的一种充满岁月感的美；即使外表斑驳，或是褪色暗淡，都无法阻挡的一种震撼的美。

自然，侘寂之美，是一种朴素又安静之美。

然而，在这样一种美学的氛围中，人们很容易产生一份寂寞与孤独之心，"一期一会"就成了人们珍惜当下，珍惜唯一的精神情怀。

据悉，"一期一会"是千利休在茶室里创造的一语，"一期"表示人的一生，而"一会"则表示仅有一次的相会。

今天我在茶室里为你煮茶，或许是我人生唯一的一次机会。因为，即使过后相约，未必还能重逢。即使重逢，时代与人心已有变迁，再也难以回到当初相见时的那一刻场景。所以，茶人在表演茶道时，心里必须怀着"难得一面，或许再难相遇"的真诚之心礼遇每一位前来品茶的客人。而每位客人也必须以一份感恩之心，感恩人生的这份礼遇与相遇。

千利休在自己的著作中没有写下"一期一会"四个字。后来，他的弟子山上宗二在其著作《山上宗二记》的《茶汤者觉悟十躰》中，留下了"路地へ入るより出いでずるまで、一期に一度の会のように、亭主を敬畏すべし"的记述，翻译成中文的话，就是"从入巷到出巷，必须视同一期一度之会，敬畏亭主（主人）"。

千利休是日本战国时代（中国明朝中期）的茶道宗师，被日本人尊为"茶圣"。

他深得当时日本的统治者丰臣秀吉的喜爱，两人以茶叙道，相交甚欢。但是后来，丰城秀吉看上了千利休的一个小茶壶，但是，千利休拒绝交出心爱之物。

那一夜，天降大雨，丰臣秀吉派3000兵马包围了千利休的家。千利休手里捧着一只小茶壶，与妻子静静地守着一盏油灯，等待最后一刻的到来。

当丰臣秀吉的使者闯入千利休的家中，带来丰臣秀吉的旨意："只要将怀中的小壶交出，便可赦免死罪。"千利休对他说了这么一句话："这世上，只有美的事物才能让我低头。"说完便从容切腹自尽，而他的妻子也同时倒在他的身边。

千利休至死不交的小壶，是用泥胚随意烧成的粗物，但是，因为这只壶蕴含着他年轻时海誓山盟的一段情缘，是千利休的生命之物，他宁愿赴死，也绝不亵渎和出卖自己的精神意志。

对于千利休来说，年轻时的那一段情缘，是"一期一会"。这只小壶也是自己人生的唯一。珍惜"一期一会"，便是人生至善至美的追求。

阳春三月，又到樱花盛开时。对于日本人来说，三月是一个分别的时节，因为这是日本的毕业季，也是机关企业年度人事调动期。

因为有缘，我们成为同学，还来不及表白，却要各奔东西。人生相遇是一份缘，也许还能再见，也许一生不再相遇。珍惜这"一期一会"，把所有的爱恋与珍惜，藏在心里，直到永远。

这"一期一会"是人生的瞬间，更是生命之缘，无论与人还是与物，珍惜相遇的那一刻，把它视为"唯一"和"永远"。

文章读到这里，你就可以理解，为什么日本人在分别时，会长时间深深鞠躬，因为这也许就是人生第一次，也是唯一一次的相遇。所以，当身子缓缓地弯下去时，内心都会涌起一份惆怅，就像徐志摩当年离开日本告别恋人时那样："道一声珍重，沙扬娜拉"。

7. 日本人处理人际关系的尺度

每一个国家都有送礼的习俗，送礼的目的有三个，一个是为了向别人表示感谢，另一个是为了维持与对方的关系。还有一个是求对方办事。

许多人一直觉得与日本人打交道比较难，难在哪里？并不是语言障碍，而是不知道如何与对方交流的尺度。

在日本生活这么多年，我有一个最深的感受，日本人在处理人与人之间关系过程当中，以"不欠对方"作为一个很重要的原则。所以，如果你的礼物超越了对方所能够接受的范畴，对方会觉得你有什么所图，或者他担心会涉嫌职务犯罪——受贿罪。

所以，如何把握"礼尚往来"的尺度，是与日本人打交道的关键。

日本人在处理人际关系时有一个基本的尺度，这个尺度可以用数值来进行表述：请客吃饭标准一般不超过每人1万日元（约500元人民币），送礼一般不超过5000日元（约250元人民币）。

日本中等档次的怀石料理一般是每人1万～1.5万日元，而高档次的怀石料理需要3万～5万元日元，这是一般人或一般企业所能承受的。如果日本人请你去吃3万日元以上的高级怀石料理，要不是把你当成了十分重要的贵宾，要不就另有所图。

送礼也是一样，日本人送礼的标准一般控制在5000日元以内。为什么会有这么一个尺度呢？

因为日本企业税法给予日本中小企业一年请客送礼的最高额度，规定为300万日元（约18万元人民币），防止企业借机偷税漏税。这也是大学毕业参加工作6年的公司职员的年薪。这意味着，企业老板一天用于请客送礼的费用，最多不得超过8000日元（相当于12碗拉面的价钱）。

税务署在核实一家中小企业一年的账务时，必定会对"交际费"进行详细的查询。如果总价超过了 300 万日元，那么超过的部分往往不是对企业进行简单的处罚，除了征缴税金还要由企业的经营者（社长）个人掏腰包承担。所以，如何做糊涂"交际费"，往往成为这些企业绞尽脑汁的事。那么政府官员请客有什么限制？日本会计院有这么一个规定：各中央机关厅局长级干部请客，每人标准一般不超过 1 万日元。课长级（处级）干部请客，人均标准一般不超过 6000 日元。因此，政府官员请客，往往会为了寻找一个价格适中、环境优雅的餐厅而伤透脑筋。一旦超过上述标准，必须要向会计院说明超出的原因。

日本社会在每年的 7 月和 12 月，都有向关照自己的长辈或上司送"御中元"和"御岁暮"，每份礼物的价格也就在 2000～5000 日元，但是如果是政府官员收到不属于亲属关系的人士的送礼，必须要还礼，以表示自己"无意受贿"。

所以，我们在与日本的企业和政府官员打交道时，不能用中国的标准去看待日本人之间的这种交往的基本原则。

去日本的话，送一盒茶叶或者一瓶酒给日本人，日本人会很高兴，因为这是代表中国的礼物，而且在他们的意识中，茶叶和酒都是不贵的东西，即使你告诉对方："这是 30 年的茅台"，日本人也一定只是一句："是吗？那谢谢你"，因为一般的日本人压根儿都不知道"30 年茅台"是什么价钱。

"君子之交淡如水"，说的不是不请客送礼，而是暗示着不超越"合适度"。这个"合适度"既不触犯法规，又不增加心理负担，可以保持一种长长久久的和谐关系。

所以，如何把利益关系与友情关系区分开来，并分别对待，也是日本社会处理人际关系的一种技巧性准则：利益可以随时中断，而友情必须清澈长久。

8. 日本女性最不能容忍男人的5件事

1979年时，日本歌手佐田雅志作词作曲，唱了一首《关白宣言》。这首歌瞬间唱红了日本列岛，后来传入中国，改名为《男子汉宣言》。再后来，在电影《乘风破浪》中被改编为主题曲《乘风破浪歌》。这首歌之所以走红，是因为它的歌词：

> 在你嫁给我之前，我有些话需要先对你说。
> 虽然有些话会很严肃，但是请听听我的真心话。
> 你不可以比我睡得早，也不可以比我起得晚，
> 饭菜要做得好吃，你还要保持漂亮。
> 只要你能够尽力做好，我也不会挑剔。
> 不要忘记，连工作也做不好的男人，是不可能守护好家庭。
> 有些事情是非你不可，但除此之外不要啰唆，
> 只要默默地跟着我就行。

这首歌搁在当今的时代，那绝对是上热搜的东西，因为是大男子主义的代表作。但是在当年，听了这首歌的日本少女们，满脸都写着"嗨"字，因为做一个心爱男人的家庭主妇，为他做饭洗衣生孩子，感觉是多么幸福的事！

但是，这种情怀也只是日本"主妇化时代"的尾声。

随着欧美的女性解放运动的兴起，日本女权主义者也开始对日本女性结婚后就放弃工作成为相夫教子的家庭主妇表示了不满。一些觉醒的女性开始走出家庭，成为公司白领。从20世纪70年代末开始，日本开启了"脱主妇化时代"。

经过半个世纪的努力，到2022年，日本家庭主妇的比例已经降到43%，更多的女性在结婚生子后，依然回归职场，而不愿意成为"社会离脱者"。

这一家庭结构和环境的变迁，原因众多，有女权主义的影响、有泡沫经济

崩溃之后经济长期低迷家庭收入降低的影响，更有女性人生价值观的变化。所以，你在当今社会再要求太太"不可以比我睡得早，也不可以比我起得晚"，那跟"冷暴力"就只差30厘米的距离了。

日本曾经是一个典型的大男子主义社会，其根本原因是女性一旦成为专业家庭主妇，所有的收入来源必须只依靠丈夫一人的努力，女性一旦自己兜里没钱，就很容易导致男人某些意志的膨胀。但是，因为自古以来，日本的家庭结构一直是"女主内，男主外"，所以在泡沫经济时代，这种家庭结构并没有太大的问题，但是，如今的时代已经变迁。在过去，进厨房是日本男人的一大羞耻，如今不进厨房则变成了日本男人的一大罪状。

10年前，日本社会出现了"肉食女"和"草食男"的说法，也就是说，女人中出现了吃肉的"母老虎"，男人中出现了吃草的"小绵羊"。这一现象的出现说明了日本社会男女地位的颠覆。

最近有一份社会调查排行榜，体现了日本女性对于男人的抱怨。

家庭教育网站"家庭教材之森"于2023年1月17日对200名学生家长进行了问卷调查，调查的内容是"对丈夫最不能容忍的地方"，结果显示：

第一不能容忍的，不是婚外恋，而是不做家务。妈妈们指出："自己的丈夫在外面表现得很风光，但是一回家就当老爷，啥事都不干，这无法容忍。""我每天也在上班，回家后还要做家务带孩子，丈夫一个人端着一杯茶看电视，这太不公平。"

第二不能容忍的是，丈夫不听话。妈妈们说："跟丈夫说话，说了半天也不见回应，真是光火。""只听自己感兴趣的话，其他的话总是'嗯嗯'应付。""同样的话要确认好多次，他才会上心，真是烦人。""装着在听你的话，事实上脑子已经飞到了天外。"

第三不能容忍的是，要么乱花钱，要么当守财奴。妈妈们抱怨说："根本不知道下个月的钱从哪里来，自己看中的东西想买就买。""对自己感兴趣的事情哗哗地花钱，家人有什么事情的时候，一分钱都不肯出。""在外面喝酒，回家也喝酒，好像酒是不怎么花钱的自来水一样，根本不考虑家里有没有钱。"

第四个不能容忍的是，结了婚，丈夫的生活还像单身汉时代，独来独往，爱干什么就干什么。

第五个不能容忍的是，只是一味地工作，忽视家庭生活。

从以上的抱怨中可以看出，日本男人犯了两大毛病：第一是还没有长大，依然像个任性的孩子。第二是情商不高，不知道如何哄女人、爱家庭。但是，从另外一个方面也可以看出，日本现代女性已经不再满足于丈夫每月乖乖上交薪水袋，更多地要求丈夫能够承担起家庭全部的责任，出得了厅堂，还要下得了厨房。显然，这些要求让许多的日本男人吃不了兜着走。

旧的家庭结构已被打破，新的家庭结构还在努力构建中，但是人类已经进入到 AI 时代，越来越多的人开始重视自我价值的实现与身心的自由，因此，日本社会现在也陷入了一个迷茫混沌的时代。

9. 第一次在日本参加狗狗的葬礼

一早接到朋友的电话,听到电话里的哭声,心里一惊,问:"遇到什么难处了?"答曰:"我家的狗狗死了。"

狗狗死了有什么好哭的呢?

朋友说:"你没有养过狗。"

确实,我从小怕狗,因为小时候被狼狗追过。直到现在,小狗狗跑到我脚边闻闻,我都两腿发抖。

朋友邀请我参加狗狗的葬礼,我一口答应了下来,因为参加过许多次人的葬礼,却从没有参加过狗狗的葬礼,满怀好奇。

日本的狗狗猫猫去世后,有专门的葬仪公司帮助打理。一是为狗狗猫猫举行葬礼仪式,二是为狗狗猫猫火化。

朋友没有选择去专门的葬仪场举行葬礼,而是选择在自己家中举行。

朋友为狗狗取了一个很有趣的名字,叫"天天",因为它很黏人,天天离不开。

我去过朋友的家,听到门铃声,天天很是兴奋。但是看到我,扭头就走。朋友说,天天看到我,就知道我是一个不喜欢狗狗的人,因为身上没有"狗味"。

天天是一只贵富犬,在13岁时,一条腿扭了,从此有点跛脚。但是,它依然每天出去散步,遇到其他的狗狗,她从来不吼,也不会去碰鼻子套近乎,始终保持距离,静静地看一眼,然后晃晃小尾巴走了,活脱脱的一位高傲公主。

所以,天天没有朋友,也没有恋人,直到有一天,遇到了"温蒂"。

温蒂也是一位老姑娘,它就住在天天的楼下。有一天,朋友要出远门,实在没法带天天,于是,把它寄养到楼下认识的邻居家。结果,天天一看到温蒂,就两眼发直,瞬间上去闻闻鼻子,闻闻屁屁,当场就相拥在一起。

其实,温蒂已经双目失明,而且失聪,行动不便,于是天天带着温蒂在客厅里转圈,或在沙发上一起玩耍,睡觉时一定是相拥在一起,有种相依为命的感觉。

前几天，温蒂终于撑不住，倒下了。

天天似乎明白了什么，从那一刻开始，它就没有离开过温蒂的身边，直到它的身体慢慢变冷。

天天回到自己的家，每天会哭，会止不住眼泪，也不吃东西。许多时候，就呆呆地蹲在走道里，默默地望着房门，似乎很期待门一开，温蒂就会蹒跚着走进来。

朋友很是担心天天的身体，试着喂它些食物，但是，天天总是吃得很少。那天睡觉时，朋友把它抱上床，但是第二天早上醒来，发现天天的身体已经凉了。

走的时间，与温蒂刚好相隔7天，同一个时间点。

朋友约了动物葬仪公司来家里为天天举行葬礼。我也不知道参加狗狗的葬礼需要送些什么。上网一查，说送鲜花最好。于是，我买了一束鲜花。

参加葬礼的都是好朋友，天天躺在一只大花篮里，大家为它撒上鲜花，然后摸摸它的脸，与它告别。

我是第一次摸天天的脸，发现它睡在鲜花丛中，特别可爱。

朋友说，与天天已经相伴17年，如果按照人类年龄计算的话，已过百岁。

葬仪公司来了三个人，穿着黑色的西装、系着黑色的领带，细心地用白色的绸缎将狗狗包裹，像是婴儿的褓褓。

葬仪公司的服务很到位，直接把火化车开到了朋友家的楼下。火化了一个多小时，天天去了天国与温蒂相会。

没有天天的日子，朋友像丢了魂似的，于是上网去浏览贵富犬的图片，结果发现了一个出售狗狗塑像的网站，她立即下单订了一只。两天后，当这只贵富犬送到家里时，朋友打开箱子一看，活生生的天天，一只脚还有点跛。

朋友"哇"的一声大哭起来，说："你不知道，狗狗为你付出的感情是百分之一百。"

动物都有灵性，我们真的知道得太少。

10. 东京人为何不开车送孩子上学

早上起来,发现东京下雪了。

东京面朝太平洋,三面环山,所以,当北海道与日本东北地区积雪3米的时候,东京难得降下3厘米的积雪。

推开窗,看到纷飞的雪中,一位父亲骑着一辆自行车等候在信号灯前,后面的座位上坐着他的孩子,上面罩上了防雨雪的雨布。

同为人父,看到此景,心中还是一热:爸爸好辛苦!

东京孩子上学有一个规矩,上保育园和幼儿园,由父母骑自行车相送。上小学了,自己走路去学校。如果是去路途较远的私立学校上学,则自己坐地铁。

也就是说,没有人开车送孩子上学。

日本社会现在陷入了"少子化"的泥坑,平均每位育龄女性的"生涯生育率"只有1.27(2022年数据),也就是说,几乎只生一个孩子。所以,日本其实也已经进入"独生子女"社会。

独生子女自然是更加金贵,父母亲也更加关心孩子的安全。但是,即使如此,东京的父母亲依然是骑自行车送孩子上学,而不是开汽车。

大家一定会感觉很纳闷,为何不开车送孩子上学呢?

理由说起来,还挺有趣:

第一,幼儿园、学校门口不能停车。尤其是送低龄的孩子上保育院和幼儿园,父母必须送孩子进教室跟老师交接,这样的话,就会造成长时间在校门口停车,妨碍交通,会涉及"违规停车"。

第二,从小培养孩子的平等意识。不能因为家庭的富裕与贫困、父母的地位高下,造成孩子的优越感和自卑感。日本中小学校引入校服制度的最初目的,也是为了体现孩子们的身心平等。

日本天皇的女儿爱子公主从上小学开始,就有这么一个规矩:皇宫警卫车辆把她送到离学校200米的地方，爱子必须自己下车走路去学校（警卫远远跟随），不能因为你是公主而搞特殊化。

第三，日本的社会治安比较好，不用担心孩子会被人拐走。

其实，日本的交通法是禁止骑自行车带人的，但是允许带低龄孩子。不过，这种允许带孩子的自行车是一种特殊电动自行车，车体长、车骨使用特殊钢材、前后有专用的孩子座椅，其安全性能与技术规格要求比任何自行车都要高。

这种可以带孩子的特殊自行车，新车售价在13万～15万日元（约6500元～7500元人民币）。

我本来以为这车一定很笨重，有次试骑了一下，意外感觉非常的轻巧，一位妈妈骑车带两个孩子并不怎么费力。

东京孩子上小学，还有一个规矩，那就是高年级同学带低年级同学。每天早上7点钟左右，在某位同学的家门口，或小区门口集中，然后高年级的同学指挥低年级同学排好队，一路相随走去学校上学。而在每一个路口都有学生家长会的妈妈们轮班拿着小黄旗，照应孩子们过马路。

而在路途较远的幼儿园上学的孩子们，幼儿园会有专用的小巴士，在指定的时间和地点接送孩子们上下学，妈妈们只要把孩子送到指定的马路边就行。

所以，在日本尽量不要用豪车送孩子上学，因为那会拉仇恨——不是被人嫉妒，而是会被人讨厌。

11. 日本社会如何对待同性恋

日本首相岸田文雄在2023年2月4日，解雇了一名首相秘书官。

这名秘书官的名字叫"荒井胜喜"，他不是一位普通的小跟班，而是担任过经济产业省商务情报政策局长的高级官僚，早年毕业于美国宾夕法尼亚大学沃顿商学院。进入经济产业省后，担任过总务课长、总括审议官，负责了台湾鸿海集团收购夏普公司和重建东芝公司。岸田一直很欣赏荒井的才能，2021年10月，岸田出任首相后，荒井被岸田任命为首相秘书官，负责首相的讲话稿起草和媒体应对工作。

2023年，岸田的一大政治目标，是要在国会修改相关法律，允许同性恋者结婚的合法化。因为在西方七国集团中，目前在法律层面上禁止同性恋者结婚的国家，只剩日本。

我们经常看到一个电视画面，日本首相走出办公室后，在首相官邸的大厅里接受记者们的采访。这一群记者只有十几人，他们有一个特殊的身份叫"首相官邸当番记者"，也就是首相的跟班记者，他们均是来自日本各大主流媒体的政治部记者。首相走到哪里，他们就跟到那里，记录首相见了谁，说了什么，白天黑夜，天天如此。

首相官邸负责应对这一群跟班记者的，就是荒井秘书官。

荒井与这一群跟班记者很熟，双方达成了一个默契：当首相三言两语接受完记者采访后，他再召集跟班记者们举行"不记录、不录音、不报道"的闭门会，解读首相的观点。

2月3日晚，就同性恋结婚问题，岸田在首相官邸接受跟班记者采访，表示政府要全力推进结婚问题的解决，确保同性恋者的基本人权。

在岸田离开后，荒井召集记者们举行了"闭门会"，就同性恋问题，他作了以下发言：

"如果引入同性恋者结婚制度的话,整个社会将会发生变化,给社会带来的冲击会是巨大的。我认为社会效果是负面的,我们秘书室的所有人都反对。我看了他们也会讨厌,如果住在隔壁的话,更会讨厌。日本如果承认同性恋者结婚的话,我想会有人抛弃这个国家出走。"

闭门会说好是"三不主义",但是每日新闻社的记者却把荒井的发言整理成文,直接发给了编辑部。

编辑部收到文章后,认为荒井的发言不管是支持还是反对同性恋者婚姻制度,都具有歧视性,是伤害同性恋者群体的言论,作为一个参与岸田政府核心决策的首相秘书官具有如此的人权意识是一个严重问题。结果,当晚11点前,每日新闻网站头条报道了荒井的发言,立即引起了日本列岛的震动。

其结果,荒井被解除了首相秘书官的职务,同时也断送了成为经济产业省事务次官(常务副部长)的路。

同性恋问题在日本社会由来已久,早在古代,日本就有"男色""菊华"等词形容男性之间的同性恋。到了江户时代,对于男性之间的同性恋,在武家社会里有了"众道"的称呼,而在歌舞伎社会里则有"阴间"的叫法。

江户时代的春宫画有3500多张,描写女性之间同性恋的只有不到1%,但是描写男性之间同性爱的内容却有3%。

对于同性恋者结婚问题,日本明治时代的宪法和现行宪法都不承认。

现行宪法第24条第一项规定:"婚姻必须完全建立在两性双方同意的基础上,必须在相互合作的基础上维持,夫妻双方拥有平等的权利。"

这里的"两性"自然是指男性和女性。同时,日本的《刑事法》中还有一项"鸡奸罪"。

但是,不管法律如何规定,自古以来,同性恋问题一直存在。

那么,日本社会是如何看待同性恋问题的呢?

1997年,朝日新闻社实施的一项对于同性恋问题的舆论调查结果显示,有65%的人表示"无法理解",只有28%的人表示理解。

2005年,日本电通公司实施的舆论调查结果显示,有40%的日本人认可同性恋。2013年的舆论调查结果显示,这一认可比例已经上升到54%。

而朝日新闻在2021年实施的舆论调查结果显示,有65%的人认为应该允许同性恋者结婚，其中男性支持者为62%，女性支持者为67%。反对同性恋者结婚的比例为22%。

截至2022年底，日本已经有250个地方政府制定了同性恋者的"伙伴关系"公证制度，从行政层面承认同性恋者的"伙伴"权益。这一公证制度覆盖人口比例达到了60%以上。

2021年3月，北海道札幌地方法院作出一项判决，认为不允许同性恋者结婚属于"违反宪法"，这为日本社会解决同性恋者结婚问题点了一把火。

正因为有这些背景，岸田就想在2023年把"允许同性恋者结婚"的决议给通过了。一方面是不想成为西方集团中的"顽固派"，另一方面，在野党和人权团体拿此事批评岸田"蔑视同性恋者的基本人权"，岸田担心自己的支持率继续下滑。

荒井秘书官的发言，确实也代表了一部分日本人对于同性恋者结婚问题的看法和担忧。但是，他因此而被公开解雇，将会加速日本社会允许同性恋者结婚制度的早日成立。

12. 日本年轻人跳槽的十大理由

在许多人的印象中，日本是一个"忠诚"社会，学生一旦走出校门成为公司职员，那么，他就会一辈子奉献给这家企业，而企业也要承担起养活他一家的责任。

这种"终身雇佣制"曾经被视为日本战后崛起、成为世界第二大经济强国的最大因素，也是"日本式劳动制度"的典范。因为它培养出了对于企业高度忠诚的员工队伍，也使得企业愿意花大本钱去悉心培养专业人才，增强了企业强大的竞争力。

不过，这已经是N年前的故事。

在20世纪90年代，当时的日本首相小泉纯一郎从美国引进了"能力主义"与合同工制度，觉得日本社会必须要有人才竞争机制，同时也应该允许有能之人寻找更大的职业舞台。

过去了这么多年，日本厚生劳动省在2021年进行了一次年轻人离职率调查，发现大学毕业生参加工作三年之内，跳槽的比例居然高达31%。这就意味着，三个人中就有一人在就职后不久离职。

其中，跳槽比例最高的行业，依次是酒店与餐饮业（51.5%）、生活相关服务业和娱乐业（46.5%）、社会教育与课外补习业（45.6%）、医疗和福利事业（38.6%）、零售业（37.4%）。

相反地，跳槽比例最低的行业，分别是电力、燃气、供热、自来水等城市基础设施相关行业，仅9.2%。

为什么有这么多的日本年轻人选择跳槽？

主要理由有十个：

第一，对工资收入的不满。

在过去，许多人认为，从一名学生变成企业员工，最初几年都是人生职业生涯的"修业"时间，每月有一笔固定工资收入，已经谢天谢地。但是，现在的年轻人并不这么想，他们认为自己的长时间付出就应该得到更多更高的报酬。工资收入少，工作欲望就弱。

第二，工作压力太大。

一方面，从自由自在的学生一下子变成"朝9晚6"的上班族，同时要恪守时间、恪守工作期限，要与同事、前辈打交道，还需要经常的加班，一下子难以适应新生活节奏的人不少，甚至有些人因此变得抑郁。

另一方面，在大学里表现优秀的人一旦成为公司员工后，失去学霸的优越感，甚至一时无法适应被上司批评、同事埋怨的工作环境，人生陷入迷茫的也为数不少。

第三，对于公司的未来、安定性缺乏期待和信心。

选择就职时，由于信息收集不完整，进入公司工作后，才发现并非原来自己想象得那么好，出现失望感，甚至被欺骗感。

尤其是被分配到单一部门工作后，对于公司的未来发展趋势无法予以全面了解，因此担忧自己的职业生涯和未来。

第四，劳动时间长。

刚就职的新职员，大多不太愿意超时加班，对于没完没了的工作感到厌烦。同时，对于长时间上班或加班减少了个人自由的时间，甚至影响自己的睡眠等感到不满。

第五，难以适应企业严格的工作结果要求。

参加工作头几年，许多人难以适应上司提出的严格的工作结果要求，因此产生苦恼和无力感，工作热情急剧下降。

第六，工作没有乐趣。

不少年轻人表示，刚参加工作时，自己热情很高，但是，工作了一段时间后，发现工作根本没有什么乐趣。于是渴望寻找到能激发起自己工作热情的新环境。

第七，人际关系不畅。

工作后的人际关系要比上学时复杂，遇到的许多事情也是之前没有遇到过的。

第八，上升空间狭窄。

走出校门时志向高扬,一进入公司,发现周围同事到了40岁还没有当上课长,发现自己上升的空间十分狭窄,职务提升缓慢,感觉浪费青春与才华。

第九,自己的想法与公司经营者的理念、企业文化不符。

企业经营者的经营作风与经营理念、企业文化、办公室气氛与自己的性格与想法不符,因此选择离开。

第十,没有可以商量的同事。

工作上遇到困难时,没有可以商量的前辈或上司,自己陷入精神孤立的状态。这种状况在三年新冠疫情期间居家办公的年轻职员身上尤为突出。

最近,日本社会诞生了一个新名词,叫"転職ネイティブ世代"(跳槽原生一代),这代年轻人的最大特点是,从一进入公司开始就会想着时刻跳槽换工作。一遇到困难或者不如意,精神状态会从"不满"转变为"焦虑"。

跳槽中介网站doda称,最近在网站上登记申请跳槽的年轻企业职员的人数,10年间已经增加了26倍,越来越多的年轻人开始思考自己的"市场价值",寻找环境更好、工资待遇更好的企业工作。

"忍耐就是最大的损失",正在成为许多日本年轻人的人生新理念。

13. 日本社会为何那么在乎"规矩"

初到日本的外国人，一定会感觉到日本社会规矩太多，似乎做每一件事都有一个套路，一个礼仪，并根据这一规矩来简单地判断：你是一个什么样的人。

这就是说，日本人看一个人，注重的是教养，而不是才华与财富。从这一点就可以理解，日本有钱人为何不愿意张扬，因为你到处开豪车，炫钱包，没人羡慕你，也没人攀附你，反而会落得一个"成金"的鄙视——"成金"是汉字，但是它的意思却是"暴发户"。

日本是一个轨道交通十分发达的国家，东京有34条地铁与轻轨列车线，因此，轨道交通是日本人生活中十分重要的组成部分。你从成田国际机场出来，没有人会去打出租车（价钱也贵），大都去坐轻轨列车回家，因为很方便，轻轨列车会送你直接到家最近的车站。

最近，日本民营铁道协会开展了一项民意调查，题目是"你最讨厌哪些不守规矩的乘车行为"。

结果显示，排在第一位的是"坐法"。

站有站相，坐也有坐相。那么，什么样的坐相触犯了日本社会的规矩呢？

第一，是挤座位。一排位子坐几个人是有规定的，你一个人放开手脚大坐，就挤占了别人的空间，这是大忌。

第二，翘二郎腿。在日本社会，翘二郎腿的动作，本来就被视为"傲慢无礼"。在地铁、轻轨列车上翘个二郎腿，就会被当成"二流子"，别人会躲得远远的。

第三，伸腿。因为你伸腿而坐，有可能绊倒别人，属于无礼而危险的坐法。

所以，在日本坐地铁、轻轨列车，就必须"端坐"，端坐的人，才显得有教养。

除了"坐法"之外，"你最讨厌哪些不守规矩的乘车行为"还有哪些呢？

从第二到第十，分别是：

1. 说话。大声说话，或说个没完。

2. 上下车。上车不排队，或者下车乘客还没有下完车就往上挤。'
3. 扛大件行李物品上车。
4. 无遮掩咳嗽。
5. 打手机或接听电话。
6. 把饮料罐放在座位下不带走。
7. 醉酒上车。
8. 抢占病弱孕老专座。
9. 耳机漏出声音。

坐过东京地铁轻轨，尤其是新干线列车的人，一定有一个感受，就是无论车厢里有多少人，都是一个字"静"，没人说话，更没人打手机电话。因为，大家都想当"好人"，都努力守规矩，不想成为一个"给别人添麻烦的人"，也不想成为一个"被人讨厌的人"。因为没有教养的人，会被日本社会排斥。

正因为如此，日本社会常常会给人一种没有太多嘈杂的"平和感"。

每一个国家的人都有自己的生活习惯，不能要求所有人到了日本都成为"日本人"。但是，如果想成为一个"看上去有教养的人"，那么，可以学一学林妹妹进贾府时的做法，看看别人是怎么做的，所谓"入乡随俗"。

14．日本首相为何要给大臣们送礼

2023年新年伊始，日本首相岸田文雄急匆匆地访问了欧洲和北美。这一次外访的目的很明确，因为5月，七国首脑峰会就要在日本举行，作为峰会主席国领导人，岸田需要与各国领导人协调会议内容。

岸田特地把这次的七国首脑峰会的会址放在了广岛市，意思很明确——那是世界上第一次遭受原子弹轰炸的地方，一下子死了10多万人，绝不允许有人再扔原子弹。

当然，广岛是岸田的故乡。好不容易当一次首相，也得光耀一下祖宗。

本来这一次外访一切顺利，对于岸田来说，成果也不少。但是，没有想到，才过去十几天，就遇到了麻烦。

这几天，随行出访的记者爆出了一条消息，说随同岸田首相出访的首相秘书官岸田翔太郎，曾在巴黎期间使用日本大使馆提供的公用车上百货公司购物，并在埃菲尔铁塔下停留。

这一消息意味着，这位首相秘书官并没有紧跟首相履行公务，而是外出购物旅游去了。

岸田翔太郎与岸田首相同姓，俩人是什么关系？是父子关系。

首相的儿子为什么可以当首相的秘书官？

在日本，这不违法，也不违规。日本的任何一位国会议员都可以选择自己的家人，包括儿子当自己的秘书。而这位议员一旦当选为内阁大臣（部长）甚至首相，那么，他的儿子也可以从议员的私人秘书成为"特别职国家公务员"，成为"大臣秘书官"或"首相秘书官"。

岸田有两个孩子，翔太郎是大儿子。

翔太郎毕业于著名的私立大学——庆应大学经济学部政治学科，毕业后进入三井物产公司工作。2021年辞职后来到父亲身边，担任父亲的秘书。当时岸田还只是执政的自民党负责政策制定的"政策调整会长"。但是在2022年10月，岸田在出任首相一年后，突然任命32岁的翔太郎为"首相秘书官"。这一任命引起了舆论的轰动，因为从政界的角度来看，翔太郎才混了两年就开始担任"首相秘书官"如此重要的职务，实在太嫩，岸田有点护犊心切。

其实，岸田的首相秘书官共有8位，其中政务秘书官2人，事务秘书官6人。事务秘书官都是从外务省、财务省、经济产业省、防卫省、警察厅等中央机关抽调上来的高级官僚，通常都是司局长级的干部，协助首相处理各类事务。而政务秘书官属于首相的"贴身秘书"，昼夜紧跟首相，随时处理首相交代的各种繁杂事务，包括首相的隐秘事情，所以必须是十分知根知底，又非常信任的人，翔太郎就属于"政务秘书官"。

在内阁经济会议上，翔太郎作为"首相秘书官"坐在父亲的身边。

翔太郎平时就与父亲同居在议员宿舍，对于岸田来说，让儿子当贴身秘书，那是24小时跟班，用起来得心应手。同时，也可以通过让儿子参与国务，对儿子进行培养，让他结交各方人脉，以便于自己从政界引退时，让儿子接班。

严格说来，翔太郎当政务秘书官，更多的是照顾父亲的生活，"生活秘书"的色彩浓一些。因为另一位政务秘书官是经济产业省事务次官（常务副部长）出身的岛田隆，是一位最高级别的官僚，真正的紧急政务，多由岛田处理协调，代岸田下达指令。

那么，此次翔太郎在巴黎访问期间上街买东西，还逛了埃菲尔铁塔，是不是违反了《国家公务员法》？

这其中有些微妙。

严格说来，如果是首相的指示，政务秘书官外出购物是属于"公务"，使用公务车辆也合情合理。但是，在埃菲尔铁塔停留，是不是属于个人的"观光旅游"？毫无疑问，嫌疑极大，首相不可能说"你去埃菲尔铁塔帮我拍几张照"。如果属于个人的"观光旅游"，那就违反了《国家公务员法》的相关条例。日本在野党目前在国会内追究的就是这一点。

本来不是一件什么了不起的大事，但是，新年国会刚刚开幕，在野党也没有什么负面材料可以打压岸田，儿子借公差用公车逛街的事就演变成了一大政治绯闻，至少可以让岸田的形象再度受损，支持率再下滑一点，让他早一点下台。

在1月31日的国会质询中，岸田首相承认自己叫儿子去百货公司买礼物。

那么，首相买礼物送给谁？岸田答曰："是准备回国送给内阁大臣们，不过是用我个人的钱买的。"

作为内阁大管家的内阁官房长官松野博一被在野党议员直接点名："你拿到过首相的礼物吗？"

松野承认拿到了首相的礼物。

因为这一国会质询是全国电视现场直播，岸田的这一回答令日本老百姓吃惊不小："作为首相，还需要买礼物讨好大臣们吗？"

还真需要，而且这还是传统。

20世纪70年代，田中角荣当首相时，每次去欧洲出差，回国时都会带来两大卡车的礼物，不仅分送给大臣们，连门口站岗的警卫都有份。田中有句冠冕堂皇的话："首相的活儿，都是大家一起干的。"

虽然名义上，内阁是首相亲自点名组建的，而且19名内阁大臣都是首相认可的人，但是，这些大臣并非都是首相的弟兄，大多数分属于自民党内的各个派阀，许多时候是同床异梦。因此，为了笼络大臣们支持自己，岸田花点小钱联络感情，也是无奈的雕虫小技。

岸田内阁的支持率已经跌破30%的红线，进入了政权的"危险水域"。岸田如果想继续撑下去，大臣们的鼎力相助是必不可少的。这就是岸田在外访问的百忙之中，还不忘叫儿子去百货公司买礼物的特别用心。

国会的追究还在继续，这件事到底会给岸田带来多大的负面打击，还无法预料。然而有监督总比没有监督好。

15．问 20 岁日本女孩：你找对象有啥条件

美咲是一位大二的女生，刚满 20 周岁。

虽然日本政府已经修改法律，将成人年龄从 20 岁降到了 18 岁，但是，她所在的横滨市政府依然坚持 20 岁成人的传统。所以，美咲前几天穿着漂亮的和服，刚刚参加完成人仪式。

日本的"成人"仪式，不只是一个仪式，而是一个法律概念，因为"成人"之后，法律上允许吸烟饮酒，可以考驾照，可以持有信用卡，结婚不需要监护人同意。同时，犯罪的话，将承担成年人的法律责任。

我与美咲的爸妈是多年的好朋友，看着美咲从小女孩变成大姑娘。所以，前几天我请美咲一家吃饭，祝贺美咲的 20 岁成人。

美咲现在读的是医科大学，将来的志愿是做外科医生。她说，米仓凉子主演的《外科医生 / 大门未知子》太酷了，那台手术就是一次艺术的演绎。

我问她："你不怕血？"

她说，以前怕，现在不怕了。

美咲的妈妈说，美咲从小喜欢动物，爱琢磨猫狗的习性爱好，小学一年级写作文，理想是要成为狗狗店铺的销售员。高中时，变了想法，想当外科医生。

美咲没有米仓凉子那样的身高，但是，却有米仓凉子的美貌，只是脸的轮廓要比米仓凉子柔和得多。

我跟她爸爸说："很难想象将来，如此柔弱的美咲会在手术台上动刀动枪。"她爸爸说："我也没有想到，她会立志要当一名外科医生。"

看来，女大十八变，变的不只是身材容颜，更是志向。

我问美咲，有没有男朋友？她笑了笑，说："没有。"

妈妈忍不住说了一句："直树君不算？"

美咲脸一红："那不算，只是高中要好的同学。"

我说:"叔叔帮你介绍一个。"

美咲说:"好啊,叔叔介绍的总不会错。"

聊开了,我就问美咲:"你对男朋友有什么要求?"

她想了想,还挺认真地说:"我有三个要求。第一,价值观要相符;第二,兴趣要相投;第三,长相最好帅一点。"

那么,对于对方的年收入有什么要求?

美咲说:"我也工作,他有500万日元(约25万元人民币)年收入就可以了,可以一起慢慢存钱,慢慢买房。一点一点地建设自己美好生活,才有意义。"

2021年,日本劳动者的平均年收入是424万日元,美咲只要了比平均数多一点。

美咲的择偶条件,是一位20岁日本女孩的希望。不以财富为主要条件,这也许就是日本这一代女孩的清纯。

对了,"美咲"在日语中,念作"MISAKI"。

16. 日本人做事为何"一根筋"

一年多前，岸田文雄刚当上首相时，振振有词地向日本国民拍胸脯，说自己要致力于"日本式新资本主义"社会建设，让国家经济和国民生活更上一层楼，其中有一项内容，就是要通过各种手段增加企业员工的工资。

一年多过去，岸田主持内阁会议，宣布未来 5 年内要增加 43 万亿日元（约 2.26 万亿元人民币）的军费，其中 2023 年军费的增幅高达 26%。

那么，这 43 万亿日元的钱从哪里来呢？岸田吞吞吐吐，最终还是说了要"增税"。

于是，日本老百姓问："岸田阁下，你答应给我们白面馒头，我们没有见到影子。现在又要我们替你掏腰包买武器，你先给个说法！"

日本人在判断一件事是否合理时，最大的依据不是法律，而是"筋"，常说的一句话，是"筋が通るか通らないのか"，翻译成中文的话，就是"合理，还是不合理"。这个"理"，就是人间常理，是世间的规范，也就是"筋"。

老百姓为何对岸田光火？理由很简单，就是岸田的言行不合"筋"！

既然你准备要实现军费的翻倍增长，要在未来 5 年内让百姓多纳税来确保这一增长计划的实施，那么，在今年 7 月的参议院大选期间，你为何不将这条重要内容列入竞选大纲，明明白白告诉百姓"我要你们掏钱买武器，怎么样？"而是藏着掩着，跟百姓捉迷藏，背后捅刀子。

日本老百姓因此认为，岸田的行为是"筋が通らない"（道理不通）！

面对这种不讲道理的人，日本老百姓直接说"NO"。每日新闻社的最新舆论调查称，岸田内阁的支持率直接跌至 25%，进入了下台的"危险水域"。

我们有时说日本人做事一根筋，做什么事，都先讲规矩讲道理！

譬如说，岸田政府在去年和今年上半年疫情最为严峻的时期，宣布一些主要城市实施"紧急状态"，要求餐饮店提前到 20 时打烊。

餐饮店说，20时打烊可以，但是我本来可以正常营业到深夜12时，这4个小时的营业损失谁来补？

也许有人说，疫情是天灾，你只能自认倒霉。

日本没有"自认倒霉"的说法，日本人认为什么事情都有一个前因后果，必须做到"筋"的上下通透。

既然政府要求我提前打烊，那么，政府就应该补贴我提前打烊的经济损失。

而作为政府，在作出这一决定时，心里也是一清二楚：必须准备赔偿，不然就涉及侵权。

怎么赔偿？按照店铺大小，最终搞一个统一的补偿标准：每天补贴3万~10万日元（约1500~5000元人民币）。

日本人认为，这样做，才符合"筋"。政府与国民都讲道理，这事就变得合理气顺，才会形成上下一心的自觉行动。因为筋脉不通，啥事都难成。

做事一根筋，自然缺乏灵活性。但是，日本人认为，"灵活性"的背后存在着极大的自私自利。任何想修改规则的人，其背后一定有想占便宜的私欲。因为许多社会规则是长期以来形成的约定俗成的老规矩，老规矩都可以随意破，那就会变得"无法无天"，你可以破，我为何不能破？一个社会从此将陷入无序的混乱。

东京有一个古老的寺院，叫"浅草寺"，供奉观音菩萨。每年的12月31日深夜，在迎来元旦的时候，东京人都喜欢去浅草寺烧香。那么，谁来烧头香？不是东京都知事，也不是捐了最多钱的人，而是排队排在第一位的普通香客。如果你想烧头香，就提前一天去排队，心诚才是金，不是有钱有势才是金。这也是日本人心目中的"筋"。

前几天开车出差，最为繁忙的东名高速公路（东京至名古屋）车流滚滚。但是，你会发现，高速公路上，整个车流是一条笔直线，而不是蛇形线，所有的车都规规矩矩，没人弯道超车。

开车的日本同事说，高速公路上的交通事故，十有八九是弯道超车超出来的，你不能自己不要命，还想把别人的命也搭上。守规则，就是守生命。

这句话，让我回味了老半天。

17. 日本为何要将舞蹈列入中小学必修课

日本足球队在卡塔尔世界杯赛中的表现，一度成为人们的话题。其中有一名队员名叫"相马勇纪"，身高才166厘米，居然与身高180厘米以上的欧洲选手抢球，也是勇气可嘉。

我写过一篇文章《日本足球队为何那么强的三大要素》，介绍日本如何培养足球选手。

其实，日本队之所以强，还有一个社会原因，那就是，孩子们普遍爱好体育运动。

日本有两大"国民球"，一是野球（棒球），二是足球。每一所小学几乎都有这么两支球队，而且还要定期参加各种比赛。

我以前去过日本最大的淡水湖——琵琶湖，琵琶湖上有一座岛，叫"冲岛"。岛上有一所小学校，只有16名学生，但是却有一个很大的操场，还有一支足球队，男女学生，不管年纪大小，人人都成了队员。看到一名一年级的女孩子跑着去捡球，球还没有捡到，自己先滚倒在操场上，煞是可爱。

所以，日本男人如果小时候没有打过棒球，那会被人笑话。

正因为如此，当孩子长大之后，自己做了父母，也就自然希望孩子也能拿起棒球棒，或者踢足球。

现在，日本社会又有了一个新流行，那就是，你小时候没有学过舞蹈，那会被人笑话。

日本的小学体育课中，早已经将舞蹈列为必修课，主要是学习身体的表现力和韵律。从2012年开始，日本政府修订了教育课程，将"舞蹈课"单独列为中学生的必修课，规定初中一年级和二年级必修"舞蹈课"，三年级为选修课。

日本文部科学省在说明为何要将"舞蹈课"列为中学生的必修课时，说了这么一段话：所有健康和体育教育科目提倡的目标之一是"理解身心是一体"，而舞蹈的特点是用身体来表达一定的情绪和精神，最能体现"身心一体"的教义。

也就是说，日本孩子从小学到初中，必须学习9年的舞蹈。

那么，日本父母期望自己的孩子参加什么体育运动呢？

日本向日葵生命保险公司在2022年10月，以全国600名年龄在0～6岁孩子的父母为对象，进行了一次"你希望孩子做什么运动"的调查。

结果显示，排在第一位的是"游泳"(209票)。

为什么第一位不是足球，而是游泳呢？理由是：第一，游泳可以提高心肺功能等基础体力。第二，希望孩子能有亲近水的经验。第三，万一落水时，还能自救。

第二位是"足球"(76票)，理由是：第一，因为足球是集体比赛，所以能培养孩子的团队精神和与他人的协作。第二，因为自己也学过足球，所以想和孩子一起踢足球或观看比赛（回答者中的79%称"自己踢过球"）。

第三名是"舞蹈"(71票)。理由是：第一，能够培养孩子的节奏感。第二，因为成了中学生的必修课。第三，能够培养孩子健美身姿的意识。

意外的是，棒球居然被父母们排除在前三位之外。

虽然如此，但是父母们希望自己的孩子崇拜的体育选手偶像，前两名还是棒球选手，第一名是大谷翔平(116票)，第二名是铃木一郎(66票)，第三名是花样滑冰选手羽生结弦(30票)。

崇拜大谷翔平的理由是：他作为双刀流选手在海外也很活跃，不仅仅是体育方面，其他方面的行为也很值得孩子们学习，不仅成绩好，人格也很棒。

崇拜铃木一郎的理由是：他是谁都知道的一流运动员，人品很棒。他将一生奉献给体育运动，对于荣誉和其他的欲望总是很克制，是一位相当自律的人。

崇拜羽生结弦的理由是：希望孩子们能学习他强大的精神力和身体的表现力，做人有礼貌，谦虚。

看得出，日本人对于孩子的体育运动极为重视，对于偶像选手的人品也极为看重，优秀的同时，还必须谦虚有礼，希望孩子长大后成为身心健康的人。

18. 日本报考公务员的人为何越来越少

日本的公务员队伍最近发生了异变，那就是离职的年轻干部越来越多。

日本的公务员分为三类：第一类是国家公务员，在国家机关里上班；第二类是地方公务员，在地方政府机关上班；第三类是特殊职位公务员，譬如自卫队员、警察等。

日本的国家公务员和地方公务员的考试要求完全不同，所以，考试的难易度也不同，但是有一个条件是相同的，就是报考资格，国家公务员和地方公务员都一样，就是"18岁以上，高中毕业以上"，也就是说，高中毕业生也可以报考国家公务员。

正因为国家公务员和地方公务员的报考内容与录取条件不一样，因此，国家公务员与地方公务员是不能"串门儿"的。也就是说，地方公务员永远只能在地方政府机关工作，而不能调任到国家机关去任职。譬如某一位副市长被直接提拔到国家某机关去出任司局长，那是不被允许的，唯一可行的办法是，地方公务员报考国家公务员，录取后才能到国家机关工作。

最近几年，日本的国家公务员队伍出现了怪现象，首先是年轻干部的离职率越来越高，而且报考的人数也越来越少。20世纪90年代，报考国家公务员的平均竞争倍率是30倍，到2021年，平均竞争倍率只有10倍。

国家公务员中的年轻干部大多数是名牌大学毕业，常常被称为"国之栋梁"。那么，这些栋梁为何折了呢？

我们先来看看离职率。日本国家人事院的调查报告称，2013年，考入国家公务员后未满5年就离职的年轻干部，比例是5%。到了2016年，离职率猛增到10%，也就是10个人中有1个人工作没5年，就辞职了。

经过新冠疫情，日本国家公务员中年轻干部的离职率已经升到怎样的一个比例了呢？目前人事院没有公布这一数据，但是，内阁人事局称，单是从事事务类工作的国家公务员，30岁以下的离职人员，2019年总共是562人，比2015年增加了2倍以上。这还不包括从事综合类工作的国家公务员的离职人数。

为什么越来越多的日本人选择离开国家公务员队伍呢？

最大的原因是加班时间长。

根据东京的咨询公司"工作与生活平衡"调查，2020年，有40%的国家公务员每月的加班时间超过了100个小时，最长的达到了378个小时。即使是100个小时，也意味着每个工作日要加班4.5个小时。

我有时候深夜坐车经过日本国家机关所在地霞关，都已经23时了，办公楼里还是灯火通明。

没完没了地加班，不仅照顾不了家庭，而且也使得自己身心永远处于一种疲惫状态，快乐不起来。

第二个原因是收入低。

日本国家人事院的调查，2021年，日本国家公务员的平均月收入为41万日元（约2.1万元人民币），加上4.45个月的奖金，平均年收入为681万日元（约35万元人民币）。而25~30岁年轻干部的平均年收入为378万日元（约19.5万元人民币）。由于公务员禁止从事副业，国家机关又被千万双眼睛盯着，因此，公务员的工资几乎就是死工资，没有其他的收入。

那么，这个工资在日本是高还是低？

2021年，日本全体劳动者的平均年收入为424万日元（约21.8万元人民币），而大企业中，譬如三菱商事，2021年员工平均年收入是1678万日元（约86.4万元人民币），30岁的员工平均年收入也达到了1443万日元（约74.3万元人民币）。再以制造业为例，丰田汽车公司员工的平均年收入是858万日元（约44.2万元人民币），30岁时年收入为738万日元（约38万元人民币）。

一名东京大学毕业的高才生在国家机关里工作，到了30岁时，年收入还只是丰田汽车公司蓝领工人的一半，心理不平衡也是自然而然的事，自己怎么就成了"弱势群体"？以"名牌大学毕业生+国家机关干部"的经历去企业，立即就可以获得管理职位，不仅收入高，身心也更加自由。这便是许多日本年轻公务员放弃仕途的根本原因。

19. 日本人如何对孩子进行感恩教育

日本人生下来,父母教的第一句话便是"ありがとうございます",就是"谢谢"的意思。

当孩子能够自己坐下来,跟大人一起吃饭的时候,学的第一个动作就是"双手合十",喊一句"いただきます"。这一情景,我们在日本的电影和动画片中经常看到。那么,它到底是什么意思呢?

"いただきます"是一句可意会,却难以言传的日语。

如果直接翻译成中文的话,那就是"拜领了""受用了"。

其实,"いただきます"这句话是有汉字的,汉字写成"顶",那是日本古代(或许是从古代中国传过去的)的一种礼仪,就是接受地位比自己高或年长的先辈给予的食物或礼物时,要把东西举过头顶表示感谢。

据日本史料记载,日本在室町时代(中国元朝时期),就已经开始使用这一句话,至少已使用了700多年。

这是一句谦逊的感谢语,那么吃饭之前说这一句话,感谢谁呢?

第一,是感谢神。在日本的传统文化中,神是万物的创造者,也是万物之主。所以,首先要感谢神,是神赐给了我们维系生命的食物。

第二,是感谢食物。因为在佛教宗旨中强调"万物皆有灵性",它们牺牲了自己的生命来延续我们的生命,满足了我们的生存欲望。所以,在备受佛教文化熏陶的日本,"敬爱万物之灵"也就成为一种自然而生的意识。

第三,是感谢制作与赐予这些食物的人。因为没有他们的努力奉献,就不会有这些美味食物。

教育孩子说"いただきます",是日本家庭对于孩子的最初的感恩教育,也是一种基本的礼仪教育。

这种感恩教育贯穿了孩子成长的整个过程,在家里、幼儿园、学校,虽然许多孩子还懵懵懂懂,但是,孩子知道吃饭前必须先感谢。

吃完饭之后,日本人还要说一句话,"ごちそうさま",汉字写成"御驰走様"。这四个毫不关联的汉字组合在一起,是什么意思?也是一句感谢的话,直接翻译成中文的话,就是"多谢款待"。

如果说,"いただきます"主要是对神说的一句感谢的话,那么,"御驰走様"就是对于请自己吃饭的人说的一句感谢的话,譬如对父母,譬如对掏钱请客的人。

日语词典中对于"驰走"两个字的出处,有这么一个解读,说是出自中国唐朝李翰编著的儿童识字课本《蒙求》一书中,说的是孝子孟宗的母亲生病,十分想吃嫩笋,但是在大冬天上哪儿去找嫩笋呢?于是他漫山遍野地奔跑寻找,结果还是没有找到。于是,他在竹林里痛哭了起来,他的哭声感动了竹子,瞬间,地上长出了鲜嫩的冬笋。

这个"孟宗驰走,哭竹生笋"的故事,传到日本就演变成了感谢主人赐予食物的感恩话。

在日本社会,你在参加宴请时,"いただきます"可以不说,但是,抹完嘴后,"御驰走様"这句话是必须说的。因为神太遥远,但是面前掏钱付账的人,却是实实在在的存在,必须当面感谢,或者在回家的地铁列车上发一条LINE或微信致谢。

事实上,我们也注意到,现实中的日本,在吃饭前喊"いただきます"的成年人其实不多,尤其是在大型的公开宴会上。

日本生活杂志社在2021年对2000名日本人进行了调查,有56.1%的人表示"几乎每天都说",有30.3%的人表示"有时候会说",表示不说的比例为13.7%。

那么,超过80%会说的人中,也有29.4%的人表示,在家里会大声说,但是在其他聚会的场合,大多是"心里说"。

在日本,说不说感恩的话,是个人的自由,但是也代表着教养度。

20. 日本如何培养孩子们的爱国之心

日本最宜居的小城——北海道东川町，这是一座只有 8000 人的小城，相当于我们中国一个乡镇的规模。

东川町有平原，盛产"东川米"，屡获日本大米的金奖。也有山丘，有许多高大的白桦树。

当地有不少家具加工企业，2008 年北海道洞爷湖七国首脑峰会时，各国首脑们围坐的桌椅，就是由东川町的家具企业利用当地的木材制作的。

尤其是东川町制作的椅子，在日本十分有名。在市民文化中心，展示了许多当地制作的椅子，还有过去几个世纪英国和法国的椅子。

我在东川町的图书馆里看到了一套小学生课桌椅。陪同我参观的副町长市川直树先生告诉我，町政府定了一个规矩，凡是在东川町出生的孩子，出生 100 天时，町政府就要给孩子送一个小板凳。上小学时，送一套课桌椅。这些课桌椅都是当地家具企业精心制作的，因为是"传承之物"。

小学毕业时，孩子们要和家具企业的员工一起，修补课桌椅的划痕或受损的部位，重新把它打磨一新，然后传给弟弟妹妹们继续用功学习。

市川副町长说，这套课桌椅可以传承好几代的孩子，一方面让孩子们懂得爱惜课桌椅，另一方面让他们懂得传承的意义。在二三十年之后，当孩子坐上爸爸妈妈用过的课桌椅，那会是一种怎样的感受？

日本这个国家，没有"爱国主义教育"这个词，但是，一代一代的人们为何会热爱自己的国家？因为是从爱家乡开始的。只有热爱自己的家乡，眷恋自己的家乡，才会热爱脚下的土地，热爱自己的国家。

东川町的一所小学里，摆放着一块巨大的石头雕刻作品，那是世界著名的雕刻家安田侃先生的作品"意心归"，是用几十亿年生命的大理石雕琢而成的。在东京的繁华综合商业设施——东京中城（东京ミッドタウン）里也放着一块安田侃先生的"意心归",那已经成了东京中城的镇城之宝,因为价值数千万日元(约数百万元人民币)。没有想到,在北海道这所乡下的小学校里,居然也有一块。

市川副町长告诉我,当初为了争取买这个作品,松冈市郎町长向町议会游说:"当我们这些从北海道走出去的乡下孩子,到了东京也看到安田侃先生的作品,他的内心会产生怎样的情绪?他一定会说:'那有什么了不起,我们小学里就有一块,我爬了好几次。'我们需要给东川町的孩子们爱乡爱家的自信!"

孩子们长大之后,都会远走高飞,但是,在家乡的童年、少年的岁月,能够留下多少美好的记忆,决定他的一生对于脚下热土的感情。

21. 日本"清楚"的女人长啥样

日语中,有许多汉字的意思表达是无法按照现代汉语的逻辑去理解的,譬如"癒し"。

"癒し"这个词被翻译成中文"治愈",翻译得很好,但是却无法表达日语中"癒し"那种温暖人心、愉悦心灵,悲伤时能得到安慰,受伤时能修补心灵的放松、甜蜜、宁静和亲近的微妙而综合的意境。

我想,日语中这种微妙词汇的创造,与日本人那种极端细腻和暧昧的表达方式有关——不说透,但是你我都能意会。

前不久,日本NHK电视台播了一部很火的电视连续剧,叫《ちむどんどん》,讲述一位冲绳女孩离开家人到东京独自奋斗的故事。

学了这么多年的日语,我就是理解不了"ちむどんどん"是什么意思。后来问了冲绳的朋友,才知道"ちむ"是冲绳的方言,意思是"心胸",而"どんどん"是心跳的声音。于是我把《ちむどんどん》翻译成《心跳》。

主演这部电视剧的女影星名叫黑岛结菜,1997年出生,今年25岁,是地地道道冲绳本土出身的女孩,中学时,因为参加一家公司的广告代言人选拔赛,当选为"冲绳美少女",走上了艺人之路。

2014年,黑岛结菜凭借青春剧《对不起青春》在影视领域崭露头角,此后出演了大河剧《花燃》、晨间剧《绯红》等。

第一眼看到黑岛结菜,我满脑子想找出一个词来形容她的容颜与气质。想了老半天,终于蹦出两个字"清楚"。

汉语中"清楚"是"清晰、明白、有条理"的意思。而在日语中,"清楚"是指一位女性"不加修饰,纯洁无瑕",具有可爱、美丽的容貌和极具透明感的气质,其综合意义接近中文中的"清秀"一词。

日本还真的将女影星分成两大类,一类是"癒し系",一类是"清楚系"。

"癒し系"的女影星，大多属于可爱甜美型的，看一眼，就会感觉"生活那么美好"，代表性的影星有这么几位：

第一位是绫濑遥，是日本目前最红的女影星。

第二位是井川遥，三得利公司的专属威士忌酒的代言人。

第三位是"没心没肺可爱代表"的石原里美。

而"清楚系"的女影星中，最有代表性的是竹内结子，她被称为"清楚系元祖"，可惜在两年前的新冠疫情中自杀了。

其次是在电视连续剧《心跳》中扮演母亲的仲间由纪惠，她也是冲绳县出生的影星。

还有一位就是北川景子，封面模特儿出身，凭借电视剧《美少女战士》出道。2006年，出演美国动作电影《速度与激情3：东京漂移》。2014年，出演了木村拓哉主演的法律题材电视剧《律政英雄2》。

不同类型的影星可以满足人们不同的心理需求。日本有近千所大学，却没有一所电影学院，也没有表演系，绝大多数的演员都是在一个偶然的机会被经纪公司发现，然后培养成长，所以，人人都有个性，而且每一张脸都属于"看一眼就能记住"。

日本和中国，同样使用汉字，但是，即使是同样的汉字，其含义也会不同。文字如此，思维方式更是如此。所以，我们如果单纯用中国人的思维去理解日本和日本人，许多事情往往就会理解不通。

22. 日本中产阶层的焦虑

1992年，当时的日本首相宫泽喜一提出了一个"生活大国五年计划"，这个计划中的一个重要目标，就是让国民用5年的收入可以买得起东京首都圈的一套房子。

但是，到2022年，东京市中心的房价达到了国民年收入的19倍，日本不动产经济研究所的数据称，最近东京市中心23区的住宅均价已经达到了8327万日元（约409万元人民币），普通收入的日本国民根本买不起东京市中心的房子。

宫泽喜一已经故去，现任首相岸田文雄则束手无策。在日本，政府除了游说央行提高贷款利率，几乎没有办法来控制房价的上涨。

这几年，由于抗震技术的提高，日本各大建筑公司在距离银座较近的东京湾的丰州、晴海地区建造了许多高层公寓楼，形成了曼哈顿一样的新都市风景。6年前，这些高层公寓楼的周边还长满了芦苇，但是，过去这几年，芦苇地已经变成了漂亮的滨海公园，原来8000万日元（约400万元人民币）一套的房子，现在抛售出来，即使是二手房，也已经涨到了1.4亿日元（约688万元人民币）。

近几年建造的这些东京高层公寓楼，不仅是智能化大楼，而且有着24小时保姆式物业服务，同时大楼里还有豪华会客厅、健身房、会议室、宴会厅、图书室、小宾馆、儿童游戏室、商务中心、24小时便利店、快递中心等配套设施，业主可以享受五星级宾馆的服务。因此，受到了中产阶层的热烈追捧。原先居住在郊区别墅群里的有钱人纷纷抛售别墅，搬到繁华便捷的市中心，这种"回归都心"的现象更是加剧了东京市中心房价的上涨。

在高层公寓楼的购房者中，潜藏着不少中国投资者，因为如此高档而景色秀丽的"望海楼"中的任何一套房子，都要比北京四环的二手房便宜。听说一位中国投资者一口气用现金买下了东京湾丰州高层公寓楼两个楼层的20套房子，令日本房地产开发公司目瞪口呆。

日本中产阶层的基本概念，一般是以家庭年收入1000万日元（约50万元人民币）以上或纯金融资产额在1亿日元（约500万元人民币）作为衡量标准的。而40岁以下、家庭年收入在1000万日元以上的，大多是双职工家庭，收入构成为丈夫600万日元，妻子400万日元。即使按照三口之家（1个孩子）计算，其中每个月能够用于还贷的余钱也就是30万日元（约1.5万元人民币）。从结果上来说，他们需要二三十年才能把"过亿公寓"的房贷还完。

而最大的问题是，这么多年来，房价涨，而工资没有涨。

10年前，只需要还贷10年的房子，如今需要还20年，对于中产阶层来说，没有比房价高涨带来的焦虑更多的事，因为还不知道未来的收入和生活能否如现在这般安定。

正因为如此，东京中产阶层开始逃离东京市中心。

最近，距离东京坐新干线一个小时的群马县高崎市新开发的一个高端楼盘，遭到了东京人的抢购。这栋高级公寓楼是日本大型房地产开发公司——NTT都市开发建造的，高15层，就建在新干线车站附近，3LDK（三室两厅一厨一卫），价格为3000万～4000万日元（约145万～194万元人民币），不到东京市中心高级公寓楼一半的价格。从高崎市到东京车站的新干线距离，相当于从杭州到上海的高铁距离。

新冠疫情期间，日本鼓励企业员工居家上班，如今这一制度已经成为许多企业的新型劳动制度，这也使得中产阶层有机会逃离东京市中心，搬到周边的小城市里生活，必要时，坐新干线到东京工作。

正当日本中产阶层开始愁白头发的时候，日本不动产研究所的调查数据告诉人们：其实从全世界来看，东京的房价并不算高。如果将东京都港区元麻布地段的昂贵楼盘的每套单价视为100的话，那么香港为211.6，伦敦为181.4，纽约和新加坡也比东京高出许多。

所以，"回归都心"的刚性需求加上海内外投资者的炒楼，使得东京的房价依然存在着继续攀升的空间。今后，买不起房子或被迫逃离东京市中心的日本中产阶层也将会越来越多。

23. 日本年轻人如何看中国

日本人到底对中国有没有好感?

通常的说法是,80% 的日本人对中国没有好感。

这个说法有些依据,那就是来自一些日本官方和民间的舆论调查。

还有一个说法,说日本老年人因为对于侵华战争有负罪感,或长期喜爱中国文化,对中国的好感度要高于其他年龄层的人。

在中日邦交正常化 50 周年之际,我们亚洲通讯社做了一个有关《中日关系的现状与未来》的调查,发现了一个奇怪的现象,那就是:日本年轻人对于中国的好感度要远远超过他们的父母和爷爷奶奶。

我们来看一个日本政府的调查数据。

日本外务省每年都要进行一次有关外交问题的国民调查。2022 年 1 月 21 日,外务省公布了令和三年(2021 年)的调查报告。结果显示,表示对中国有好感的为 20.6%,表示对中国没有好感的为 79.0%。

但是,打开报告看具体的细节,发现了一个现象:对中国有好感度的日本年轻人比老年人的比例出现了翻倍增加。

报告显示,60～69 岁的日本人中,对中国有好感度的比例为 13.4%,但是,18～29 岁的日本年轻人中,对中国有好感度的达到了 41.6%,超过了老年人的 3 倍多。

这个调查结果让我们看到了中日关系未来的希望。

为什么有近半数的日本年轻人对于中国有好感?

最大的原因,是日本年青一代对于中国没有"历史记忆痕迹"。

日本 60 岁以上的老年人,大多出生在 20 世纪五六十年代,对于中国的负面记忆比较多。但是,日本 20 多岁的年轻人出生在 2000 年前后,正是中国经济步入高速发展时期。当日本的老年人还沉浸在"历史记忆"中时,日本的年轻人却看到了"不一样的中国"。

21岁的松本菜实是明治大学的大三女生，她和伙伴们玩抖音，她说："中国在数码领域真的很厉害，一个小小的APP，就能创造出一个巨大的产业，为全世界带来如此大的乐趣，我们日本根本就做不到，中国年轻人拥有超群的创造力。"

小林博是日本一家商社的职员，2018年10月，刚走出校门的小林就被公司派去中国出差。他到了上海、杭州，谈到对于中国的感观，小林说："我是第一次到中国，出发前担心这、担心那，因为在日本对中国的印象是中国社会充满了粗暴、不公平、不自由，但是到了上海，令我吃惊的是超越东京的现代化，有一台手机可以走遍全国，无论是住酒店还是去商店，人们都是彬彬有礼，马路上也没有看到拥挤和打架，上下车都自觉排队，与日本媒体报道的相差太大。"

高桥千秋是东京一家IT公司的程序员，她与一名中国同事偷偷恋爱着。她说："中国男人比日本男人更会体贴人，还会做菜做家务，尤其是编程技术还好，我遇到什么编程问题，他都能帮我想出点子解决。"高桥想着与中国男朋友早一点结婚，因为她已经听说男朋友的爸妈准备在东京湾附近买一套高级公寓送给他们结婚。"在日本，很少有父母亲这么做，这省去了我们许多的生活负担。"高桥兴高采烈地说。

日本不少年轻人认为，与中国进行交流，政治是政府的事。

土屋雅山作为交换留学生在英国帝国理工大学读过一年的书，他说："英国同学跟我说的一句话，让我开始冷静地思考日中两国的关系，这位同学说，他很不理解日本和中国作为世界两大经济大国，居然天天为了一个小岛（钓鱼岛）对立，太不可思议了。我想想，也是啊，两个国家有着太多的共同利益和责任，为什么就走不出这个小岛呢？"

土屋准备毕业后报考外务省，立志要做一名外交官。他说日本的外交格局需要改变和提高。

从以上的采访中可以看出，相当一部分的日本年轻人对于中国的印象是健康向上的，而且能够客观地肯定中国在许多方面正在超越日本，引领世界。

那么，对于未来的中日关系，日本年轻人是怎么看的呢？

日本外务省的调查结果显示，有78.7%的日本人认为"中日关系重要"，其中，

60～69岁的群体的比例为75.5%，但是18～29岁的群体则高达89.1%。这说明，日本年青一代不仅看好中国，更认为强化与中国的关系十分重要。所以，加强与日本年青一代的沟通与交流，是今后发展中日关系的关键！

24. 日本社会为何注重培养"人间力"

日本女影星长泽雅美相隔 7 年，出演了明石家先生主持的笑谈节目。长泽雅美身材颀秀，还长着一张"国泰民安"的脸，在日本社会也是人气十足。但是，她今年已经 35 岁，偏偏还待字闺中，颇令爹妈担忧。

明石家是滑稽演员出身，特会调侃人，他拿出一块纸牌，上面写了五种不同类型的男士，问长泽喜欢哪种类型。长泽看了一眼，结果一个都没有选上。于是明石家问她："你到底喜欢怎样的男人？"长泽回答说："我喜欢有人间力的男人。"

读到这里，我想很多人一定是第一次听说"人间力"这个词。

"人间力"是最近在日本社会比较流行的一个时尚的做人概念，而且已经上升到政府推行的层面。

那么，什么是"人间力"？

日本内阁府在《人间力战略研究会报告书》中确定了一个解读：所谓"人间力"，是指一个人作为社会构成与运营的一分子的同时，作为一个独立者能坚强地生活下去的综合能力，它由知识能力、社会·人际关系能力、自我控制力、人际影响力、面对困难的能力等组成。

所谓"知识能力"，是指综合性或本质性看待事物的基础学习能力，以及收集信息并进行逻辑分析的思考能力。不仅仅要把事物当作信息来了解，还需要拥有从得到的信息中来洞察事物本质的微观视角，以及利用得到的信息来类推整体的宏观视角。

所谓"社会·人际关系能力"，是指广泛网罗与人交往的方法以及作为人如何面对社会的能力。不仅要与朋友、家人保持良好沟通，还需要具备与跨文化、跨世代、跨立场的人顺利沟通的能力。同时，作为管理团队的成员、领导者，还必须拥有理解并作出决断的能力，认真倾听并尊重他人意见的能力。

所谓"自我控制力",就是为了实现目标能善于控制自己的情绪和行为的能力。包括保持学习欲望,积极参加社会实践,探索自己的可能性和为了成就理想而不断努力的动力。

所谓"人际影响力",是指为了实现目标而推动周围的人,一边参与一边推进事物发展的能力。也就是用自己的人格魅力积极影响他人,让周围的人觉得"那个人说的话我愿意听,靠谱"。而要做到这一点,还需要培养自己丰富的感受性、洞察力,成为一个高情商,能瞬间明白对方想什么要什么的人。

所谓"面对困难的力量",是指为实现自己的目标,能怀抱坚定的信念,无论遇到什么困难都毫不动摇地前进的力量。同时能让周围的人产生"这事交给他就放心""他很有魄力,做事不会动摇,我想跟着他"的绝对信赖感。要拥有这种力量,除了必须具有较高的抗压能力、积极的思考能力之外,还必须具有在困难时能克服压力的钝感力、对自己追求的目标坚持不懈地赋予意义的能力、不气馁地完成目标的能力。

那么如何培养自己的"人间力"?

日本内阁府提出了5个要素、5个特征、5个培养:

一、构成人间力的5个要素。

1. 沟通技巧。

2. 自我控制能力。

3. 智力。

4. 包容力。

5. 承受力。

二、拥有人间力的人的5个特征。

1. 富有同情心。

2. 温柔有情商。

3. 不要因为别人以自我为中心而生气。

4. 对教育、体育有上进心。

5. 明确自己想成为什么样的人。

三、培养人间力必须做的5件事。

1. 想象并理解对方的立场。

2. 心怀感激。

3. 给自己提出课题。

4. 严格审视并反省自己。

5. 有公德心。

为什么日本社会要积极倡导"人间力"？

一个很大的原因是日本已经很早出现了"宅社会"，年轻人一天到晚捧着手机宅在家中，不交际、不外出、不恋爱、不结婚。同时，近几年又开始进入"低欲望社会"，年轻人对周边的人和事提不起兴趣，只是沉浸在自我天地之中。

这些问题的出现，令日本社会担心20世纪90年代后出生的"Z世代"，会成为"无欲无望、自我而不求上进"的一代，会成为"毁一代"。

所以，如何培养拥有健全人格、出色能力的年青一代，决定着日本的国家竞争力，更决定着日本的未来。而倡导"人间力"，就是一项拯救社会拯救未来的"造人"运动。

长泽雅美的"人间力"要求，为现代日本女性树立了一个最佳的择偶标准：你可以没钱没房没学历，但是你必须拥有健全的人格和能力！

25．京都300年老店的老板娘

去京都，最值得一逛的，是一些百年老店。

这些百年老店的建筑，基本上都是明治时代，甚至是更为久远年代的建造物，虽然低矮，但是原汁原味，进入店里，能够感悟到一种浓郁的文化沉淀，令人想象百年前人们在此流连的身影。

鸭川是一条源自岚山、流经京都市中心的河川。这是京都的母亲河，城市以此为中心，形成了繁华的商业中心。

沿着鸭川，京都人建了许多的店，有各种料理店，也有传统的和果子店，就如南京秦淮河，属于歌舞升平的世界。

我喜欢的一家店，名叫"ちもと"，这家店创立于公元1718年（清康熙57年），距今已有305年的历史。虽然店的建筑多次修建，但是，现在的房子也有百年的历史，建于明治时代，与京都歌舞伎座隔川相望，是京都的文化人与和服大师、歌舞伎艺人们最爱的店家，在日本江户时代的著名小说《祇园物语》中多次登场。

我见到了这家店的女将，也就是"老板娘"，她的名字叫"松井薰"。

松井女士曾经在美国留过学，并在海外工作过，讲得一口流利的英语，是这家店的第9代老板娘。

"ちもと"的上一代女将是润田贞子，这是一位传说中的老板娘。据说，苏联时代时，外交部长葛罗米柯访问京都，日本外务省安排在"ちもと"晚宴。葛罗米柯享受到如此精致的美食和周全的服务，一时兴起，问贞子想要什么礼物，贞子直截了当地说："我要北方四岛。"

老太太的发型一直是盘起来的圆形，她一直干到80多岁。动漫大师宫崎骏每次来京都，都喜欢到这家店里来。后来，宫崎骏制作了动漫名片《千与千寻》，其中的"油屋"老板娘汤婆婆的原型，据说就是贞子太太。

贞子太太没有儿子，招了上门女婿，但是，女儿因为长期劳累而病倒，贞子太太于是把"女将"的职位传给了自己的侄女松井薰。

松井女士从2006年开始当店里的"若女将",2013年成为"女将"。如今,贞子太太已经离去,这家300年老店的重担就落在松井女士的肩头。

"不管多累,笑容永远,"松井女士说,"这是当女将的基本功。"

经历了地震、战争、经济危机和时代变迁,一家餐饮店为何能够传承300多年?

"女将"这一制度的特殊存在,起到了极为重要的"定心定力"的作用。

在日本,"女将"制度主要存在于两个地方,一是高级料理店,二是旅馆,因为这两处地方都属于代代相传的家业。

女将就是"老板娘",基本上都是"婆婆传媳妇"的模式。所以,当你决定要嫁入高级料理店或旅馆时,你就必须要有一种坚定的心理准备——我将成为下一代的女将,肩负起传承家业的重任。

"传承家业"的另一大任务是生孩子,最好是生儿子,因为儿子可以娶媳妇,然后再成为下一代的"女将"传人。

万一都生了女儿怎么办呢?那就必须招上门女婿,而不能让女儿出嫁后再回娘家继承家业,这不合规矩——所谓"泼出去的水",你已经是别人家的媳妇。

女将不仅是高级料理店和旅馆的经营者,更是迎来送往的"看板娘",一家料理店或旅馆,要拉拢好的客人,全靠老板娘的个人魅力与交际能力,而老板娘既要有姿色吸引客人,又不能让客人有太多的非分之想,这种分寸的拿捏便是"女将"的本事。

女将的丈夫,大多数是在厨房里忙乎,甚至在别的公司上班,绝对不会在客人面前公开露面,这也是这一行的规矩。

所以,高级料理店和旅馆挑选媳妇,条件是非常苛刻的,既要长得漂亮,又要聪明伶俐,更能吃得起苦,还要耐得住寂寞,可谓百里挑一。好在日本是一个十分敬重百年老店的国度,守护家业是一份崇高的荣誉,因此,依然有许多女性愿意投身料理店和旅馆,一生只做一件事——当老板娘,一直当到女儿或儿媳妇能够接班为止。

传承,真的是一种付出。

26. 在东京开出租车的冲绳老大爷

日本这几年也流行网约车，只不过，网约车都是正规的出租车，因为日本法律规定，不允许没有出租车经营资格的私家车接客，查到就会被逮捕，罪名是违反《道路运送法》，处3年以下或300万日元（约15万元人民币）的罚款，严重的话，两者并罚。

因为日本社会有一个规矩：出租车运送的不是物品，而是生命！

东京暴雨，我通过"GO"网约车平台叫了一辆车，等了10分钟，车来了，来接我的是一辆"个人"出租车。

东京的出租车分为两类，一类是公司经营的出租车，车身上会标明公司的名称。另一类就是个人出租车，车身上会写着"个人"，或在车顶上放置一个"个人"标志灯。

其实，我挺不喜欢东京的"个人"出租车。一方面，车型大多数是白色的中型轿车，与出租车公司的黑色轿车或新款的出租车相比，压抑且上下车累。另一方面，个人出租车司机态度与礼仪没几个好的，总感觉缺少教育。

来接我的是一位老大爷，开着一辆小型商务车。

东京的出租车司机有一个毛病，除了问"你去哪里"和"车内温度是否合适"之外，不会有第三句话。如果换成大阪、京都，那司机就像见到久违的亲人，会说个没完，除非你不懂日语，聊不起来。

老大爷的车上居然放着一份当天的报纸，头条便是日本天皇去英国参加伊丽莎白女王的葬礼。

老大爷从车内反光镜里看到我在读报纸，就像猫发现了老鼠似的，一下子兴奋了起来："あのおばあちゃんは凄いですね、サッと天国に行った。"（那位老婆婆真了不起，就这么一下子去了天国。）

我说，21世纪，不知道还有没有可能诞生一位如此了不起的女王？

老大爷回答说:"無理でしょう。愛子ちゃんが今、女皇になれば、別の話。"(应该是不太可能,除非是爱子现在当女皇,那另当别论。)

我发现大爷特能侃,问他多大年龄。

大爷说,已经70岁了,开了39年出租车。

老大爷是冲绳人,他说自己当年来东京,是拿着琉球政府的护照,盖了日本政府的签证,坐了一个星期的船。

到东京后干的第一份活儿,是在一家印刷厂装卸纸张。因为在冲绳早早拿到了驾照,发现开出租车比印刷厂工人的收入高,于是去报考了出租车公司,结果上路第一天就出了车祸,因为冲绳当时的交通规则是美国式的,方向盘在左边。日本的交通规则是英国式的,方向盘在右边。

"もし大卒しましたら、人生は違うだろう？菅义伟さんように、総理大臣になれるかも知れない。"(如果我是大学毕业的话,人生可能就会不一样。说不定跟菅先生一样,也能当个总理大臣。)老大爷调侃地说。

日本前首相菅义伟是在高中毕业后,从秋田县农村坐上夜行火车到东京打工。最先也是在一家印刷厂工作,但是,他边打工边读大学,毕业后就成了国会议员的秘书,从此步入政坛。

老大爷在35岁时买了一辆自己的车,开始了"个人"出租车的职业生涯。他说娶了一位东京的太太,生了三个儿子,如今自己是"年金(养老金)生活者"。

我问他一个月的年金可以领多少。他说自己是"自营业者",所以,养老金一直交的比较少,现在是每个月可以领到10万日元(约5000元人民币)。

他说单靠年金是不够的,所以必须坚持开出租车。

我问他准备开到多少岁,他说法律规定可以开到75岁,自己准备站好最后一班岗,多挣一点养老钱。

老大爷现在每个月的收入是在40万日元(约2万元人民币)左右。他说不抽烟,但是喜欢吃爆米花。最幸福的时刻,是每周自己给自己放假的那一天,中午起床后可以喝上一口啤酒。

老大爷的这辆出租车已经有点旧了,他说已经开了6年,准备在年底时换一辆新车,再开5年,直到自己不能再当出租车司机为止。

下车时,老大爷塞给我一张名片,还有2颗糖,说以后去机场什么的,可以直接打电话约他，车费好商量。

一位从偏远的海岛来到东京闯荡了一辈子的大爷，他说自己最大的愿望，是在 75 岁退休后，可以带着太太回到冲绳的老家，然后对着亲朋好友说："我的太太是正宗的东京女人，东京的每一条大街小巷，我都熟悉得一塌糊涂。"

我说，到时候一定去给您拍视频。

27. 日本人的思维方式为何与众不同

与几位日本朋友聚会，他们都在中国留学和工作过，对于中国文化和社会都有较深的理解。

聊到中国人与日本人的思维方式，大家说，差距就在于"有没有灰色"。

他们说，中国人的思维方式是两种色彩——非黑即白，而日本人的思维模式是三种色彩——黑白之间还有灰色。

譬如说"爱国"，对于中国人来说，要么"爱国"，要么"不爱国"，找不到"爱国"与"不爱国"外，还有其他的概念。

我问日本人，如果这个问题，你们怎么答？

他们说，还有一种答案，叫"爱乡"。

这就是"灰色"答案。

聊到日本制定的《经济安保法》，我说，因为这部新通过的法律，使得日本企业对华投资，搞不清什么可以投，什么不可以投；也分不清对外技术输出的红线（日语叫"レッドライン"）在哪里，日本政府为何不开列一串"允许"和"不允许"的技术与设备目录呢？

他们说，这在中国与美国做得到，但在日本很难做到，因为日本人首先无法做到"Yes"或者"No"的明确区分与回答，一怕得罪人，二怕耽误事。因为日本人总认为，许多事情都是无法量化的，也就无法一刀切，理由必须让人心服口服。所以，最终只能根据不同的投资案，综合考虑各种因素，做出"不同个案的不同处理"，寻求完美解决。

日本的防疫几乎也是按照这个思维逻辑做的："紧急状态"要宣布，但是城市不封。政府要求你不要乱出门，如果你坚持要出门，那么感染了，就不要怪政府不作为。

日本社会为何会有这"三色思维"呢？

大家说了四个字,叫"融通无碍"。

说这四个字,自古以来是日本人的处事准则。

我中文没学透,愣是没有看到过这句成语。

于是上网去查,才知道这四个字来自佛教典籍《华严经》。"融通"指的是事物能够顺利进行,"无碍"指的是没有阻碍,不被任何事物束缚。也就是说,所谓"融通无碍",就是思维方式和行动上没有任何障碍,能够自由自在地圆滑应对,怎么质疑也找不出漏洞。守中致和,不偏不倚,看上去完美无缺,但也隐藏着一种机灵与狡黠。

在日常的生活中,你要叫日本人对某一种行为或某一个事物表一个态,日本人大多会说:"まぁね～、難しい"(这个,太难了),其实他心里已经有了明确答案,但是嘴上就是不说透不点破,生怕得罪任何一方,影响团结与友谊。

所以,与日本人打交道,如果逼迫其公开表态,效果会适得其反。如果私下与他沟通,倾听他的意见,往往很快就有结果。

从佛家"融通无碍"四字中培养出来的日本暧昧文化,使得日本社会能够保持住一种平和的氛围与秩序,同时也能够让人与人之间产生一种舒适感。但是也会让外国人陷入一种"盲人摸象"的痛苦,因为不知道日本人到底在想什么。

要了解日本,必须了解日本人的"三色思维",并融入他们暧昧的社会文化中去。

28. 为何有这么多人反对安倍"国葬"

2022年7月8日中午，安倍晋三前首相在奈良市街头参加参议院大选演说时，遭到一名前自卫队员自制手枪的袭击而遇害。

安倍之死引发了日本国内民众极大的悲情。出殡那一天，沿途挤满了为他送行的民众，人们高喊"安倍，谢谢"。

日本政府于是作出一份"内阁决定"，确定在9月27日下午2时，在东京武道馆为安倍举行"国葬"。

但是，日本国内反对为安倍举行国葬的声浪越来越高，9月5日，一个市民团体在国会举行记者会，公布了一份404258人的签名报告，强烈反对为安倍举行国葬。

这一签名活动是由东京大学名誉教授上野千鹤子、东京工业大学教授中岛岳志等17名知名学者与评论家发起的。

同时，日本读卖新闻社也公布了一个舆论调查结果，显示有56%的人反对为安倍举行国葬。

而在雅虎网站的舆论调查中，反对者的比例更是高达76%。

"国葬"不只是一种仪式，而是一种荣誉与待遇。

第二次世界大战之后，日本历代首相中享受过"国葬"待遇的只有1人，那就是吉田茂。

吉田茂从1946年开始，两度担任首相，前后任期长达7年，为日本投降之后的战后处理与国家复兴做出了杰出贡献。1967年，他以89岁高龄去世时，日本政府决定为他举行"国葬"。

从吉田茂去世以来近半个世纪中，有十多位当过首相的政治家先后去世，但谁也没有享受过"国葬"待遇，理由很简单——不够格。

那么，安倍为何"够格"呢？

岸田首相在记者会上说了3点理由：

第一，安倍的首相任期长达8年8个月，是日本宪政史上任期最长的首相；

第二，安倍在担任首相期间，在内政和外交上做出了杰出的贡献；

第三，安倍去世后，世界各国都表达了哀悼之意。

那么，既然理由这么充分，为什么日本半数以上的国民要反对呢？

因为国葬不只是举行一个隆重的追悼会，它有一整套仪式。譬如邀请200多个国家和地区的首脑或使节出席，全国公立机构下半旗志哀。当骨灰运抵国葬会场时，鸣礼炮19响，自卫队仪仗队行致敬礼，军乐团奏乐等。

在5日举行的记者会上，持反对意见的市民团体代表上野千鹤子教授表示，不能以"国葬"的形式来掩盖安倍在执政期间的失败。在全体国民没有达成一致支持的背景下，强行举行国葬，是一种无视民意的行为，是在动摇日本民主的基础。

上野千鹤子是日本社会比较著名的社会活动者，她大学时代参加过学生运动，抵制过日美安保，也组织过"抵制东京奥运会"市民运动，即使在安倍执政时，也经常对安倍的政策展开批判。

那么，一般的日本民众为何也反对为安倍举行"国葬"呢？

日本各家媒体实施的舆论调查结果显示，第一大理由是"浪费国民的税金"。因为"国葬"的费用是国库开支，日本国民认为"自己有份"。

日本政府原先公布的"国葬"预算，是2.5亿日元（约1233万元人民币）。但是，日本一些在野党指出：不对，你没把接待数千名外国来宾和警备费用算上去！

就警备力量而言，这么多海内外政要出席，预计要动员7万名警力，需要的警备费用，有人算出来是26亿日元（约1.28亿元人民币）。祭台上摆8万多菊花，预计需要1600万日元（约79万元人民币）。最终的总费用可能会达到100亿日元（约5亿元人民币）。

反对的第二大理由是"政府用行政手段强制国民思想与信仰"。

举行"国葬"时，日本政府会呼吁国民默哀、公立机构（包括公立学校）降半旗等。但是，一些民众认为，这是政府强强迫国民对安倍表达"哀悼之意"，有违宪法规定的思想与信仰的自由。

反对的第三大理由是"日本政治家与统一教会瓜葛太深"。

枪杀安倍的凶手山上彻也曾在海上自卫队服役3年，他在接受警方审讯时表示，自己行刺的原因是安倍支持统一教会。而自己的母亲加入统一教会后，不仅家庭破裂，而且还举债捐款，结果造成了他人生的不幸。

统一教会是由韩国人文鲜明创立的新兴宗教团体，总部位于美国，在20世纪70年代就已经在日本建立组织，并积极参与日本政治。每日新闻社的最新调查结果显示，713名国会议员中有150人与统一教会有瓜葛，其中包括岸田内阁中多名大臣。

虽然反对声浪越来越高，但是，日本政府还是决定如期举行国葬，岸田首相表示，政府将尽最大努力向国民作出解释。

不知道安倍本人在九泉之下，对于这么多国民反对他的"国葬"，作何遐想？

29. 日本为何没有"首都"

日本有许多奇葩的东西，譬如没有"首都"。

一国无首都，估计全世界绝无仅有。

那东京都算什么呢？不是一直都有"东京首都圈"的说法吗？那天皇和中央政府所在地，难道不是首都吗？

东京还真的不是日本的"首都"！

日本古代把"首都"称为"京"。公元694年，日本建设了历史上第一个首都，叫"藤原京"，位于现在的奈良县橿原市与明日香村。710年，在现在的奈良县奈良市和大和郡山市，仿造中国唐朝首都长安城，建造了日本的新首都"平城京"。

但是，仅仅过了80多年，日本再度迁都，在山城国，模仿唐朝的洛阳城，建造了新首都"平安京"。公元794年，日本天皇迁都"平安京"，平安京作为日本首都的时间，长达1080年，直到1869年，明治天皇离开京都前往东京。

"平安京"作为日本的千年首都，除了正式名称"平安京"之外，还有一个称呼叫"京都"。

"京都"这一名称其实来自中国，古代中国把天皇所居住的地方称作"京师"。但是到了西晋时代，世宗皇帝的名字叫"司马师"，为了避讳，"京师"改称"京都"。这一中国政治文化传入日本后，日本也把首都称作"京都"。

明治天皇即位后，为何要离开京都而跑到江户城去居住？迄今还是一个谜。

在明治天皇离开京都前，日本的政权结构是这样的：天皇作为"国家的象征"居住在京都，而国家的实际领导人德川将军，则居住在江户城。江户城于1868年9月改称"东京"。

京都人对于天皇的突然离去，感觉是被某种势力的着魔绑架，伤感之余又不敢公开叫板，于是产生了一个说法，说明治天皇是去江户出差，京都依然是日本的首都，而"东京是东边的京"，只是行宫而已。

这天皇出差，一出已经150多年，但是"东京"至今依然未能获得"日本国首都"的地位。

在日本法律中，首次使用"首都"概念的，是在1950年制定的《首都建设法》。这部建设法的第12条中，有一句"考虑到东京都是国家的首都"，说明在当时的法律层面上，是把东京都作为日本的首都。

但是，这部法律仅仅存在了6年就被废除了。所以，在现行日本法律文本中，已经找不到"东京是日本首都"的表述。

1956年，日本在废除《首都建设法》之后，新设了一部《首都圈整备法》，提出了一个"首都圈"的概念，这个"首都圈"通常所指范围，为东京都和近邻的埼玉县、千叶县、神奈川县，简称"一都三县"，目前是世界最大的都市群，总人口为3600万人。

对于"日本没有首都"的问题，2018年2月，众议院议员逢坂诚二向政府递交过一份质问书。内阁的回答书上是这么写的："虽然没有直接规定日本首都是东京都的法令，但是东京都是日本的首都这一点，已被社会普遍接受了。"

政府的这个回答很暧昧。

对于"日本没有首都"的说法，日本的学术界有几种解释：

第一种说法是，古代中国也有设置"东京""西京"的做法，首都不只是一个，天皇居住在哪里，哪里就是"京"，就是首都。因此，京都是日本的千年古都，而东京是现在天皇居住之地，两者都是"首都"。如果单单定义"东京是日本国首都"，这样对京都不公，有违日本传统。

第二种说法是，美国人搞鬼。日本战败后，美国人给日本制定了一部宪法，这部于1947年施行的新宪法中，故意没有写"东京是日本的首都"，意思是日本作为战败国，没有设首都的资格。而天皇已经是没有实权的"国家象征"，他所居住的地方，也不能称为"首都"。

所以，"东京都"只是日本的政治中心，但不是日本的"首都"。

全日本各地的人去东京，都习惯说"上京"。但唯独京都人拒绝这一说法，他们一直说"东京是一群工作虫集聚之地"，满眼都是羡慕嫉妒恨。

30. 日本社会为何有那么多单身贵族

最近，日本著名的人才中介公司"マイナビ"（我的导航）对全国15岁以上14000名男女实施了一项生活调查，结果发现，"Z世代"未婚者中，4个人中有1人打算"生涯独身"（终身不婚）。这一调查结果成了日本社会的一个话题：如何拯救"Z世代"？

"Z世代"是一个网络流行语，通常是指1995年—2009年出生的一代人，目前的年龄在13～27岁，他们一出生就与网络信息时代无缝对接，受数字信息技术、即时通信设备、智能手机产品等影响比较大，因此也称为"互联网世代""二次元世代""数媒土著"。

日本的"Z世代"的年轻人为什么有这么多人不愿意结婚？

调查结果显示，有25.8%的人认为"生涯独身"好处多多，而认为"坏处多多"的比例仅为24.6%，几乎对等。剩下的半数人觉得"结婚也好，不结婚也好，到时再说，不必勉强自己"。

那么，"Z世代"的年轻人中，认为"生涯独身"有什么好处呢？

63.4%的人认为，可以自由地支配个人的收入，不会因为结婚而影响自己的生活质量。

61.5%的人认为，可以自由地支配自己的时间，不会因为结婚而打乱自己的生活。

59.7%的人认为，可以有精力去做自己喜欢做的事。

39.1%的人认为，不必为了婚姻而与自己不喜欢的人在一起。

25.4%（女性为31.6%）的人认为，不会因家庭而影响自己的工作。

东京都新宿的歌舞伎町是亚洲最大的红灯区，也有一条日本最大的情人旅馆街。最近几年，歌舞伎町的情人旅馆出现了一个奇异的现象：情侣约会越来越少，而女子聚会越来越多。

于是，人们把歌舞伎町的情人旅馆称为"女子俱乐部"。每到周末，街头可见三五成群的年轻女性跑到情人旅馆入住。因为情人旅馆里有豪华大床、高品质的卡拉OK、情调十足的洗浴间，还可以点小吃、比萨和酒水。闹腾一夜，连吃带住，平均每人1万日元左右，比住商务酒店还实惠。

所以，进入21世纪，日本社会的最大悲惨是情人旅馆的倒闭。"低欲望社会"带来的不仅是低消费，还有对异性和性的冷漠。

日本国立社会保障与人口问题研究所在2020年的调查中称，在18～34岁的女性中，有39%还是处女，19～34岁的男性中也有36%是处男。在35～39岁的年龄段中，26%的女性和28%的男性从未有过性经验。

这一调查数据与某片中日本人"自由奔放、欲望横溢"的形象大相径庭。

日本政府最新发表的人口动态统计报告称，2021年，日本全国新婚夫妻创下了战后70多年来的最低纪录，结婚人数仅为约50万对，与1972年相比，大幅减少了一半以上。

统计报告因此认为，结婚人数的减少，将拖低日本的出生率。2021年，日本全国的出生率已经落到1.3，是战后最低的纪录。

日本目前年轻人结婚的平均年龄为29岁，但是，即使晚婚，也有一部分人表示"喜欢一个人生活""结婚很麻烦"。到50岁还没有结过婚的"生涯未婚率"，在1980年时，男性为2.6%，女性为4.5%。但是到了2020年，男性的未婚率达到25.7%，女性也上升到16.4%。这意味着，4个男人中，有一个人终身未婚。6个女人中，有1个人终身未婚。

按照现在的出生率推算，到2050年，日本的人口将减少15%以上，由目前的1.27亿人减少到1亿人之下。如果终身未婚率继续攀升的话，2050年的总人口数将减少到9000万人。

这就是日本社会的最大危机！日本政府将专门设立一个副部级机构"家庭儿童厅"，来解决日益严重的"少子化"问题。

但问题是，无论采取如何优惠的现金补助政策，包括"生下孩子政府养"，能否唤起"Z世代"年轻人的"欲望"？谁也无法拍胸脯。

到底有无良策来解决年轻人的"低欲望"问题？有人出了一个主意：回归第一代手机，只通话，不上网。

31. 日本人为何喜欢孤独

认识一位日本的新闻同行小林健，今年 38 岁，是一家经济媒体的记者。

小林出生在日本东北地区的岩手县，那是一个多丘陵的地区，他在家中排行老三，上有哥哥和姐姐。

高中毕业后，一心想离开山区的小林考上了日本的上智大学。上智大学的新闻专业与早稻田大学的新闻专业齐名，都是日本培养名记的摇篮。

我问小林，为什么想当记者，他回答我的理由是两点：第一，想看看世界；第二，想表达诉求。

大学毕业后，小林如愿进了一家著名的经济报社，在社会部当了一名记者。

社会部的记者主要报道社会新闻，这么多年来，小林从跑现场的记者变成了专家型的记者，他重点研究日本的社会问题：少子老龄化与孤独感。

与小林一起喝酒，他跟我说："最近老是在想一个问题：日本人的孤独感与美学。"

我问他："孤独是一种美吗？"

他回答说："在日本的社会文化中，应该是。"

我想起 2022 年 4 月，日本内阁府公布的首次有关孤独问题的调查。这一项以 16 岁以上 2 万名国民为对象的问卷调查结果显示，36.4% 的人感觉有"孤独感"，其中 20～29 岁的年轻人最高，达到 44.4%。

我想，这是不是与新冠疫情有关？

小林说："不只是疫情，日本人的骨子里就有很深的孤独感。"

有一个多国调查数据，说每周与家人数次见面或打电话联系的频率，美国、英国等西方国家是 50%～70%，而日本人平均只有 15%。10 年以上一直有"孤独感"的比例，日本人是 35%，而美国人是 22%、英国人是 20%。

还有一个数据，那就是"孤独感"的性别比例，美国是女性 54%，男性

46%。英国是女性55%，男性45%。而日本是30多个发达国家中，唯一一个男性孤独感高于女性的国家，比例为男性54%、女性46%。

孤独已经成为一种日本社会文化，并催生出一种"孤独经济"。

走在日本街头，餐饮店中无论是拉面店还是居酒屋，最多的是适合于一个人吃的店铺。一位女性独自坐在居酒屋里喝着一杯啤酒，吃着几片生鱼片，没有人会感到奇怪。

在大城市里，24小时便利店遍地开花，而且生意兴隆，最关键的是，70%以上的消费者是单身贵族。因此，日本的便利店里的生鲜食品的比例往往占到了三分之一。从盒饭到熟食，从饮料到酒水、乳制品，从番茄、黄瓜到苹果、香蕉，应有尽有。同时还有银行ATM机、交通卡充值、各种水电通信费的支付，还有各种花花绿绿的杂志，日本的便利店简直就是"孤独者"的天堂。

日本国立社会保障与人口问题研究所在2021年实施的调查数据称，65岁以上老年人中，一个人生活的比例，男性是15%，女性是5%。而30～34岁的人群中，男性的未婚率是47.3%，女性的未婚率是34.5%。也就是说，三个人中有一位是孤独的单身贵族。

还有一个数据，2021年，日本人生涯未婚率（到50岁时还没有结婚的比例），男性是23.4%、女性是14.1%。不少人喜欢这种无拘无束的自由人生。

为什么日本人会有如此高的"孤独感"，同时，还喜欢这种"孤独"呢？

小林的解读是：

第一，日本社会根深蒂固的那种"不给别人添麻烦"的自律意识。这个"别人"包括自己的父母与兄弟姐妹。所以，日本年轻人结婚，绝对不会要求父母给自己买房子。有钱买房，没钱租房，不能给家人添麻烦。

第二，顽固的忍耐力。凡事都喜欢一个人扛着，相信忍耐是一种人生的修行，忍耐总会见到光明。

第三，自古以来的"耻感文化"。总觉得自己遇到一些难处，轻易向别人倾诉和求助，是一种很有"耻感"的行为。情愿自己心里闷着，独自面对，也不愿意找人倾诉，寻求帮助。

第四，认为孤独是一种美。日本文化中的"寂"，便是一种孤独的美。喝一杯茶，望庭园里的水石，享受一种独孤的惬意。这种孤独的意境，自古以来被认为是人生的一种极高的境界。于是，不少日本人喜欢一个人旅游，一个人吃饭，一个人居住，一个人静静地思考人生。

日本人的这种孤独感，在新冠疫情中带来了某种"正能量"，在过去两年中，即使一天感染20多万人，政府也没有下达任何的禁足令，但是，许多日本人还是很自觉地乖乖地待在家中，不吵不闹。

但是，过高的孤独感也容易造成自杀率过高的问题。当然更为头疼的问题，是结婚率与出生率的严重下降。

当一个人在享受"孤独之美"时，家与国也因此变得越来越"孤独"，日本社会今后会变得如何？谁也难以评估。

32. 日本人为何不愿意"当官"

接到友人浜田先生的一张明信片，告知我他已经辞职，去了一家企业工作。

浜田先生36岁，毕业于东京大学法学部。毕业后就考入日本某中央省厅，成为国家公务员。去年，浜田已经升到"课长辅佐"，相当于我们中央机关的"处长助理"。

但是，他还是决定"下海"了。

跟他通了一次电话，问及辞职的原因，他说有各种各样的原因，主要还是觉得待在机关，每天忙于各种事务，而且没完没了地加班，缺乏成就感。

记得2020年时，当时担任国家公务员制度担当大臣的河野太郎公布过一份内阁人事局的调查数据，说2019年度，中央机关中20多岁年轻干部的辞职人数达到了87人，比6年前的21人增加了3倍多。

这份调查报告还称，20多岁的年轻干部中，3年之内准备辞职的比例，男性是15%，女性是10%。

辞职的第一理由是"想从事更有利于自己发展成长的工作"（男性49%，女性44%）；第二理由是"超长时间加班，很难兼顾工作与家庭"（男性34%、女性47%）。

浜田先生最终也成了辞职队伍中的一员，他说父母和太太都支持他的选择。

在日本的中央机关能够当上"课长辅佐"，已经是不小的官，因为日本是"小政府，大社会"的模式，一个"课"往往掌管着全国某一个领域。但是，只要夜里经过东京的霞关，哪怕是深夜11时，都可以看到各中央机关大楼有一半的办公室，灯还是亮着的。

浜田先生毫不犹豫地辞了中央机关的官职，最终去了一家大型的电机公司，做了战略企划室次长。他说，工资稍微高了一些。

日本社会有一个很奇怪的现象，不少人对于"官"和"权威"有一种本能的反感。譬如一听说对方是"国会议员""理事长",内心就会产生一种莫名其妙的嫌恶感。一听说对方是"老板社长",就会联想到"极恶人",而不是产生一份尊敬或攀附之意。

日本电通综研公司实施的"2021年世界价值观调查"显示,世界77个主要国家中,"权威与权力的尊重度"中,越南是83.6%(第10位)、法国是75.5%(第11位)、英国是67.9%(第23位)、中国是62.1%(第33位)、美国是59.0%(第36位),而日本只有1.9%(最末位)。

从这一调查结果也可以看出,"当官"在日本很不受待见。同时,当了官还摆谱,那更是讨人嫌厌。

那么,日本人有没有"当官"的愿望?

这里也有一份调查数据,是日本著名的人才中介公司PERSOL在2019年实施的一项针对亚洲14个国家"是否愿意进入管理层"的调查,结果显示,印度为86%、中国为74%、韩国为60%,而日本只有21%。

这份调查虽然不是专门针对公务员的调查,但是,也能说明日本人对于"当官"的基本心态。

比较典型的案例是,大学教授不愿意当学部长(院长)甚至校长,他们觉得,管理工作会影响他们的教学和研究。新闻单位中,资深的记者不愿意成为总编,而乐于成为某一领域的专家型记者。企业中,技术专家情愿成为一名专业的工程师,也不愿意当车间主任和厂长。

为什么有80%的日本人不愿意"当官"?

PERSOL公司的调查,归纳出了这么几点理由:

第一,除了多一份责任,没有什么特权和利益。

第二,多一点点工资,却要承担没完没了的加班。

第三,把宝贵的时间用在管理工作上,势必会影响自己的专业。

第四,一旦成为管理干部,与周边人的关系就会变得微妙复杂。

第五,进入管理层,自己想干的事情就没法干。

所以,在日本,无论当官,还是当老板,既不能端架子,更不能呵斥员工,因为没人会买你的账。

33. 日本社会的新流行：终活

前几天，我与相交多年的木村先生聚会，他特地带来一枚奖章送给我，说："这块奖章是我一生得到的最高荣誉，现在送给你。"

木村先生从大学毕业后进入一家著名的跨国企业工作，从一名普通员工一直做到公司的常务董事。其间当过 8 年中国公司的董事长，也正因为这 8 年的业绩，使得公司为他颁发了一枚最高的员工荣誉章。

木村先生 78 岁，他说他已经开始"终活"，想把自己的人生之物提前清理，于是想到把这枚奖章送给我做纪念。他觉得，给我，最合适。

最近几年，日本社会涌现了不少新名词，找工作，叫"就活"（就职活动）。相亲叫"婚活"。那么，老年人整理人生，便叫"终活"（人生终点活动）。

"终活"这个概念，是日本周刊杂志《周刊朝日》的副总编佐佐木广人先生提出来的，2012 年入选日本年度流行语大奖。这几年，有关"终活"的书籍和杂志出版了许多，电视连续剧《把家借给你》、电影《结尾笔记》把"终活"的理念推到了一个社会高度，让许多日本老年人产生了"终活"意识。

木村先生很健康，但是，他说："人生开始进入减法，不能等到自己意识模糊，或卧病在床时再考虑整理自己的人生。"

木村先生的太太在两年前已经去世，他的"终活"从整理物品开始。

他把自己收藏的数千本书都交给了旧书收购商，把自己和太太穿过的衣服大多送进了垃圾箱。把多余的家具和家电叫垃圾处理公司拉走，家里只剩下一个冰箱、一套沙发、一个衣柜、一张床、一张办公桌，跟酒店一样。

他说："干干净净，无牵无挂。"

木村先生的床头放一张结婚照，墙上挂一张全家福。他与太太生了两个孩子，一男一女。儿子一家在大阪生活，女儿在东京，还能偶尔过来看看。

"人老了，不能麻烦子女，他们也都有生活的负担，所以，我必须自己管好自己。"木村先生说。

跟木村先生聊天,我知道了"终活"的内容。

第一,生前整理。

除了物品整理之外,重要的还有这么几件事:

1. 准备一本专门的笔记本,把自己的银行卡账号、密码、信用卡账号、密码全部记录在案。

2. 把自己的电脑管理密码,推特、LINE 等 SNS(社交网络软件)的 ID(账号)与密码也记录在案。

3. 把重要的亲朋好友的家庭地址、电话等联系方式记录在案。

4. 整理社会关系:担任的社会团体的职务、后继者的推荐,万一自己去世后需要特别告知的友人名单与联系方式,或者最后的遗言。

第二,后事准备。

1. 写下遗书,明确遗产等的处理方案。

2. 写下自己万一生命垂危时是否需要采取"延命治疗"的意见。

3. 写下有关自己葬礼的方式、墓地的选择、骨灰的处理意见。

4. 处理好自己的"数码遗产",交代自己过世后数码遗产的处理方式。

木村先生说,他除了准备以上的内容之外,还在做两件事:

第一,写自己的人生回忆录,陆续发表在自己的网站上,即使自己离世,还能在网络社会里留下"活着"的痕迹。

第二,给自己最亲的人写告别信,其中包括大学时代的初恋女友,希望在自己离世时,他们都能看到自己的一份感激之情。

木村先生最后说,如果我不是突然离世,我在我人生的最后时刻,一定会举行一个生前葬,在自己还能动,还有意识时,与大家一一告别。

"你一定要来!"木村先生嘱咐我。

我说:"我一定来,戴着您的奖章。"

34. 日本女性找对象都有哪些条件

有一句老话，说人生最幸福的事情，是拿美国工资，住英国房子，吃中国饭菜，娶日本老婆。

为何说"娶日本老婆"是人生的一大幸事？因为在人们的印象中，日本女性第一温柔，第二听话，第三顾家。

时代变迁，日本女性是否依然有如此美德？

日本的年轻女性已经比她们母亲一代要"退化"不少，但本性没变。

其实，对于我们中国男人来说，娶一个日本女性做太太，最实在的好处莫过于"成本低"。

日本女性结婚，第一不要彩礼，第二不要买房，第三不要买车。俩人好上了，租一个房子就能安个新家，丈母娘绝对不会问你"房子买了没有"，因为她知道年轻人根本买不起房子，也没有必要为了一个面子去压迫自己的生活，俩人慢慢奋斗就行。

所以，对于日本女性来说，嫁给中国男人的最大惊喜，是"他爸妈送了一套房子"。因为在日本，儿女结婚，几乎没有父母送房子的，因为属于"财产赠与"，要交45%的赠与税。而在日本的中国同胞，从各个渠道转来资金，凑合着就把婚房买了。

以前有个报道，说因为中国人有钱了，所以日本女性纷纷嫁给中国人。

这个"纷纷"的数据是多少呢？

日本厚生劳动省的"人口动态调查"数据显示，2018年，日本人的国际婚姻达到了21852组，占到日本人当年结婚总数的3.8%。

那么，2018年，中日之间的国际婚姻是什么状态？有5030名中国女性嫁给了日本男人，而嫁给中国男人的日本女性仅为847人。

这两年新冠疫情，估计数据更少。

所以，要娶一个日本太太，也是不容易。

那么，日本女性找对象，到底有哪些条件？

最近，日本社会流行一个新名词，叫"ハイスペ男性"，翻译成中文，是"高品质男人"。

什么样的男人才是日本女性心目中的"高品质男人"呢？

第一，高收入；第二，高情商（有较强的交际交流能力）；第三，高修养（品行礼仪端正）。

20世纪90年代，日本女性找对象，也有"三高"标准，分别是高收入、高个子、高学历。但是，过去这么多年，"新三高"已经将长相、学历排除在外，除了希望有高收入之外，日本女性更注重一个男人的情商与修养。

毕竟过日子，找一个既无趣，又粗鲁的男人才是噩梦。有学历，并不意味着有情商。长得英俊，并不意味着有修养。

日本女性变得更实在，更注重人与生活的品质。

"旧三高"与"新三高"相比，唯一不变的是"高收入"，那么，这个"高收入"的标准到底是多少呢？

日本婚介公司"伴侣中介"对1780名女性实施的调查结果显示，20.6%的人认为年收入"601万～800万日元"（约30万～40万元人民币）属于"高收入"。有21.9%的女性认为年收入"801万～1000万日元"（约40万～50万元人民币）属于"高收入"。另有25.1%的女性认为"1000万日元"以上算高收入。

那么，日本劳动者的平均年收入是多少呢？

日本国税厅公布的2021年的调查数据是426万日元（约21万元人民币）。但是，上市公司员工的平均年收入为603万日元（约30万元人民币）。而全国年收入超过1000万日元（约50万元人民币）的比例仅为6%。

所以，日本女性心目中的"高收入"，也只是"中等偏上"的水准，并不是高不可攀。

知道了这一标准，大家就有了奋斗的目标。只是对于中国男人来说，最重要的，还是要学会日语，不然有情难言，难修正果。

35. 到底谁在管理日本这个国家

1962年，44岁的田中角荣当选为日本大藏大臣，成为日本宪政史上最年轻的财政部长。几乎所有的媒体都看田中的笑话，因为大藏省是日本政府中精英汇聚之地，一位只有小学学历的政治家，如何去管理这一群高傲的官僚。

正在美国留学的田中角荣的宝贝女儿真纪子打了一个国际电话，嘱咐爸爸"千万不要剃了胡髭"，因为这样显得老成。

上任第一天，大藏省的百年礼堂里聚集了百名干部，大批记者涌入礼堂，要看田中角荣如何对大藏省干部们"训话"。

没有想到，田中一上台，只说了这么一句话："各位都是东京大学毕业的高才生，我只是一名小学生。你们是国家的栋梁，你们只管往前冲，出了问题我负责。以上，敬请关照！"

没了？没了。

此后三年多的时间，首相换了两任，而田中一直坐在大藏大臣的办公椅上，推行日本列岛改造计划，到处修高速公路。

田中角荣后来当了日本首相，并在担任首相两个多月后出访北京，实现了中日两国的邦交正常化。

田中角荣在大藏省礼堂里说的那段话，道出了日本国家管理团队——官僚阶层的一大秘密，那就是，几乎所有的中央机关精英干部，都毕业于同一所大学，而且是同一个专业：东京大学法学部。

在日本诸多的中央机关中，最为重要的大藏省（现财务省）、外务省、经济产业省、国土交通省，整个干部队伍中，几乎形成了这么一种状态：要么是同学关系，要么是学长与学弟关系。

所以，东京大学法学部是日本最牛的学部（学院），因为管理国家的精英，大多来自这个学部。

一群法律系的高才生管理一个国家，其结果会出现什么样的状态？做什么事，都先找法律条文，讲究有法可依。于是整个国家做事讲究规矩，按部就班，谁也不敢弯道超车，虽然显得刻板保守，但是，整个国家管理井然有序，不管首相如何一年一换，政府工作循序安定，民心不乱。

　　日本国家管理团队中，除了这样一群优秀的官僚之外，还有一群通过选民的投票选举当选为国会议员的政治家，法律上称为"代议士"，也就是"代表人民议论国家大事的人"。

　　日本的官僚，最高只能当到中央省厅（部委）中的"事务次官"，也就是专业的"常务副部长"。而部长（大臣）的位子是由国会议员出身的政治家来坐的，或者由首相邀请的专家学者等民间人士来坐的。

　　于是，日本的国家管理体制中形成了这么一种固定的模式：政治家负责政策制定与引导，而官僚负责政策守护与执行。政治家只对政府（内阁）负责，而官僚只对国家和国民负责。

　　岸田文雄已经当了1年半的首相，政绩平平，有不少日本人开始为他掐倒计时表。

　　那么，谁将接替岸田成为日本下一届首相呢？

　　目前的主要人选有这么4位：外务大臣林芳正、执政的自民党干事长茂木敏充、数字化担当大臣河野太郎、前环境大臣小泉进次郎。

　　林芳正出生于1961年，今年62岁。当过文部科学大臣、农林水产大臣、经济财政大臣、防卫大臣，目前在内阁总理大臣（首相）临时代理的排位中排在第3位。

　　茂木敏充出生于1955年，今年68岁。担任过外务大臣、经济财政大臣、行政改革大臣、经济产业大臣、IT担当大臣，经历也十分丰富。

　　河野太郎出生于1963年，今年60岁。其父亲是自民党前总裁、众议院议长河野洋平。河野太郎当过外务大臣、防卫大臣、国家公安委员长、行政改革大臣，目前在岸田内阁中担任数字化担当大臣。

　　小泉进次郎出生于1981年，42岁。其父亲是日本前首相小泉纯一郎。小泉进次郎已担任过环境大臣、防灾大臣、复兴大臣政务官，是日本政坛少壮派的代表人物。

这4位离首相宝座最近的政治家有一个共同的特点——都是留美派。

林芳正本科毕业于东京大学法学部，硕士毕业于哈佛大学肯尼迪学院，那是美国培养政治精英的最有名学府。在哈佛大学留学期间，林芳正先后给两名美国国会议员当过国际事务助理。

茂木敏充本科毕业于东京大学经济学部，硕士也是毕业于哈佛大学肯尼迪学院，是林芳正的学长。

河野太郎毕业于美国乔治敦大学国际研究学院，这所大学创建于1789年，是美国最古老的大学之一。学习期间，河野太郎多次参加了美国国会议员的大选志愿者工作。

小泉进次郎本科毕业于关东学院大学经济学部，硕士毕业于美国哥伦比亚大学，曾在美国战略国际问题研究所担任过研究员。

这4位日本政坛上叱咤风云的政治家，不仅精通英语，而且十分认同美国的价值观，不管谁当首相，均会显示出强烈的亲美倾向，并守住日美同盟关系不放。

所以，从以上的分析中，我们可以看出，日本这些管理国家的精英，其学历和经历，决定了这个国家拥有最基本的两种色彩：第一，讲究秩序；第二，亲美。

日本人的意识

1. 日本开启"倍速消费"时代

一口气借 5 张 DVD，按下快进键，2 小时看完 5 部电影。

这种行为，日本称之为"倍速消费"。

目前，这种"倍速消费"在日本年轻人中流行起来，因为年轻人的生活越来越追求"短平快"，没有时间手牵手漫步在海滩边，望着一轮明月，说一句"今夜的月亮真美丽"。

日本的年轻人对中国的抖音的喜爱程度不亚于中国人。

前几天遇到几位日本小伙子，一直在刷手机。我问他们"刷什么"，他们说"刷 Tiktok（抖音）"，说太好玩了。

为什么好玩？因为超短视频能够满足他们"短平快"的"倍速消费"理念——本来你用 10 分钟上网，只能看完 1～2 个消息。但是，如果刷抖音的话，可以获得 1～20 个的信息。

日本年轻人的大脑已经不再适应于"细水长流"式的悠长，而是追求大容量、快速的信息吸收与传递。

他们看我写文章还一个字一个字地敲打键盘，好像看外星人似的："您为什么不用语音入力 App 呢？现在的 OpenAI 也可以写文章，敲键盘多累啊！"

我说："一个字一个字的敲打过程，也是一个思考过程，但是如果用语音入力的话，我的思维不可能保持如此清晰的逻辑性。"话虽然那么说，但是，我发现自己已经老了，就像我现在看到老作家还在用钢笔在稿纸上写稿一样，我也会对他说："为什么不用电脑直接写呢？"

也许再过 5 年、10 年，当 OpenAI 软件已经十分成熟，学生们的毕业论文可能一个星期就可以整出来。

日本的"倍速消费"也引发了整个社会零售业的改革。因为许多单身的年轻人觉得花大量的时间去做饭是一件很浪费时间的事情，所以他们选择了快捷的做菜方式，就是用冷冻食品或者成品菜直接放在微波炉里转几分钟，一顿饭马上就可以做成。所以，日本超市里卖得最好的食品是盒饭，放在微波炉里转两分钟，就是一顿饭。

"做饭是一种享受"这个概念在许多日本年轻人的思维中是短缺的，更多的是觉得"麻烦"。

所以我跟这几位日本年轻人说，一旦当你们成为父母，孩子希望能够吃到妈妈的菜，你拿微波炉给他转几圈，孩子可能一辈子都不知道"妈妈菜"的味道是啥样。

他们觉得我的话也有道理，但是，就是不愿意放弃这种"倍速"生活。

社会已经进入一个信息大爆炸的时代，在短时间里去获取更多的信息是日本年轻人追求"倍数消费"的主要动因，而这种动因也使得整个社会的节奏显得非常快，同时许多的细节被忽略，功能性目的被放大，甚至许多年轻人觉得不需要过程，只需要结果。于是，短时跳槽、闪婚闪离已经成为日本社会的一大问题。在一个单位里，中年课长都不知道如何与"Z世代"的年轻员工协调工作节奏。"年轻人难管理"，这是60后公司社长们最大的感叹。因为他们无法理解年轻人为何不"余裕生活"？

其实，"倍速消费"的背后是年轻人对于"时间效益"的追求。也就是说，日本年轻人希望有更多的时间去做更多的事情，让自己的人生实现"倍速成长"。日本手表制造公司精工发表的《精工时间白皮书2022》称，年轻人中，觉得"时间不够"的比例从2021年的37.8%上升到48.1%。

"倍速消费"的流行，给日本社会带来了什么样的变化？

1. 视频网站"YouTube"上"倍速视频"开始大量增加。
2. 家事代行、健身等服务业生意越来越火。
3. 超市里，冷冻食品和快速食品的销售柜台大增，"方便泡饭"正在成为取代"方便面"的抢手食品。
4. 短时间内可以制作料理的"时短家电"开始热销。

而进入3月，大学新生即将开学，也即将开始一个人的生活，于是"家电套餐"也成了家电销售公司最为卖力的推销。你不需要一件一件地选，我都已经给你配齐，而且价格优惠，写一个地址，从电冰箱、微波炉到电视机、洗衣机，全给你送到家。

5. 网购已经成为日本年轻人的主要购物方式。

日本调味料公司"龟甲万"社长堀切功章在公司新年大会上指出，消费者看重的，除了口味，还有时间、性能。"健康、方便、短速"是2023年的关键词。

"倍速消费"正在改变日本社会的生活形态，也在改变市场结构与消费习惯。对于企业来说，满足"倍速消费"市场，既是新挑战，也是新的发展契机。

2. 日本到底会不会发生 9 级大地震

进入 2023 年，网友咨询最多的事是"日本会不会发生 9 级大地震"，因为最近有关日本火山爆发、大地震来临的视频挺火。

我的回答是："会发生，但是不知道哪一天。"

我的答案并不是信口开河，而是日本政府自己说的。

首先，日本列岛在地球上，是处于一个特殊的地质构造位置，日本列岛底下是太平洋板块、菲律宾板块和欧亚大陆板块、北美板块交叉重叠的地方，整个地球共有十余个板块，日本就占了 4 个，哪个板块稍微松动一下，都可以让日本列岛颤抖一阵子。

正因如此，日本历史上遭受过无数次大地震的袭击，最近的一次就是 2011 年 3 月 11 日的东日本大地震，9 级，因为发生在海底，掀起了 30 多米高的海啸，结果摧毁了日本东北地区沿太平洋一侧的许多城市，造成了 2 万人的死亡和失踪。

日本列岛的面积只有全世界的 0.25%，但是，每年发生地震的次数却占全球的 18.5%。日本气象厅的监测称，2021 年，日本共发生 2024 次地震（震度 1～7 级），平均每个月约 169 次。所以，生活在日本列岛上的人们，对于地震有一种天生的"免疫力"，一般发生 4 级以下地震，该干吗还是干吗，不会夺门而逃。

其次，日本是一个多火山的国家，日本共有 111 座活火山，占全球活火山总数的 7%。活火山带给日本丰富的温泉资源，也因此撬动了日本的温泉旅游热和地热发电产业。但是，火山的喷发，也会造成人员伤亡和财产损失。如果与大地震连动的话，损害力更大。

最近的一次火山灾害是在 2014 年 9 月 27 日中午发生的长野县御岳山火山喷发，由于没有预警，因此造成了 58 名登山客死亡，5 人失踪。而最新的一次火山喷发是在 2023 年 2 月 14 日 14 时 48 分，位于鹿儿岛县的樱岛发生喷发，烟尘高达2400米。樱岛是日本最大的活火山，每年都会有几次喷发，但是因为它远离居民区，所以每一次的喷发都没有造成人员伤害。

正因为日本是一个多地震的国家，所以，日本从政府到民间，建立了许多地震研究与监测机构。尤其是日本政府，专门成立了由地震研究专家组成的"地震调查委员会"（首相官邸）和"地震调查研究推进本部"（文部科学省）等机构。另外，东京大学、京都大学等大学都有专门的地震研究所，而民间的预测机构也不少。同时，日本政府每年都会发表全国各地的地震发生概率。

最有权威的是日本政府地震调查委员会的报告，该委员会在2023年1月13日发表的全国各地地震发生概率的报告称，"南海沟"在今后40年内发生8～9级特大地震的概率是90%。

"南海沟"地震带从静冈县的骏河湾（伊豆半岛）到九州地区的日向滩近海，涵盖了名古屋、京都、大阪、神户、广岛、福冈等中心城市，不仅是日本主要的经济区域，更是人口密集的地区。

日本政府地震调查委员会明确指出，"南海沟"大地震一般是间隔100～200年发生一次。最近的两次地震是在1944年和1946年发生的，其中1944年的东南海地震的震级为8.2级，死亡与失踪人数为1223人；1946年的南海地震，震级为8.4级，死亡与失踪人数为1443人。

地震调查委员会称，如果"南海沟"7级以上大地震发生的话，会引发超过10米的大海啸，将会有238万栋房屋倒塌，预计死亡62万人。

以上内容，大概就是目前中国国内传得较多的"日本将要发生9级地震"消息的由来。

地震还不知道什么时候发生，但是，日本政府地震调查委员会已经计算出了"南海沟"7级以上大地震发生后，各地海啸的高度和海啸到达的时间，并列表予以了公布，这样你就可以知道地震发生后，自己应该在多久逃离低海拔地区，同时也可以知道今后建房买房的安全高度。

除了"南海沟"大地震外，日本政府地震调查委员会也预测东京首都圈在未来30年内，发生7级大地震的概率也达到70%。而一旦发生的话，将会有61万栋房屋被毁，23000人死亡。

发布地震预测消息，会不会引发社会的动荡？

意识

在日本，不会发生，反而起到了一种增强防灾意识的效果。

因为日本的建筑大多牢固，抗震力都在8级以上，因此不会出现土耳其大地震那样大楼叠加倒塌的惨状。但是，因为日本是岛国，一旦大地震在海域发生，就会引发大海啸。所以，毁灭一座城市、损坏一群建筑、剥夺许多人生命的不是地震，而是海啸，2011年的东日本大地震的结果就是如此，95%以上的死者都是因为海啸。

所以，日本政府每年公布各地地震发生的概率报告，不是为了吓唬老百姓，而是让老百姓知道自己居住、工作的地方是会发生大地震的。目的只有一个，那就是：最大限度地减少地震带来的损害，保护好自己的生命与财产！

记住一个避难规则：如果在沿海地带遭遇大地震，要立即逃往高处（越高越好）。附近没有山地的话，逃往坚固的高层建筑，不要等电梯，要爬楼梯到高层。如果是在内陆地区遭遇大地震，赶紧跑到空旷的地区。一般情况下，各地的中小学校和公民馆等都是政府指定的避难场所，那里会有食品和电源等供应。

简单地说，只要有足够的防灾意识和防灾知识，完全有可能在日本遭遇大地震时保护好自己。

3. 弹性的"居家上班"开始制度化

进入后疫情时代，日本劳动制度发生了重大变革：居家上班制度的固定化。

2023年1月16日，日本最大的航空公司之一的全日空，以8500名空姐为主要对象，发表了一项劳动制度改革方案，其核心内容是：

1. 实施一周两天的上班制度，便于空姐们居家照顾子女或老人。
2. 鼓励空姐们移住到有机场、有全日空航线的地方城市，便于就近登机飞固定航线。
3. 允许空姐们在上班以外的时间搞副业，提高收入，补贴家用。
4. 制定奖励政策，鼓励空姐们在业余时间进修各种业务，为今后的转行做准备。

三年疫情，日本餐饮业因为没有封停，更有政府的现金补助，日子还比较好过。但旅游服务业和交通业受伤最重，航空公司便是其中主要的受伤者之一。

在长达近两年的时间里，日本95%的国际航线停飞，80%的国内航线停飞。面对万名空乘人员的"无机可飞"，全日空和日本航空这两大航空公司坚持"不裁一员"的原则，而是将员工"出向"（下派）到各相关的企业、酒店去帮忙，或者派到有机场的地方政府去当临时公务员，感恩地方政府对航空公司的支持。甚至派空乘人员去机场附近的农家帮忙种地，弥补因飞机噪声给农家生活带来的"骚扰"。

总之，不因疫情而解雇员工，也不因疫情让空乘人员无事可做。

如今，日本已经进入后疫情时代，新年期间，国内航线搭乘率达到95%以上，国际航线也恢复很快，航空公司终于熬过了最为困难的时期。

就在这一背景下，全日空却宣布实施新的劳动制度改革，是因为经过这场疫情，让公司开始思考一个问题：如何在确保空姐们的雇佣与收入的情况下，让她们有更多的时间来照顾家庭，回归母性的生活，而不是搞以往的"人机捆绑"

式的管理。于是，弹性工作制度因此诞生。

在疫情最为严峻的时候，日本政府虽然宣布了"紧急状态"，但也只是软性管控，其中对于政府机关和企事业单位提出的一个要求，就是要确保70%以上的职员居家上班，以避免搭乘地铁轻轨和在办公室集体上班而感染病毒。日本把这种居家上班的制度称作"テレワーク"。

这种制度的具体实施方式是：有事有会议时，到公司上班，没事没会议时在家上班；一个月中，有30%～50%的时间去公司轮流上班，其余时间在家工作；平时的碰头会、情况通报会等通过视频会议解决。

这一制度实施两年多，有没有影响企事业单位的正常运转？人们发现，在三年新冠疫情期间，日本许多大企业的纯利润创下了历史最高纪录。企业破产数也是20世纪90年代以来的最少纪录，2021年是6015家、2022年是6376家。

事实证明，因疫情而诞生的"居家上班"制度，不仅没有影响企业的正常运营，同时还大大增加了员工照顾家庭的时间，减少了上下班的通勤疲劳，显示这一制度在后疫情时代依然可行。

日本最大的通信公司NTT已宣布，整个集体约3万名员工从2022年7月1日开始，原则上实施居家上班制度，不需要每天到公司报到。如果公司需要其到公司上班，将按照"出差"的待遇处理，不仅报销交通费，也报销住宿费。

NTT同时宣布，取消异地调任和单身赴任的制度，全体员工可以在日本各地自由选择居住地作为自己的工作场所，并可以与家人一起生活，公司将提供住房、水电费、通信费的补贴。

作为制造企业的日立制作所和NEC等公司，也实施科研人员、营业人员、事务类人员等新的居家上班制度。

日本总务省于1月24日发表的调查报告说，到目前为止，全国有64.3%地方政府和70%以上的企业依然实施居家上班制度。调查报告称，居家上班制度带来四大好处：一是可确保灾害发生时，政府工作的正常运转；二是减少职员上下班时间；三是消除工作与家庭之间的对立矛盾；四是提高工作效率。

新年伊始，日本网络公司BIGLOBE实施了一项"2023年劳动制度的意识调查"，有65%的人希望继续维持居家上班制度，有26%的人希望扩大这种居家上班制度。

日本厚生劳动省以全国1万名劳动者为对象实施的调查结果也显示，每周2～3天居家上班，比每天都去公司上班的人，有更多的"主观幸福感"，尤其是能够确保6小时以上睡眠，减少抑郁与不安的情绪，增加与家人相聚的时间。

刚刚开幕的日本新年国会大会，把劳动制度改革作为一大议题进行讨论审议，日本政府的算盘是，给予劳动者更宽松的工作环境和居家生活的时间，加上新的生儿育女的补贴政策，让"居家上班"制度来解决长期头疼的"少子老龄化"问题。

当然，与新冠疫情期间实施相对完全的"居家上班"制度相比，后疫情时代的"居家上班"制度会赋予更多弹性的内容，也就是说，有事上班，没事居家工作。有一台电脑，到哪里都可以办公，不再拘泥于天天"汇聚一堂"的热闹场景。

"不迟到、不早退"的打卡上班制度或将成为历史。

4. 优衣库引爆日本企业加薪潮

进入 2023 年，日本社会最大的新闻莫过于"优衣库加工资了，而且最多加了 40%"。

在日本企业 30 年工资未动的背景下，优衣库的大手笔不仅惊动了许多挥汗苦干的企业战士，更是惊动了日本政府。日本内阁官房长官松野在记者会上发表评论说："政府高度评价优衣库大幅加薪的积极方针。应对物价上涨的最好处方，就是持续不断地加薪。政府全力支持优衣库的这一举措。"

优衣库是世界著名的服装生产销售商，三年新冠疫情期间，优衣库逆势而上，销售量已经超过 H&M、ZARA，成为世界最大的休闲服装销售公司。

2021 年 9 月 1 日至 2022 年 8 月 31 日的 12 个月内，优衣库的销售额比 2020 年度增加了 7.9%，达到 2.3 万亿日元（约 1181 亿元人民币）。净利润则增加了 1.6 倍，达到 2733 亿日元（约 140 亿元人民币），连续两年创下了公司历年来的最高利润纪录。

"优衣库"其实不是公司名称，而只是一个品牌名。经营"优衣库"这一著名品牌的公司名称为"ファーストリテイリング"，中文名称叫"迅销"。

迅销公司创业于山口县宇部市，1949 年，柳井等先生在街边开了一家"洋服店"，主要是卖男士西服。也是在那一年，柳井家生了一个儿子，父亲给他取名叫"柳井正"。

1971 年，柳井正从早稻田大学政治经济系毕业后，回到老家，继承了父亲的这家"洋服店"。

20 世纪 70 年代，日本进入了经济的高速发展期，男人们穿西装系领带是一种时髦的潮流。但是柳井正总觉得哪个地方怪怪的——节假日带着孩子去海边玩，穿着西装干什么呢？

那么，不穿西装，难道穿和服或者工作服？

柳井正到美国去考察，发现美国人在节假日不穿西装，而是穿一种很随意的服装，叫"休闲服"。

回到日本，柳井正就把"洋服店"改了，开始在日本生产销售"休闲服"。

1984年，柳井正正式打出了"优衣库"的品牌，并在广岛市开设了第一家"优衣库"（UNIQLO）专卖店。1991年，柳井正将公司名称由"小郡商事"改名为"迅速"，并于3年后上市。

2009年，柳井正以61亿美金的身价首次荣登福布斯"日本首富"榜第一名。此后，柳井正与软银集团创始人孙正义轮流坐庄，始终保持着"日本第一首富"的地位，2022年，柳井正的身价高达270亿美元。

我在为柳井正先生翻译《一胜九败》等几本书的时候，曾经问过他一个问题："当您成为日本首富的时候，最想做什么事业？"他说："最希望把优衣库做成世界第一的休闲服生产销售公司。"

这么多年来，柳井正以不动之心，一心一意做服装，全球店铺已经达到2400余家，其中在中国已超900家，所有店铺均为直营。2022年，柳井正实现了"世界第一"的梦想！

我们来看看优衣库的此次加薪计划。

此次加薪对象是日本国内8400余名正式社员，新入社员的第一年月薪，从25.5万日元提高到30万日元（约1.54万元人民币），而日本社会普遍的大学毕业新入社员的月薪是18万～20万日元。入社一两年后成为店长的话，月薪从29万日元提高到39万日元（约2万元人民币）。优衣库公司透露的消息说，包括奖金在内，优衣库员工的年收入最多将增加40%。

人家的工资都是以几千日元的标准涨，优衣库则是以十万甚至几十万日元的标准涨。不仅正式员工涨，合同工和临时工也涨，而且是合同工和临时工先涨。去年秋季，日本国内4.1万余名合同工和临时工，平均工资涨了20%。

优衣库此次为什么要如此大手笔加薪？该公司发表的声明称：

一是为了公平地奖励每一位有发展愿望和能力的员工；

二是加强公司在全球范围内的竞争力和增长潜力；

三是将日本员工的收入赶上海外员工薪酬水平。

日本首相岸田文雄上台后，宣布要建设"日本式新资本主义"社会，一大关键点，就是动员企业给员工加薪，让员工增加收入，以此扩大消费，促进国内消费市场的发展，进而促进产品的生产，形成收入、市场与经济的良性循环。

优衣库的加薪行动，是不是为了迎合岸田首相的政治需求？柳井正绝对不是一个唯上的企业家。2013年，安倍当上日本首相时，专程去了柳井正的家，请柳井正出任内阁最高顾问。面对"国师"级的诱惑，柳井正对安倍说了这么一句话："我只是个商人，不懂政治，还是让我专心做企业吧。"结果，安倍三顾茅庐，柳井正始终是初心不改。

优衣库的加薪行动，毫无疑问将引爆日本企业的加薪潮。泡沫经济之后，日本企业战士们忍受了30年的"不动收入"，或许在不久的将来能够见到灿烂的阳光。

5. 东京的房价为何疯涨

日本经济的表现，不管说是好，还是不好，有一个现象，一直让人困惑，那就是："东京的房价为何疯涨？"

我办公室边上有一栋高级公寓楼，地段是东京的一等地——赤坂，7 年前还在建的时候，两室一厅（室内净面积 70 平方米，相当于中国售房的建筑面积 100 平方米），销售价格是 9000 万日元（约 460 万元人民币）。现在二手房的价格已经涨到了 1.6 亿日元（约 816 万元人民币），涨幅高达 78%，而且还没房源。

这不是一个极端的例子。

位于东京湾边上的丰州地区，8 年前的一套室内净面积 100 平方米的三室一厅的房子，当时的售价是 8000 万日元（约 408 万元人民币），如今的二手房也已经涨到了 1.4 亿日元（约 714 万元人民币）。

日本不动产研究所的最新报告显示，东京都 23 个区普遍涨价，年平均涨幅高达 10% 左右。尤其是功能齐全，实施五星级酒店式管理的高级公寓，涨幅最大。其中港区、中央区、涉谷区的新建公寓楼人气最旺。

东京的房价为什么会疯涨呢？

早上起来读报，看到日本两大房地产开发公司之一的三井不动产公司常务执行董事富樫烈先生的一篇采访稿，他说了三大原因：

第一，是因为房贷利率的低下。目前，日本各大商业银行的房贷年利率，一般在 0.4% ～ 0.6%。但是，不少人担心，随着日本经济的好转和银行行长的更换，长期低利率的房贷政策会发生改变。因此，就有一种"赶紧抢购"的冲动。

第二，是因为新冠疫情期间，许多公司都开始实施居家办公制度，不少人开始感觉家里房间不够，于是有了想换新房、买大房子的欲望。

第三，是新建公寓楼更加重视功能性与周边的绿化环境、购物的便利性，所以，居住环境比过去的公寓楼要好，这也是人们考虑换房的一大原因。

除了以上这三大原因之外,其实还有两个原因:

第一是地价的上升。尤其是东京市中心地区的地价在过去几年间,因为日本政府推行"观光立国"的政策,吸引了大量的海外游客涌入,建酒店、建商场,导致商业地价上升,住宅地价也随之上涨。

第二是外国人购房团的出现。由于这几年越来越多的外国人向往日本的生活,加上在日本购房不要求出示在日本的居住证明,也不限制购房的数量,因此,不少外国人在东京购房,尤其是抢购高级公寓楼。这种势头,最近尤其猛烈。据悉,一名来自北京的投资者在东京湾新建的高层公寓楼里一口气拿下了20套房,吓蒙了房地产开发公司。

那么,今后的东京房价还会不会继续涨?我问了好几位搞房地产开发的日本公司管理干部,他们都说"无法预测,但至少在近几年内不会回落"。

6. 日本哪些企业的人气最旺

跟朋友一家吃饭，他的儿子刚读大三，问他这三年是怎么过的，他说，从开学的第一天开始，就没有进过学校的门，一直在家上网课，直到2022年4月，才第一次走进学校，见到老师。但是此后的大多数时间依然是上网课。

"女同学长啥样，都还没有记住。"满脸青春的他，傻笑了一声说。

"我们这两届的学生有个绰号，叫'网课生'。最惨的是医学部的学生，等毕业了还没有做过实习生。"

我问他，毕业后准备做什么？

他回答我说："工作已经内定了，是一家商社。"

"你不是2024年3月才毕业吗？"

他回答说："是啊，我们班里已经有好几位同学都已经内定了。"

回到家里，我上网去查大学生就职状况资料，发现到11月30日止，2024年3月毕业的大学生的就职内定率已经有8.7%，比2021年同期的调查数据（6.2%）高出了2.5。其中文科生为7.6%，理工科生为10.9%。这是日本学生就职支援公司"学情"调查公布的数据。

"内定"是日本大学生就职的一种特别形态，用人单位在经过面试考核等程序之后，如果决定录用这位大学生在毕业后到公司就职的话，就会向他发出书面的"内定通知书"。"内定通知书"不是"雇佣合同"，但是它具有一定的约定性，用人单位如果单方面取消"内定"的话，一定需要给接到"内定通知书"的大学生合理的说法和经济补偿，否则会遭到起诉。但是，作为被内定的大学生，则可以单方面取消"内定"，一般用人单位不会追责，因为整个社会给予年轻人选择自己人生的宽容。所以，一般情况下，接到好几份"内定通知书"，大学生最终会选择其中一家自己最心仪的单位去就职。

日本大中小学的学制是4月上学，3月毕业。大学生从大二开始，就可以自己开展就职活动找工作，企业等用人单位也开始从两年后毕业的大学生中寻找优秀的苗子。

那2023年3月毕业的大学生的内定率是多少呢？

日本最大的人才中介公司RECRUIT发表的调查数据说，到2022年10月1日止，2023年3月毕业的大学生中，就职内定率达到93.8%，比2021年同期的调查高出1.4%，这意味着绝大部分应届毕业生都已经找到了工作，剩下的6%左右的人，可能选择读研，或者做浪人。

那么，2023年毕业大学生中，最有人气的就职企业是哪些呢？

调查结果显示，大型银行等金融机构和综合商社的人气依然排在前列。在所有大学中都很受欢迎的"三菱商事"连续两年获得了第一名。而著名企业中，日本最大的门户网站公司"雅虎"排在第41位，丰田汽车公司和游戏机公司"任天堂"并列第42位。

以下是日本大学生就职支援公司LEADIND MARK于2022年6月5日发布的调查排行榜：

第1位：三菱商事（国际商社）。

第2位：三井物产（国际商社）。

第3位：伊藤忠商事（国际商社）。

第4位：住友商事（国际商社）。

第5位：野村综合研究所（综合研究机构）。

第6位：三井住友银行（银行）。

第7位：丸红（国际商社）。

第8位：三菱UFJ银行（银行）。

第9位：三菱地所（房地产公司）。

第10位：旭化成（化学材料公司）。

第11位：三得利（饮料酒类公司）。

第12位：乐天（电商公司）。

第13位：NTT数据（IT公司）。

第14位：JR东海铁道（铁路公司）。

第15位：三井不动产（房地产公司）。

第 16 位：日本政策投资银行（银行）。

第 17 位：索尼（制造企业）。

第 18 位：博报堂（广告公司）。

第 19 位：埃森哲（商务咨询公司）。

第 20 位：东京海上日动火灾保险（保险公司）。

距离毕业还有 4 个月时，超过九成的大学生已经找到了自己的工作，这也说明日本经济前景向好。

7. 日本人平时都喝什么酒

日本葡萄酒侍酒大师高野丰先生来看我，给我带来一瓶在北海道发现的陈年白兰地。

那是 2014 年的事，高野先生去北海道十胜地区的一家葡萄酒厂考察，在一个多年未开启的葡萄酒储存库的角落里，发现了一只陈旧的酒桶，他很好奇地问酒厂的酿酒师："这里面装的是什么酒？"酿酒师说："我也不清楚，已经好多年了，大家都想把它扔掉。"

高野先生来了兴趣，他仔细查看酒桶上的标注，终于找到了"1975 年"的字样。

高野先生一生研究葡萄酒，他知道因为气候的原因，1975 年是日本葡萄歉收的年份，而且葡萄的品质也一般。可能是因为这一原因，葡萄酒厂把这桶酒当成了"垃圾货"。

高野先生小心地取出一杯酒，发现酒色如同深色琥珀，一出桶，空气中就弥漫了醇厚的酒香。他一品，知道不是葡萄酒，而是白兰地。

高野先生立即游说酒厂把这桶酒卖给他，酒厂答应了。于是，高野先生把这桶酒运回自己的研究所，不多不少，刚好罐装了 200 瓶。他说："日本再也找不到这么好的白兰地。"

我也好酒，立即打开高野先生送给我的这一瓶白兰地，顿时满屋酒香。

这 60 度白兰地原酒，经过近半个世纪的孤独，如今端在了我的手中，想想真的不可思议。

当凝聚了岁月精华的白兰地搅动味蕾的瞬间，那独特的芳醇和绵长的余韵，醉人，脑海里涌起满满的幸福感。

日本也是世界著名的酿酒大国，清酒最为出名，也最为大众化。

日本的清酒有多少个品牌？日本国税厅的调查说，清酒酒厂全国是 1400 余家，清酒品牌是 11000 余个。历史最为悠久的酒厂是茨城县的须藤本家，创建于公元 1141 年（南宋绍兴十一年），至今已连续传承了 881 年。

日本的清酒是用大米酿造，原理跟绍兴酒差不多，酒精度也都是 15 度。但是，清酒用的都是纯净的山泉水，不加任何添加物，所以酒色透明，味道甘洌，是"白酒"而不是"黄酒"。

凡是米酒都有后劲，清酒也一样，所以，清酒喝多了，就容易醉。

日本也有中国意义上的"白酒"，日本称为"烧酒"，大多产于日本西南部的九州地区，尤其是以鹿儿岛县和冲绳县的烧酒最为有名，原料大多数是红薯和杂粮，调制出来的酒精度一般为 32 度左右，加冰块或兑水喝。

日本也盛产葡萄酒。明治时代，日本政府派了 5 名留学生到法国学习葡萄酒的酿造技术。回国后，这 5 名留学生在全国各地寻找最适合种植法国葡萄的山区，并建厂酿造。100 多年来，日本已经形成了山梨县、长野县、北海道和神户四大葡萄酒产区，葡萄酒厂多达 300 余家。

其实，日本酒中最受人追捧的不是日本清酒，也不是烧酒和葡萄酒，而是威士忌。

威士忌起源于欧洲的苏格兰，1918 年，作为广岛县酒坊的儿子，竹鹤政孝只身前往苏格兰学习威士忌的酿造技术。两年后，他不仅靠一支笔和一个笔记本掌握了威士忌的酿造秘密，还把酒庄老板的女儿也娶了回来。

经过 100 多年的沉淀，日本形成了 Nikka（竹鹤、余市）、三得利（山崎、响、白州）和轻井泽三大威士忌酒厂，遗憾的是，轻井泽已经消失。

日本的威士忌为什么会受到全世界的追捧？原因在于，以三得利为代表的日本威士忌，与传统的苏格兰威士忌相比，温纯细腻淡丽，没有泥煤味。尤其因为使用了特有的北海道橡木桶，让日本威士忌多了些许檀香的气息。

现在，日本的白兰地也开始被欧美人追捧，因为白兰地的原料也是葡萄，而日本的葡萄品种和酿造方法，与法国葡萄酒不同，因而也导致日本的白兰地不仅清新爽口，绵柔细润，而且还具有特别的果香味，与法国干邑具有不同的风味。

到日本，如果不品酒，那绝对遗憾。

8. 日本人喝酒的规矩

进入11月，日本就到了喝酒的季节。为什么这么说？因为日本人过年过的是新年元旦，因此，每年的12月，无论是单位还是团体、同学友人等，大家都要聚在一起，搞一年一次的"忘年会"，类似于我们中国的"年夜饭"。

"忘年"忘的是一年中经历过的甜酸苦辣，也要忘记自己的年龄容颜，以便继续以一颗年轻的心去迎接新的一年。

12月的忘年会往往太集中，所以，好友们的"忘年会"大多从11月开始。秋高气爽，略有寒意，真是喝酒的好时光。

日本人喝酒有一些不成文的规矩。

首先，第一杯要喝"共同酒"。所谓"共同酒"，就是所有的人必须喝一样的酒，以显示团结一致的集体主义精神。

"共同酒"基本上就是啤酒。

日本人喝啤酒，一定要喝冰镇啤酒。最高品质的冰镇啤酒，是"零点生啤"，就是冷到零度的冰点生啤酒，而且杯子也要冰镇到裹着一层霜。

外面飘着雪花，在暖暖的酒店里喝上一口冰镇啤酒，叫"爽"。

开车的人怎么办？日本有的是不含酒精的啤酒，照样可以喝。

喝完第一杯"共同酒"之后"恢复自由"，第二杯酒可以自己选，于是五花八门的酒开始登场。

在我们中国人的印象中，日本人天天在喝清酒，也就是我们常说的"日本酒"。

但事实上，日本人喝清酒的比例越来越少，就好像我们中国人喝高度白酒的人也是越来越少一样。

那么，通常在酒席上喝清酒的人，是些什么人呢？

大多数是上了年纪的人，尤其是到了寒冷的冬天，温上一壶清酒，"吱"的一声咪一口，把头往左右两边一回转，那微醺醺的醉感，仿佛缥缈天地间。

清酒是用稻米做的，酿造原理跟浙江的绍兴酒差不多，酒精度都在 15 度左右。但是，它不加焦糖，讲究透明清澈，所以是"白酒"，而非"黄酒"，

用稻米酿的酒，都有后劲儿。所以，喝清酒喝到最后躺在地铁站，或者一路坐到终点站，是常有的事，属于正儿八经的"忘年"行动，满满的幸福感。

日本年轻人聚在一起喝酒，很少会喝清酒，因为有一种老大爷的感觉，所以，几乎是"一啤干到底"，最多喝一些果酒或苏打威士忌酒。

其实在任何国家与民族，水土养人也养酒。譬如在我们中国，北方和西南地区盛产白酒，因为盛产杂粮，缺少稻米。而到了江南地区，尤其是盛产稻米的浙江，没有材料可以酿白酒，只能酿黄酒。

我是浙江人，喝黄酒长大，底子薄，因此到现在，酒量也一直培养不起来，一喝就是红光满面。所以在日本，我大多数时候是老老实实喝一杯生啤，然后规规矩矩点一杯梅酒，能糊弄过去的话，就绝不挑战英雄好汉。

好在日本人很少有劝酒的习惯，大家喝自己的酒，量力而行。兴致高时，弄两壶清酒对干，已属于"生死之交"。

但公司或团体的忘年会除外，因为大家寻求热闹，总有几个人不约而同地把斗争的矛头指向某一个人，于是总会有个别同志被壮烈放倒，甚至直接叫救护车。尤其是年轻人集中喝酒的时候，这种故事往往会成为几十年后依然流传的豪放经典。

酒与菜是相配的，白酒配肉，黄酒配鱼，在中国是这个规矩，喝着茅台吃大闸蟹的，绝对需要"另眼相待"。

日本也同样，在居酒屋、寿司店，几乎是没有葡萄酒的，因为生鱼片与清酒相配，而与葡萄酒相异。如果有一天，你在寿司店里看到有人喝着葡萄酒吃着寿司，那绝对是一道亮丽的风景。

同样，在法国餐厅、意大利餐厅，你也是见不到日本清酒的，这已经成为日本人喝酒的规矩。

至于威士忌，在日本绝对属于情调酒，不是用来吃生鱼片或麻婆豆腐的。

那么，日本人聚在中国餐馆，都喝什么酒呢？

第一杯自然先是啤酒。接下来，就是绍兴酒。但是在日本，绍兴酒的价格与法国葡萄酒的价格差不多，要么论杯卖，要么论瓶卖。如果兴致上来，想喝

白酒的话，那就搞大了，一瓶茅台新酒也要5万日元（约2500元人民币），钱包不鼓的话，最好轻易不要瞟那瓶子，因为许多日本人并不知道一瓶茅台酒值多少钱。

酒醉人，人醉酒，这年月，谁都活得不容易，忘年时节，不求不醉不休，但求有度有快乐。

9. 日本的红富士苹果是如何研究出来的

我去日本东北地区的青森县采访，看到了红富士苹果林。

全世界的苹果有上万种，唯独红富士苹果最受人追捧，原因在哪里？

走进青森县产业技术中心苹果研究所，研究人员告诉我，红富士苹果有三大特点：

第一，苹果的皮色是深红色的，形状很圆，很是好看。

第二，在树枝上成熟到8成时，苹果中会有蜜糖产生，甜度最高可达19度。

第三，富士苹果肉质清脆结实，甜中带有一点点酸味，口感特别好。

我们吃的许多苹果，包括红富士苹果都是在这个研究所里诞生的。

这个苹果研究所的前身是农林省园艺试验场东北支场。1939年，研究人员将美国原产的"国光"苹果为母本，以"元帅"苹果为父本进行杂交培育出来了红富士。后来，随着研究所转移到岩手县盛冈市，红富士苹果的原树也在1961年从青森县移植到了盛冈市。1962年，命名为"苹果农林1号"。

那"苹果农林1号"为何改称"富士苹果"了呢？

第一种说法是，培育红富士苹果的研究所所在的地方叫"藤崎（ふじさき）町"，"藤"的读音跟"富士"一样，而且它红艳的色彩，又与夕阳之下山体通红的富士山相似，所以，取名为"富士"，因为颜色红艳，俗称"红富士"。

另一种说法是，研究出这一苹果新品种的研究人员是当时日本最走红的影星山本富士子的铁粉，于是，把心爱的女人的名字拿来命名了这个苹果。

山本富士子是第一届"日本小姐"选美冠军，1951年赴美国访问，美国影星梦露曾亲自接待她。

原则上，苹果只能将从原木上采集的枝条（穗木）嫁接到其他的苹果树上才能培育，所以世界上所有的"富士"苹果都是用原木的枝条嫁接增殖而来的。

那么，红富士苹果是什么时候进入中国的呢？

意识

1980年春，中国农业部组织有关专家赴日本考察，在青森县看到了红富士苹果。当时中国的苹果主要是以"国光"苹果为主，但是红富士苹果不仅产量是国光苹果的一倍，而且个头也大，颜色好看，比国光早熟。于是，在日本政府的支持下，专家们带回了富士苹果的苗木和接穗，并安排在山东、河北、北京等苹果主产区进行系统观察和研究，中国开始有了"富士"系列的苹果。

到如今，红富士苹果也已经成为中国苹果的主流，但是，品质与颜色还是与日本原产的红富士苹果差距甚大。

青森县出产的红富士苹果为什么好吃？

原因有这么几点：

第一，青森与北海道隔了一条津轻海峡，属于北方寒冷地区。

第二，青森县的日夜温差较大。

第三，青森县的日照时间较长，一年为1553小时。

但是最大的原因，还是青森人对于苹果的孜孜不倦研究与精益求精地呵护。

在青森县产业技术中心苹果研究所的果园里，我还看到了牛顿先生家里的那棵苹果树的移植树。待在树下好久，就没见苹果掉下来。尝了一下，肉质硬，酸味重，难以想象当年牛顿先生就是吃着这样的苹果长大的。

在果园里，还看到了"世界第一"的苹果的原树，因为这个世界最大的苹果也是在1946年从这个研究所诞生的。

红富士苹果一般直径是8.5厘米，但是，"世界第一"的苹果，直径一般有14厘米那么大，足有半斤重。

走进当地的"道之驿"农贸超市，看到"世界第一"的大苹果，一个只要300日元（约15元人民币），我赶紧买了一箱带回家，因为在东京，价格要涨3倍。

青森人告诉我一个保存苹果的小秘密：只要用报纸将苹果包好，放在冰箱的保鲜室里，几个月都不会坏！

10．日本最宜居的小城是啥样

日本著名的一户建建设公司"大东建设"每年都以全国小城市为对象，举行一次"全国最宜居小城排行榜"的调查，2021年的排行榜显示，日本最宜居的小城，第一名是北海道的东神乐町，第二名是富士山脚下的山梨县昭和町，第三名是北海道的东川町。

很好奇，日本最受欢迎的小城市到底是啥样？我和我的伙伴们从东京飞往北海道，来到了排名第三的东川町。因为东川町还有一项荣誉，是全日本公务员投奔率最高的地方小城，一年多达50人。另外，也是北海道移住率最高的町。

"町"在日本的行政建制上相当于我们中国的"县"，但是人口没有我们中国的县那么多。

东川町位于北海道的中部地区，从东京羽田机场坐飞机约飞行1小时40分钟到北海道旭川机场，再开车10分钟，就到了东川町。

东川町内有一座北海道最高的雪山——旭岳，海拔2291米。山下是一个大平原，东川町就在这个大平原上。

这是一个以农业为主的小城，是北海道最大的大米产区，盛产"东川米"。

"东川米"实在是不得了，它主要有两个品种，一是"ななつぼし"（七星），二是"ゆめぴりか"（美梦）。2011年以来，"东川米"连续获得日本谷物检定协会认定的"特A"级，那是日本大米的最高品级。2019年，"东川米"还获得"最高金赏"奖。

所以，抵达东川町的第一顿午饭，我盛了一碗白米饭，啥都没搁，就呼啦呼啦一口气吃完，一个词："香甜"！

东川町还有一个"全国唯一"，那就是"日本唯一一个没有自来水的町"。

东川町有8000多居民，没有自来水，那拿什么当饮用水？

拿泉水和地下水，而且是直接饮用。

意识

当地政府凭什么有此胆量让老百姓直接喝泉水与井水？

我跑到东川町政府，去拜访了町长松冈市郎先生。

松冈町长是一位老町长，从2003年开始当选，连选连任已经当了19年。

他告诉我，大雪山旭岳流淌下来的雪水全部渗入在东川平原上，东川到处冒泉水，地下水资源不仅丰富，而且十分甘甜。2018年，东川天然水还获得了世界食品品质评鉴机构"Monde Selection"的"最高金奖"。

松冈町长打开一瓶东川天然水"大雪旭岳源水"叫我品尝，味道十分甘洌。他说，东川町的居民家家户户都安装有地下水的抽水与循环系统，使用上跟自来水一样，政府补贴抽水机，居民用多少水都不需要花钱。

日本有一位世界级的建筑设计大师，名叫"隈研吾"。今年5月，由隈研吾先生设计的"卫星办公室"在东川町开张，利用当地的木材建造的4栋小楼，其中一栋是隈研吾设计事务所，另外3栋供全国各地的远程办公人员租用。隈研吾先生给这组建筑起了一个名字，叫"KAGU之家"（家具之家）。

我查了一下房租，租一栋楼，每月只需要20万日元（约1万元人民币），心动。

东川町生活着300多名外国人，因为那里有一所町政府经营的日本语学校，还有一所福祉专门学校（中专）。

我去参观了这所日本语学校，居然有室内体育馆和可以容纳400人同时用餐的大食堂。

日本哪有这么大规模的日本语学校？一问才知道，这是由一所公立小学校改建的。

那么，公立小学校搬到哪里去了？副町长市川直树先生带着我去看新建的小学校。那是一栋完全用当地的木材建造起来的平房式连体校舍，耗资50亿日元（约2.5亿元人民币）。

学校走廊长200米，雨雪天可以当室内体育课的跑道。室外是一个巨大的绿色草坪，足有3个足球场那么大，孩子们在这块巨大的草坪上奔跑，会是一种怎样的欢乐。

在这所小学校里，居然看到了著名雕刻家安田侃先生的作品"意心归"。

我办公室边上的东京中城（東京ミッドタウン）里就放着一块安田侃先生

的"意心归",那已经成了东京中城的镇城之宝,因为是用拥有几十亿年生命的大理石雕琢而成的。没有想到,在北海道这么乡下的小学校里居然也有一块。

市川副町长告诉我,为了争取买下这个作品,松冈町长向町议会游说了一番:当我们这些从北海道走出去的乡下孩子,到了东京也看到安田侃先生的作品,他的内心会产生怎样的情绪?

他一定会说:"那有什么了不起,我们小学里就有一块,我爬了好几次。"我们需要给东川町的孩子们爱乡爱家的自信!

结果,町议会全体议员一致同意,拨款数千万日元(数百万元人民币)。

在东川町待了两天,我最喜欢町里的图书馆和写真美术馆。

图书馆里不仅收藏了许多的书,而且还放着许多高级的椅子。那些椅子都是当地的家具企业做的,去图书馆看书学习的人,谁都可以躺在那里静静地看书。

正是枫叶红透时,我去了郊外的红枫林和滑雪场。

东川町很早就打造"写真之都",四季的美景吸引了海内外的写真家。

我终于知道,为什么人们会喜欢居住在这里了,因为山清水秀,因为安逸,因为富足,因为地方政府对于生儿育女的奖励,更因为有一种乡土化与国际化相融的"东川文化",这是一个日本新农村建设的样板。

11. 日本人为什么喜欢慢生活

日本人有时候真的很顽固。

你说国会制定了法律，在全国实施个人身份证制度，但是从法律施行到 2022 年 9 月末止，整整过去了 7 年，全国领取身份证（日语叫"マイナンバーカード"、个人号码卡）的人还只有 49%。

而且这 49% 的数字还是依靠政府"你领一张卡，我奖励你 5000 日元（约 300 元人民币）"得来的。

为什么日本人不愿意领取这张"个人号码卡"？日本人说得很直接："我担心公权机构知道我家的所有隐私。"

2020 年新冠疫情时，日本政府要给每位日本国民和在日外国人派发 10 万日元生活补助金，结果许多人过了 3 个月还没有领到，因为日本政府不知道大家的银行账号，需要书面通知每一个人将银行账号告诉政府，才能发这笔钱。一些年迈的老人不知道这表格怎么填、怎么寄，结果拿到政府红包时，红包已经成了"白包"，钱到了，人却走了。

假如政府知道每一个人的银行账号，那么，就像给员工发工资那样，不是瞬间就可以将钱汇到每个人的银行账号吗？

有了这个教训，明白这个好处的人瞬间多了起来，短短两年里，个人号码卡的领取比例从 24% 上升到 49%。但是，疫情歇了，红包没了，个人号码卡也就没人领了。

许多人开始认为，没有"个人号码卡"，照样过得很好。

确实，日本政府推行"个人号码卡"制度，目的就是要将个人的健康保险证、社保账号、汽车驾照等全部统合在一起，让你"一卡在手，走遍天下"。

当然，做到了这一步，公权机构在认为有必要时，就可以通过这一个人号码，了解其许多个人信息，譬如银行存款、信用卡清单、手机通信记录等。

给每一位国民编排一个长期固定的号码，以这个号码代表其个人身份和信息，这种"身份证"制度在不少国家已经全面实施。日本政府也紧跟其后，因为担心在智能化社会建设上落后世界。

但是，偏偏半数日本人死活不配合，摆出一副"宁愿饿死也不要"的顽固。

怎样才能让国民继续申领个人号码卡？

这几天，日本政府又放出风声，说要修改相关法律，取消健康保险证、驾照，以"个人号码卡"取而代之。

这消息一传出，日本全国医师会会长就举行了记者会，公开批判政府是要"搞乱医疗现场"。

这顶帽子有点大！

但日本全国医师会来头不小，全国有17万名会员，假如每一个医生都对前来就诊的病人说一句："别把选票投给讨厌的自民党"，那要命的病人回到家，绝对会对儿女们说："听小林医生的，别投对面的老王。"日本执政的自民党一定会吃不了兜着走。

国民不愿意领个人号码卡，甚至领了之后也不愿意使用，在一定程度上会阻碍日本智能化社会的进程。那怎么办呢？

日本政府说："要不断努力与国民形成共识。"也就是说，慢慢磨呗，或许哪一天，遇到哪一个契机，大家觉得"没有个人号码卡真的不方便"时，自然会跑到市政府去申领这张卡。

于是，如何给国民"挖坑"，成了日本政府绞尽脑汁的事。

在日本，要让政府的决定变成全体国民的共同需求，这个过程往往是艰苦且漫长的，因为一种社会共识的形成需要时间，短则几年，长则几十年。许多时候，政府只能靠等，等到多数人赞成，这也是日本政府执政效率不高的一大原因。

虽然会有"黄花菜都凉了"的担忧，但是"凉了也是没有办法的事，社会的游戏规则便是如此"，一位政府人士如此说。

这种游戏规则说不上坏，也说不上好，但是它合理地存在着，并已变成政府与国民的一种力量的博弈：我不能让你说了算，那我也不能让你太任性。

这种政府与国民博弈的过程，其实就是寻找一种社会平衡：政府的决定并不一定都是对的，老百姓的觉悟也并不全部那么高，那就先试一试，然后再等一等。因为妥协,就不会产生矛盾。

于是,社会就慢下来了。

12. 日本为何规定女性离婚后100天内禁止再婚

日本人考律师，据说很简单：你把"六法"背下来就行。

日本的"六法"是指宪法、民法、商法、民事诉讼法、刑法、刑事诉讼法。这六部法律被称为日本的"基本法"。当然，"六法"都是在100多年前的明治维新时代制定的，只有"新宪法"是美国占领军在1946时替日本人编的。

《民法》与百姓生活密切相关，其中有一些内容现在看来很奇葩，譬如，女子可以在16岁结婚，但是法定成人年龄规定为20岁。

也就是说，法律允许未成年女性可以结婚生子，但不能行使成人者的权利。

还有一条，就是禁止女性在离婚后100天之内再婚。

为什么《民法》要规定女性在离婚后100天之内不得再婚？据说制定法律的背景是这样的：女性离婚300天之内出生的孩子，到底属于谁？

这事搁在今天，那是一件简单得不能再简单的一件事，跑去医院做个"亲子鉴定"不就得了？但是，在100多年前的明治时代，飞机还没有飞上天，怎么知道还有一个DNA呢？

于是，日本当年在制定《民法》时，遇到的一个很现实的问题，就是"嫡出推定"，也就是："这孩子是不是你亲生的？"

当时《民法》做了这样的规定：女性在离婚300天（10个月）之内所生的孩子，属于前夫的。女性再婚后，经过200天之后所生的孩子，则属于现在丈夫的。

那么如何界定再婚200天之后所生的孩子，一定是现在丈夫的孩子？那就得规定女性离婚后100天之内禁止再婚，所谓"再婚禁止期间"。

这条"百日禁婚"的法律，看起来有其一定的合理性，但是，也催生了一个很大的问题：那就是母亲离婚后生下孩子，再去找前夫说"这是你的孩子"，许多情况下，前夫是不愿意承认这孩子的，因为现代社会与过去不一样，女性"百日不婚"并不意味着"百日无性"。尤其是遇到因前妻的婚外恋问题而离婚的前夫，更是拒绝承认"这是你的孩子"。

日本的《民法》还规定，孩子的户口入籍，必须写明生父生母的姓名，并由双方共同向政府提出申请。那么，生父不愿意参与的话，许多孩子就变成了没有户籍的"黑孩子"。

"黑孩子"的问题已经存在了100多年，一直没有得到解决。尤其是到了现代社会，禁止女性离婚后"百日不婚"的法律，更具有浓厚的歧视女性的色彩，也不符合现代家庭生活。再加上"亲子鉴定"技术的成熟，这条法律的存在就失去了现实的意义。

最近，日本众议院法制审议会制定了一份《民法修正案》，正式递交给法务大臣，要求在国会中进行审议通过，取消"百日禁婚"条款，以确保女性不受歧视，孩子能够堂堂正正地生活。

这份《民法修正案》还附加了一个内容，就是取消父母亲对孩子的"惩戒权"。明治时代制定的《民法》中，有一条规定："行使监护权的人可以在监护和教育必要的范围内惩戒其子女。"根据这条法律，父母或法定监护人有权在一定程度内通过打骂来教育孩子。

因为这条法律的存在，使得父母体罚孩子合法化。最近几年，孩子被父母殴打或被饥饿致死的案件闹出不少，使得"惩戒权"的合理性也遭到了质疑。

日本是一个很讲究"守秩序"的社会，"守法"被认为是一个人最基本的道德素养，有任何犯罪记录的人都会受到歧视。正因为如此，强大的保守性也使得日本社会对于动法律奶酪的事情，一直比较敬畏，战后的宪法颁布实施已经75年，迄今也无法改动一字。因此，蓄积起来的问题，往往需要经过百年的努力，才有松动的可能。所以，对于日本来说，废除女性"百日禁婚"，取消"惩戒权"是"百年喜事"，但是，从中也让人生出一份感叹：恪守传统与法律虽然重要，但一个社会失去了"与时俱进"的努力，那么，就难以进步。

13. 日本女性最容易得哪些癌症

有一个数据，不得不引起我们的重视。

在日本，每六位女性中就有一位死于癌症，其中大肠癌最为常见。2021年，大肠癌夺走了24338日本女性的生命。

1963年时有一个统计数据，那一年，死于大肠癌的日本女性只有2953人。如今，过去60年，死亡人数增加了10倍。大肠癌已经成为仅次于乳腺癌的第二大"女性杀手"。

日本国立癌症研究中心中央医院大肠外科医生金光幸秀指出，日本是世界发达国家中，大肠癌增加率最高的国家。2019年，女性被查出大肠癌的人数为67753人，男性为87872人。与1975年的数据相比，已增加了7倍以上。

内视镜筛查是早期发现大肠癌的最好办法，几乎都可以通过内视镜实施手术切除而得到治愈。根据日本目前的医保制度，50～75岁的人可以免费接受大肠癌筛查。然而，在40～69岁的日本女性中，大肠癌筛查的接受率只有40.9%（男性为47.8%）。此外，由于新冠疫情的影响，最近几年接受筛查的人数急剧下降，与新冠疫情之前（2019年）相比，2020年接受筛查的人数下降到23.3%，2021年更是下降到9%。

大肠癌分为0期至Ⅳ期。当癌症停留在结肠壁的黏膜层时，0期的五年生存率为97.6%，但当它发展到Ⅱ期和Ⅲ期时，生存率就会大幅下降。

国立癌症研究中心的数据称，日本每年约有15万人被诊断出大肠癌，其中20%已处于Ⅳ期，即已到晚期，并转移到肺和肝，这些患者的5年生存率仅为20.2%。

理论上来说，日本是一个很注重食品安全和饮食卫生的国家，为什么大肠癌会出现急速增加呢？

一种观点认为，饮食的西方化是日本人大肠癌增加的主要原因之一。

在大肠癌罕见的年代，大多数日本人的饮食以蔬菜、海藻、蘑菇和谷类为主，这些食物含有丰富的膳食纤维。然而，随着人们变得越来越富裕，饮食中可获得的膳食纤维数量在减少，而肉类和脂肪类食物却在增加。

与蔬菜类食物相比，动物蛋白和脂肪更需要较长的时间来消化，这增加了粪便在大肠的停留时间，导致了肠道环境的恶化，增加了患大肠癌的机会。

还有一种理论认为，为了分解脂肪，人体会分泌出更多致癌的次级胆汁酸，这可能会损害结肠黏膜并加速癌变。

美国癌症研究协会日前公布的一份调查分析报告称，吃太多红色肉（牛肉和猪肉）和加工肉类，如火腿、熏肉和香肠，患大肠癌的风险肯定升高。该协会因此建议人们每周食用红色肉的数量不超过500克，并尽可能少吃加工肉类。

日本国立癌症中心预防研究小组也指出，增加大肠癌的因素很多，包括吸烟、过度饮酒、缺乏运动以及男性的肥胖症。但大肠癌的风险可能因过多食用红色肉和加工肉制品而增加，特别是在女性中。与生活方式有关的疾病，如糖尿病和高血压，以及紧张的生活方式也会增加大肠癌的风险。有家族成员患有大肠癌的人也往往具有较高的风险。

所以，清淡、多蔬菜的饮食习惯是避免大肠癌的主要手段。当然，定期内视镜检查，是早期发现并治愈大肠癌的最主要途径。

14. 安倍夫人又开了一家小酒馆

日本把丈夫去世后的遗孀称为"未亡人"。

《日本国语大辞典》的解读说,"未亡人"并非"还没有死的人",而是"夫と共に死ぬべきであるのに、未だ死なない人"(本来应该与丈夫一起死去,但还活着的人)的意思。

这个解读,强调了"夫妇共生死"的忠贞情怀,有点传统。

2022年7月8日上午,日本前首相安倍晋三在奈良市街头演说时,突然遭到枪击而亡。60岁的安倍夫人昭惠女士一下子成了"未亡人"。

安倍国葬之后,昭惠夫人的"未亡人"生活,引起了许多日本人的担忧与好奇,因为安倍与昭惠夫人没有生育子女,而且在东京没有房产。

安倍生前住在东京都涉谷区的豪宅,是安倍的母亲洋子夫人和安倍的哥哥一起出资建造的,所以,一栋三层楼,一楼是哥哥家,二楼是安倍家,三楼是母亲的住处。

安倍去世后,昭惠夫人继续住涉谷的家中是毫无问题的,但是,昭惠夫人选择了离开。

她决定离开东京,搬到山口县长门市去,因为安倍的骨灰将安葬在那里,昭惠夫人不想让安倍孤独看海。

安倍虽然出生在东京,但是他的故乡是在山口县长门市,因此,他的选举区也是在山口县,而不是在东京。

在安倍百日后的山口县"县民葬"的葬礼上,昭惠夫人在致辞中,说了这么一段话:

1991年,我丈夫的父亲安倍晋太郎死于胰腺癌,尽管他即将成为日本首相。公公去世时,是67岁,我丈夫去世时,与公公同龄。公公去世时,我丈夫是他的秘书,他比任何人都深切地感受到那份遗憾。这之后,他决定继承父亲的遗志成为一名政治家。于是,丈夫回到了故乡,并得到了乡亲们的大力支持。丈夫常说:'我之所以能够在东京安心工作,是因为有家乡的民众支持我。'丈夫的一生,与许多优秀的人相遇相识,得到了许多人的支持,正因为如此,能够为日本这个国家贡献了自己的努力。我认为,丈夫67年的人生是十分丰富的人生。丈夫一直爱着山口县,我也非常喜欢山口县,我希望将来也能为家乡做点什么。

2022年10月,昭惠夫人关闭了自己经营多年的东京居酒屋"UZU",捧着丈夫的骨灰盒离开了这座喧哗的都市,来到了丈夫的故乡。

长门市位于山口县北部,面朝日本海,人口只有3万,是一座滨海小城。

这里是安倍家祖祖辈辈生活的地方,所以,祖坟也在这里。

安倍的父亲曾经担任过外务大臣和自民党干事长,去世后,就安葬在这里。安倍也是魂归故里,将在这里与父亲和先祖们相伴。附近还有安倍的外公岸信介的墓,岸信介是20世纪50年代末的日本首相,他主导缔结了《日美安保条约》,使得日本与美国建立了同盟国关系。

现在还不清楚安倍会不会有一座单独的墓,但是,由于父亲没有单独的墓,估计安倍的骨灰可能会放入"安倍家之墓"的墓碑的地下,静静地与父亲相伴。

安倍在老家有一栋旧宅,安倍生前回家乡偶尔住一住。昭惠夫人计划把这座旧宅进行改修,建为"安倍晋三纪念馆",展示其生平资料。

日本执政的自民党曾游说昭惠夫人继承丈夫的选区,参加众议院议员的补选,但是,昭惠夫人婉拒了这一邀请,她也许觉得自己更需要的不是继承丈夫的政治遗志,而是应该陪伴在他身边。

那么,昭惠夫人平时在山口县做什么呢?

最新的消息说,昭惠夫人已经买下了一家河豚料理店,做起了老板娘。

山口县是日本著名的河豚产地,与长门市相邻的下关市,是日本最有名的吃河豚鱼的地方。

昭惠夫人经营的这家河豚料理店名叫"ふぐ懐石garden",这是一座有着80多年历史的老宅,共有5个房间。昭惠夫人大多数时间就在店里招待乡亲,与大家交流。

昭惠夫人不仅把以前在东京居酒屋里提供的"東洋美人""獺祭"等山口县的名酒摆在了店里,还把东京经营居酒屋时最有人气的海鲜蒸饭也带到了这家河豚料理店。

贵为前首相夫人,但是,昭惠夫人依然愿意当一家小酒馆的老板娘,陪伴丈夫,度过余生。

15. 日本女性的早餐都吃什么

有一次，与几位日本人聚会，我问了他们一个问题："在你们的印象中，中国女性早餐都吃什么？"他们回答说："小笼包。"

为什么会是"小笼包"？因为日本的电视台里介绍上海人的早晨，镜头大多数是热气腾腾的小笼包。

类似的问题，我问中国的伙伴们："在你的印象中，日本女性早餐都吃什么？"大多数人回答"吃饭团"。

所以，中日两国虽为邻居，都是在想象对方的生活，不知道隔壁都在干什么。

前不久，日本女性生活杂志 Anan 针对 100 名日本女性进行了一次问卷调查："你的早餐吃什么？"

答案五花八门，却从中可以窥见日本人生活的一个场景。

调查结果称，有 65% 的女性每天吃早餐，不吃早餐的比例为 25%。

那为什么不吃早餐呢？

理由有以下几点：

1. 没有食欲。

2. 挺麻烦。

3. 早上起来赶着上班，没时间吃。

4. 一天两餐，保持身材。

那么，爱吃早餐的日本女性，早饭都吃什么？

第一，烤面包片。在烤箱里烤上两片切片面包，然后抹上蜂蜜、奶酪或果酱等，配上一杯牛奶或果汁，既简单又有营养。

第二，水果。这可能受到那些影星和模特儿的早餐食谱的影响，追求健康美容的女性们早餐大多选择香蕉、橘子、苹果、番茄、黄瓜等水果拼盘。

第三，酸奶。日本的酸奶品种很丰富，既可以增加营养，又可以清肠。所以，日本女性以酸奶当早餐的比较多。大多的吃法是，在酸奶里放上水果，或者放上蜂蜜和果酱。或者直接在超市和便利店里买有水果肉的酸奶吃。

第四，纳豆。纳豆营养价值高，清血脂的效果好，所以，早上吃纳豆，不少女性认为是一种"健康志向"。纳豆可以抹在烤面包片上吃，也可以弄些米饭放在一起吃。也有不少人就直接吃纳豆。

第五，面包。面包是日本人早餐的基本食品，一方面，吃起来简单，一个面包、一杯牛奶、一点色拉，就可以解决问题。另一方面，日本的面包花色品种比较多，有各种各样的馅儿，可选择范围广，味道不单一。尤其是有不少面包店一早就开门，有座位可以堂食，所以也有一些上班族女性在地铁车站或公司附近的面包房里消磨十几分钟，吃上一个刚出炉的香喷喷的面包，喝上一杯蔬菜汁。

以上是日本女性的早餐，那么，日本普通家庭的早餐又都吃些什么呢？

伊藤忠商事网络调查公司在2021年实施了一次调查，结果显示，每天吃早餐的比例为73.7%，但是10～30岁的人群中，有一半的人不吃早餐。在60～70岁的人群中，有90%的人吃早餐。

调查结果显示（复数回答），早餐以面包为主的家庭比例达到70.7%，以米饭为主的为48.8%，以酸奶为主的为39.5%，以鸡蛋和鸡蛋料理为主的为32%。早餐饮品中，47.2%的人喝咖啡，25%的人喝牛奶或红茶。

你会发现，跟我们想象的不同，日本人早餐很少有人吃饭团，就像中国人的早餐很少有人吃小笼包一样，家庭早餐主食，还是以面包为主。

16. 月收入1.5万元的日本家庭如何生活

日本人见面，很少谈收入，因为这是一个很禁忌的隐私话题。所以，与日本人交流，不可询问的第一件事，便是问人家的工资是多少。

日本国税厅每年都会公布全国劳动者平均年收入的调查，2021年的数据是税前424万日元（约22万元人民币）。

424万日元的年收入，意味着平均每月是35万日元。扣除健康保险、养老基金等社保费，再加上所得税、住民税等，实际到手的钱，一般只有28万日元（约14500元人民币）。

每月工资14500元人民币，看起来不低，但是，这笔钱放在东京的话，只能过平民的生活。

譬如一家三口，如果租用二室一厅的公寓楼，一般需要10万～15万日元。如果已经买房，20年还款期的话，每月还贷的标准，一般也需要10万日元（约5000元人民币）。也就是说，三分之一的工资用于支付房租或还贷。

每月的生活支出一般是10万日元以内。孩子的养育费是2万日元。如果要送孩子上课外补习学校的话，那么一个月大约需要5万日元，有的更多。

从统计来说，日子过得会有些辛苦，一家人外出吃饭的机会很少，每月几乎存不下钱。

但是，这一收入放在日本地方城市的话，日子还是比较富裕的。

我们来看一份月收入35万日元、一家三口家庭的每月支出：

一家人每天的伙食费支出是2700日元（约140元人民币），每个月是8万日元（4140元人民币）。除此以外，一项重要的支出就是丈夫的零花钱。2022年，日本男性公司职员的平均每月零花钱是38600日元（约2000元人民币）。如果这笔钱是从每月8万日元的伙食费里支出，那么，母子俩一天的生活费只剩下80元人民币。

如果要送孩子去课外补习学校的话，那么每个月2万日元（约1000元人民币）的存钱也是不可能实现的。如果再想养一辆车的话，日子就更难过。

所以，月收入35万日元的家庭要想过稍微富裕的生活，唯一的办法就是太太出去工作。

在外国人的印象中，日本的家庭结构是丈夫出去工作，太太当家庭主妇。其实那已经是30年前的事了。根据日本政府的劳动政策研究研修机构的调查，2022年，日本专业家庭主妇的比例只有31%。也就是说，双职工家庭的比例已经达到了约70%。

正常情况下，日本人实际到手的月工资基本是与年龄成正比，20多岁是20多万日元，30多岁是30多万日元，50多岁是50多万日元。当然根据行业和单位不同，收入也有高下，但是总体差距不大。

日本还是一个相对均富的社会，但是，基本上也是一眼望到人生尽头。一个人生活比两个人生活自在，两个人生活比养一个孩子富裕，这是许多年轻人不愿意结婚不愿意生育的一大原因。

17. 日本人的睡眠最少，但为何寿命最长

2020年，世界著名的医疗设备制造商飞利浦在全世界13个国家，针对1.3万人做了一次"世界睡眠调查"，结果显示，睡眠满意度比较高的国家，一个是印度（76%），另一个是巴西（60%）。但是13个国家中，平均满意度只有49%，超过半数的人多少有些睡眠质量问题。

那么，日本人对自己的睡眠感到满意的比例是多少呢？居然只有32%，在13个国家中，处于最末位。

不仅是飞利浦的调查数据如此，国际经济合作与发展组织（OECD）的调查结果也显示，在33个加盟国家中，日本人的平均睡眠时间只有7小时22分钟，而33个国家的平均睡眠时间是8小时27分钟，日本人比平均值少1小时，依然处于最末位。

那么，日本人为什么睡眠时间这么少呢？

首先，是日本企业的加班制度。日本社会有一个不成文的规定，到点下班是很失礼的事情。即使是工厂，譬如下午5点半下班，到点后，大家都会自觉整理内务，譬如擦洗机器，整理工具，清扫地面，然后换工作服，这个过程，至少需要二三十分钟。如果在办公楼里上班，到点后，也要把一天未回复的邮件回复完，然后把手头的工作做完，坚持"凡事不过夜"的原则，所以，自觉加班1小时，在东京的办公楼里是再正常不过的事。因此，你在东京约饭局，一般都是晚上6点半或7点才开始。

其次，日本人有夜生活的习惯。即使在小城市，也有好多的小酒吧。在东京的话，晚上9点吃完饭，开始去酒吧喝酒，喝到深夜12点再乘末班车回家，也是经常的事。一些居酒屋更是营业到清晨4点才打烊。

再次，人到中年，家事公事天下事，烦心事增多，晚上睡不着的人开始增多，"不眠症"（失眠）开始困扰大家。

尤其是女性，到了中年，患有"不眠症"的人大幅增加。NHK文化放送研究所在2020年实施过一次调查，50多岁的女性中，平均睡眠时间只有6小时36分钟，比其他年龄段的女性少。

为什么中年女性很容易出现"不眠症"呢？

日本睡眠学会发表过一份研究报告，指出了中年女性患有"不眠症"的根本原因：

进入中年，尤其是进入更年期，女性荷尔蒙的分泌迅速波动，自律神经系统受到干扰，造成交感神经系统（在白天和活动时活跃）和副交感神经系统（在夜间身体放松时占主导地位）之间的不平衡，导致失眠和睡眠质量差。

睡眠对于一个人的健康生活来说至关重要，因为睡眠具有三大功能：

第一，缓解疲劳。

第二，巩固和整合记忆。

第三，修复细胞，增长身体。

那么，一天到底睡多少时间才算合理呢？

根据日本厚生劳动省的一个研究小组编制的《应对睡眠障碍的12项准则》指出，睡眠时间多少对每个人来说各有不同，如果你在白天没有出现困倦问题的话，那么这个睡眠的时间就是你的最佳时间。当然，最佳睡眠时间是6～8小时。但是必须顺其自然，如果你心中有一个念想"我必须至少睡上几个小时"，那你可能感到有压力反而会导致睡眠质量差和失眠症状的出现。

《应对睡眠障碍的12项准则》指出，睡眠不足或太少会增加患糖尿病和高血压的风险。同时也会对免疫系统产生不利影响，增加感冒和肺炎的风险。

此外，睡眠不足已被证明会影响疫苗的效力，如新冠疫苗、流感疫苗。报告显示，与那些有良好睡眠的人相比，睡眠不足的人产生的抗体量不到一半。

长期的睡眠不足也会导致注意力、记忆力和判断力受损，出错和发生事故的概率变大。睡眠不足还可能导致食欲不振等问题。

相反地，睡眠时间过长也存在着风险。

首先，睡眠时间过长会增加心脏疾病和记忆问题的风险。它还可能导致身体的内部时钟节奏被打乱。

其次，睡得太多也会导致血液循环不良，因为你花更多时间在同一个姿势上，这可能导致肩膀和背部僵硬，以及下背部疼痛。

美国曾经进行过一项睡眠研究：经过对110多万男性和女性进行了大约6年的跟踪调查，发现那些每天睡7小时的人死亡率最低，寿命最长。睡眠时间超过7小时后，随着睡眠时间增加到8小时、9小时和10小时，死亡的风险也随之增加。

所以，日本政府倡导的睡眠时间是7小时左右，虽然这个数字在世界许多国家中是最低的，但是，也恰恰证明了它是最为健康合理的睡眠时间，因为日本是世界上最长寿的国家，平均寿命为84岁，尤其是女性的平均寿命达到了87.1岁。

18. 日本人到底富裕不富裕

时隔三年，到北京采访"两会"，还是有点小激动。与北京的几位企业家相聚，他们也是三年多没有出国，问了我一个问题：日本人到底富裕不富裕？

我说，要讨论日本人富不富，先来看两个数据：

第一，2021年，日本人均GDP是3.39万美元（约23.68万元人民币），排名世界第27位。

第二，2021年，日本全体劳动者的人均年收入是424万日元（约22.38万元人民币）。

从上述两个数据来看，日本是一个富裕的社会。

日本社会还有一个特点，那就是相对的"均富社会"。

首先，大学生毕业后，无论是进世界500强企业还是进中小企业，工资相差不多，根据地区差，在18万～22万日元（约9495～11600元人民币）。

其次，公务员的工资标准，设定在大企业与中小企业之间的相对平均数。国家人事院公布的2022年国家公务员工资状况称，工资加上奖金，平均年收入为681万日元（约35.9万元人民币）。

最后，国家财富分配的框架核心，就是"富不过三代"，父母给孩子买房，要交45%的财产赠与税。孩子继承父母遗产，最高要交45%的遗产税。年收入1000万日元（约52.8万元人民币）的人，扣除各种税费，实际到手大约只有700万日元（约40万元人民币）。政府通过严格的税收制度，让富人的钱分到穷人的手中。譬如，低收入家庭（年收入在255万日元，约13.5万元人民币），也就是贫困家庭，可以从政府手里领到特别生活补助金，孩子上大学可以全免学费，孩子还可以每月领到一点生活补助金。

从上述数据似乎可以看到，日本人可以做到人人口袋不缺钱。

但是，事实又是如何呢？

意识

224

日本Gibraltar生命保险公司于2022年12月22日公布的一份"单身贵族生活调查报告"称，该公司通过对全国4700名年龄在20～69岁未婚男女的调查，发现有23.1%的人居然没有存款。这就是说，日本单身贵族中，每4个人中就有一个人属于"月光族"。

这份调查报告还显示，储蓄额在50万日元（约2.64万元人民币）以下的为13.7%，100万～200万日元的为13.8%，500万～1000万日元的为11.2%。平均的储蓄额是707万日元（约37.4万元人民币）。

按照年龄来分，平均储蓄额中，20多岁年轻人中，男性为118万日元（约6.24万元人民币），女性为144万日元（约7.61万元人民币）。60多岁人群中，男性为1668万日元（约88.14万元人民币），女性为1366万日元（约72.18万元人民币）。

从这组数据中，可以看出日本"穷人"还真不少。日本厚生劳动省实施的《国民生活基础调查》报告显示，2021年，全国年收入不到300万日元（约15.8万元人民币）的"低收入家庭"比例为32.9%。也就是说，全国有三分之一的家庭属于"贫穷家庭"。

为什么日本人收入那么高，"穷人"还那么多？

一个很主要的原因在于物价。高收入社会必然是一个高物价社会，这是成正比的。也就是说，赚日本的钱去发展中国家去生活，你就是富翁。但是，在日本生活，就是穷人。所以，一些日本老年人拿着养老金跑去马来西亚生活，因为在马来西亚，每月10万日元（约5200元人民币），可以租一套很不错的房子，还可以经常去喝点小酒。

另外一个原因，是日本人很少有副业收入和"钱生钱"的投资冲动。虽然政策有所松动，但是政府机关与事业单位和大部分企业依然是禁止员工兼职搞副业，因此，日本人很少有外快，即使可以赚外快，也因为长期养成的习惯，很少有勇气敢拿。同时，日本社会有一种"投资"等于"投机"的认识，因此很少有人炒股炒房。所以，大多数日本人的工资收入便是他的全部收入。

无论如何，未来都值得期待。

19. 京都千年古寺的歌剧音乐会

到京都，不去仁和寺，绝对是一大遗憾。

这座创建于公元888年（唐僖宗文德元年）的皇家寺院，坐落在金阁寺附近，雄伟的寺门"二王门"临大道而建，是京都"三大门"之一。

公元897年，宇多天皇让位后，出家成为仁和寺第一代法皇。此后，皇室出身者世世代代担任仁和寺住持，从平安至镰仓时代，仁和寺作为皇家寺院成为京都最高规格的寺院。至今，寺院里还保留着宇多法皇的御所。

可惜，在公元1467年开始的"应仁之乱"中，仁和寺毁于兵火之中。160年之后，在德川幕府第三代将军德川家光的支持下，仁和寺得以重建。为此，天皇将皇宫中的紫宸殿（现金堂）、清凉殿（现御影堂）等建筑，搬迁到仁和寺内，成了现在仁和寺的主要建筑。

公元1646年（清朝顺治三年），仁和寺重建完成。过去376年，历经沧桑岁月，仁和寺雄姿依然。1994年，被列为世界文化遗产。

目前，仁和寺有国宝金堂，还有多处重要保护文物。

金堂是一座歇山式屋顶的建筑样式，很好地保留了江户时代初期皇宫御所的建筑风格，是当今人们了解江户初期皇宫的重要建筑物。在佛像中金堂的阿弥陀佛三尊像（日本国宝）是仁和寺现存的唯一属于创建时期的扁柏木雕，已有1100多年的历史。

五重塔是仁和寺的象征性建筑，建于公元1644年，与京都东寺的五重塔，基本上是同一时期建造，结构与风格也相同。

仁和寺的五重塔是由德川三代将军家光捐赠建立的，目前属于国家重点保护文物。塔身32.7米，总高36.18米。和东寺的五重塔一样，各层的屋顶大小几乎相同，充分体现了江户初期五重塔的建筑特征。

2022年的中秋之夜，应柏克金啤酒公司的邀请，我走进了仁和寺，不只是

意识

为了参拜，更重要的是，为了听一场音乐会。

入夜，仁和寺点亮了所有的灯，整座寺院变得意外的浪漫和梦幻。

这场音乐会叫"時の響"（时之响），在仁和寺的"观音堂"举行。观音堂建于1645年，堂内供奉着一尊已有370多年历史的千手观音像和三十三化身。

观音堂四周的木结构回廊，就变成了很好的表演舞台。

整场音乐会的阵容超乎我的想象，千手观音菩萨像面前是STYLE KYOTO管弦乐团，指挥是小泽征尔的得意门生井田胜大。然后是日本6名顶级的歌剧演唱家，其中中岛康晴先生获得过意大利声乐国际大赛的金奖。朗诵者则是京都出身的著名影星船越英一郎。

这是一场完全西洋式的音乐会，似乎与千年古寺有许多的不宜之处。但是，当音乐响起，小提琴与长号奏出悠长的乐曲时，那一刻，感觉到佛性与音乐，寺院与歌唱家是那么的相融。抬头仰望天空，一轮明月散发出金色的光晕，那是一种"洗心"的感觉。

在京都人的心目中，寺院不只是供奉佛像与诵经的场所，在那里，可以诵经，可以礼佛，可以歌唱，可以赏樱，可以品茶，可以举行婚礼，可以谈论历史与文化，那是一个文化的舞台，精神的世界。

对于京都人来说，仁和寺还是一个音乐之寺，每年樱花盛开的时候，由僧人举行的小提琴演奏会总是能够吸引众多的"仁和粉"们。和尚是音乐大学小提琴专业毕业的，唱歌的歌手也是音乐大学声乐专业毕业的。

音乐可以传道解惑、净化心灵。

20．日本足球队强大的三个要素

2022年卡塔尔世界杯足球赛，全世界32个国家球队参赛，亚洲地区参赛的总共有5个国家，分别是东道主国家卡塔尔、日本、韩国、伊朗以及沙特阿拉伯。

我们中国虽然未能获得参赛资格，但是作为"施工组"组长，也全程参与了后勤保障。有网友说："没有中国施工队，哪有卡塔尔世界杯？"此话有理，只是有些别扭。

2022年11月24日夜，东京的涉谷街头挤满了欢呼的人群，人们唱的不是日本国歌——那歌太没劲，唱的是日本足球赛必唱的声援曲《日本 オーレ》（日本加油）。

当天夜里，日本队对战德国队，门户网站"雅虎"事先做了一个舆论调查，46000余名参与调查的人中，认为"日本必胜"的只有25%，认为"日本必败"的为60%，还有15%的人认为"打成平局"。

为什么日本人如此不看好自己的球队呢？首先是德国队曾经8次进入世界杯决赛，4次获得冠军，属于世界超级球队。而日本队的最好成绩是在2018年闯进过16强。其次是德国选手的体能远超日本选手——"腿都比我们长一截"，日本人说。

结果，日本队在先输一球的情况下奋起直追，最后以2：1战胜了德国队！

为什么"弱势群体"的日本队能够战胜"强豪"德国队呢？

在一个聚会上，刚好遇到日本足球协会的山田先生，他以前也是日本国家队的。

山田先生首先给我介绍了日本足球选手的培养机制。

他说，日本有两项国民体育竞技运动，一是"棒球"（日本称"野球"），二是"足球"。这两种球类运动之所以被称为"国民体育竞技运动"，是因为

意识

从小学开始就有全国大赛,每所小学几乎都有棒球队和足球队。这些孩子从小学到中学,层层参赛,甚至有的中学成了"足球专业校",吸引了全国的足球好苗去那里读书和练球。

但是,山田先生说,最重要的还是一年一度的全国高中生和全国大学生足球赛,这是选拔足球精英苗子的最好机会。

每年的比赛结束后,一些优秀的学生选手会被各个俱乐部选中,开始进入专业选手的培养渠道。

日本的棒球苗子大多去美国参加俱乐部训练,而足球苗子大多前往欧洲参加俱乐部训练。

为什么日本优秀的足球选手要送往欧洲训练呢?

山田先生说:第一,世界超级足球队大多在欧洲,顶尖的足球俱乐部也最多。第二,日本选手必须锻炼出与欧洲选手一样的速度和体能。第三,必须掌握欧洲各个球队的打法和他们的语言。

日本国内目前有8支职业足球队,其中一半的球员长期在欧洲训练。有国内赛事时,飞回日本,比赛结束后再飞去欧洲,始终保持与欧洲球队同步的训练与比赛的节奏,因此,也使得日本球队拥有了欧洲卓越的战术与经验,也十分熟悉欧洲队的打法。

譬如,此次对德国队的比赛中踢进一球的堂安律(24岁),从一进入小学就开始踢球。2016年前往欧洲,加盟荷兰飞利浦足球俱乐部。2020年加盟德国比勒弗尔德足球俱乐部。2021年4月,堂安律当选德甲3月最佳新人。2022年,堂安律转会加盟德国弗赖堡俱乐部。同时入选日本国家队征战卡塔尔。

11月23日,在日本对阵德国的比赛进入第75分钟时,堂安律替补登场。4分钟之后,堂安律就攻入了个人的世界杯处子球,为日本队扳平比分。

另一位进球选手浅野拓磨(28岁)早在上小学时就表现出足球天赋。7个兄弟姐妹中,他饭量最大。为了支持他练球,家里其他人都没了零用钱。2015年,他首次入选日本国家队。2016年,加盟英格兰阿森纳足球俱乐部。后由于未符合英格兰联赛劳工证申请条件,浅野被租借至德国斯图加特足球俱乐部。2018年,浅野又进入德国汉诺威96足球俱乐部。2019年,加盟塞尔维亚贝尔格莱德游击队俱乐部,成为该俱乐部首位日本球员。2021年,加盟德国波鸿俱乐部。

可以说，浅野拓磨是转战了整个欧洲，尤其是对德国球队的打法熟悉得不得了，此次在赛场上遇到的好几位德国选手，都是他的德国俱乐部队友。

日本足球队的另外一个要素就是良好的团队合作精神。11位上场选手是一个战斗团队，既有各司其职的专注，又有通力合作的灵活性，目的不是"让我进球"，而是"让球队进球"。

所以，山田先生总结说，日本队之所以比较强，第一是从小训练，第二是长期在欧洲练战，第三是精诚合作精神。他说，足球与棒球不同，足球重要的不是教练，而是球员本人。

经山田先生这么一解说，我也大致明白了日本队为什么能够7次参加世界杯，并能击败世界冠军队了。

21. 遇到两位中国留学生

我最近对两位中国留学生发了一通火。

一位是刚来日本留学的女孩子，嫌父母为她租借的房子不够好，拒绝入住，直接搬到一家五星级酒店去了。

另一位是刚从日本一个大学毕业的男孩子，居然没有找工作，也没有考研，问我怎么办。

这两位孩子都是朋友的朋友的孩子，虽然和我关系比较远，但是，沾亲带故的，我也不得不管。

女孩子家庭条件很好，在国内住的是独栋别墅，家里有保姆和专职司机。她的父母通过朋友的关系找到我，希望为宝贝女儿在东京市中心租借一套带门警系统的公寓楼。我托了中介公司为她找了一室一厅的公寓楼，每个月房租20万日元（约1万元人民币），相当于一名大学毕业生的月薪。

结果，这位女孩到了东京，看了房子，只说了5个字："什么破房子。"扭头就走。

中介公司蒙了，打电话给我。我去酒店里看望这个孩子，问她房子"破"在哪里。她说："比我在国内住的不知低了多少个档次。"我一听就光火："你到日本是来留学的，还是来当大小姐的？"

她不语。

离开酒店时，我给她写了四个字："从零开始。"然后，我给她母亲发了一条微信："联系信用卡公司，降低她的信用额度。"我想得让她在日本吃点苦头，才会知道什么叫"人生"。

男孩子在东京的一所大学里读完本科，3月底刚走出校园。他的父母叫他来找我，我以为是向我来做入职报喜。结果看到一张苦脸，说："工作没找到，考研时间也来不及，签证怎么办？"

我静静地看了他30秒，问了他一句话："工作到底找过没有？"他低下头："想找的时候，已经来不及了。"

日本的大学生都是从大二开始到处投简历找工作，他居然每个月领着父母汇给他的"月薪"在家打游戏，如果是我自己的孩子，我非给他一个耳光不可。

从小被惯养的孩子，身上往往有一种很强的惰性——反正到时候总有人替我摆平。这不，他的父母通过朋友找到了我，然后他根据父母的指示再来找我，把最后一根稻草搁在"徐叔叔"身上——能不能在亚洲通讯社里安排一份工作？

徐叔叔凭什么要给你这么一个毫无志向、连自己的人生都不会设计的人一个饭碗？

我一口拒绝："徐叔叔的庙很小。"

他低着头，呆坐在那里，可能是人生第一次遭到了拒绝。

我给他倒了一杯茶，问了他四个问题：

"想不想自己养活自己？"

"想。"

"想不想谈女朋友？"

"想。"

"想不想今后结婚成家？"

"想。"

"想不想当爸爸？"

"想。"

好，就凭你现在"做一天和尚撞一天钟"的人生，你养得活自己，谈得起恋爱，养得起一个家吗？

他不语。

我带他去吃了一碗拉面，800日元（约40元人民币）。告诉他一句话："徐叔叔当年来日本，一年后才鼓足勇气走进拉面店吃了一碗拉面，因为要打一个小时的工，才能吃得上一碗拉面。"

吃完拉面，我在餐巾纸上写了6个字"人生只有一年"送给他，然后对他说："到学校去开一张找工作证明，然后去入管局申请延长一年的签证。在这一年的时间里，自己努力找工作或准备考研。如果这一年的时间里，实现不了这两个目标,你的人生不会有未来!"

　　我话说得很重,他还是有些悟性,说:"我一定会好好努力。"

　　通过这两件事,我想对留学生孩子们的父母也说一句话:"你要当孩子的人生导师,不要当保姆。"

22. 中国到底在使用多少日语词汇

日语是一种很奇怪的语言，隋唐时期，从中国传入汉字，开始有了明确的文字，在这之前的日本历史，都出现在中国的《汉书》里，日本自己只有"传说"。

所以，我们现在读日本原版小说《源氏物语》有跟读《红楼梦》有差不多的感觉，几乎都是汉字的排列。

日语发展史上有过两次革命，一次是在 7 世纪，为了注音和简化汉字，产生了平假名和片假名，譬如日语 50 音图中的第一个字母"あ"是平假名，"ア"是片假名，但它们都是从汉字"安"中演化出来的。

日语的第二次革命是在明治维新时期。那时，日本实行改革开放，向西方学习各种制度和技术，因此引进了大量的政治、科学与文学著作，而这些著作都需要翻译成日文，于是，日本人开始用汉字造新词。造新词的方法有两种，一种是直接用汉字谐音造词，譬如欧洲国家"England"，日本人把它译为"英吉利"，简称"英国"。日本人把这种新词汇叫"和制汉语"。

复旦大学老校长陈望道先生于 1915 年时到日本早稻田大学留学，开始接触了马克思主义思想，他读到了一本书，叫《共产党宣言》，这本书是在 1906 年由日本学者幸德秋水和堺利彦翻译出版的，也是亚洲第一本《共产党宣言》。

这本日文版的《共产党宣言》，将大量的政治词汇直接进行了意译，并用汉字进行表述。于是，"共产党""共产主义""社会主义""帝国主义""资本主义""革命""民主"等大量的新日语词汇诞生。

陈望道先生回国后，将日文版的《共产党宣言》翻译成了中文，1920 年 8 月，陈望道翻译的第一个中文全译本《共产党宣言》在上海拉斐德路（今复兴中路）成裕里 12 号的一个名叫"又新"的印刷所正式问世。

这本中文版的《共产党宣言》基本保留了日文版的汉语词汇，也使得在现代汉语中，不知不觉地出现了大量的日语新词汇，叫"汉字倒流"。有人研究称，现代汉语从日文中引进的新词汇，有1000多个，也有人说超过了3000个。

世界上依然将汉字作为官方语言的国家，除了中国，便是日本。随着时代的发展，新事物的不断涌现，中日两国都在持续地创造新的汉字词汇，并相互使用。譬如，现在的孩子都知道"绘本"，而我们小时候叫"漫画书"，这个"绘本"便是日语。而最新引进的日语词汇莫过于"乘用车"，第一次看到"乘用车"的名词出现在官方的统计报告中，着实吃了一惊，因为中国以前就有"乘用车"，只不过叫"轿车"。

我在网上搜索有哪些中国新名词输出到日本，发现也有好几个，譬如"改革开放""一带一路"等。

期待我们中国有更多的新词汇输入日本，再次体现我们中国文化的软实力。

23. 日本男人的心灵港湾——斯纳库

久未联系的须水先生给我打来电话，说晚上有空的话，去银座一起喝一杯，祝贺中日邦交正常化 50 周年纪念庆典的成功。

须水先生是一家上市公司的创始人，70 多岁，订阅我们《中国经济新闻》报纸已经有 20 年，是一位很友好的先生。

根据须水先生提供的地址，我在银座 7 丁目的一个很不显眼的小巷旧楼里找到了这家店。推门进入，发现是一家叫"斯纳库"的小酒吧。瞄一眼，总共只有 8 个座位，已经坐了 7 个人，空的那一个位子，显然是留给我的。

须水先生见到我，马上向老板娘介绍说，徐先生是中日媒体人，是《中国经济新闻》的总编。

老板娘冲着我微笑，说："いらっしゃいませ。"（欢迎光临。）

老板娘看上去 60 岁左右，没有像银座夜总会的老板娘那样穿着和服。她身材保养得很好，能够看得出，年轻的时候是一位漂亮的女人。

"斯纳库"在日文中称为"スナック"，是英文 Snack 的译音。"Snack"的中文意思是"零食"，现在变成了"日本小酒吧"的代名词。

这种被称为"斯纳库"的小酒吧诞生于 20 世纪 60 年代，学了美国酒吧的模式，只不过店的主人大多数是女性。老板娘和服务员站在吧台里做酒，客人在吧台外，就着一小碟零食坐在高脚凳上喝酒，与老板娘和服务员调情聊天解闷。

后来日本进入泡沫经济时期，经济与收入出现双增长，这种小酒吧已经无法满足有钱人的需求，于是在银座和歌舞伎町等地出现了高级的"俱乐部"（クラブ），老板娘和服务员也从吧台里面走了出来，坐到了客人的身边，做酒的变成了"陪酒"，穿着也开始变得清凉。尤其是银座的"俱乐部"，大多在高级大楼里，能够容纳三四十名顾客。

于是，酒吧出现了两极分化，有钱人去泡"俱乐部"，一小时 5 万日元（约

2500元人民币）。没钱的去"斯纳库"，一小时5000日元（约250元人民币）。

按理说，须水先生应该带我去银座的"俱乐部"，而不是来这种"斯纳库"，以体现他的身价。但是，老板娘说，须水先生很少去俱乐部喝酒，几乎每次来银座都会到这家"斯纳库"喝酒。

瞧着须水先生与老板娘之间"老夫老妻"的感觉，我很好奇俩人的关系，于是问老板娘是怎么认识须水先生的。

老板娘回答说："就在这家斯纳库里认识的。"

回忆起来，应该是20世纪90年代的事。斯纳库开张才一个月，朋友带着须水先生来捧场，须水先生一见到老板娘，就有一种"前世有缘"的感觉。当时老板娘刚刚从日本一家著名歌舞团退出，正好赶上日本泡沫经济的尾巴，银座满大街都是喝酒的男人，于是她决定开一家小酒吧谋生。

结果，一开就开了30年，老板娘从一位20多岁的歌剧演员变成了快60岁的资深美人，其间还经历了2次婚姻的波动。

而这30年间，须水先生也从一家小公司的老板变成了东京证券交易所主板上市的企业社长。

没有改变的是，店还是这家店，地址还是这个地址，座位还是8个。老板娘始终站在吧台内，而须水先生依然是翘着屁股坐在吧台外的高脚凳上，有一句没一句地跟老板娘聊着天，半醒半醉。

只是这几年，须水先生年纪大了，要爬上高脚凳有些费劲，于是老板娘让他坐到了店里唯一的一把三人转角沙发上，客人少的时候，老板娘也走出吧台，坐在须水先生的身边，陪他喝酒。

银座美女如云，须水先生也不缺钱，为何30年如一日，始终只泡这一家斯纳库呢？

须水先生说："ここに来ると、落ちつく。"（来这里，我的心就会变得宁静。）

做企业不容易，须水先生这一路也应该是披荆斩棘。再坚强的男人也有累的时候，有些话不能跟太太说，更无法跟部下说，只能跑到斯纳库，跟毫不搭界的老板娘说。老板娘始终扮演一位善解人意的听众和秘密的守护者。

斯纳库，这么一个狭小的私密空间，成了男人倾吐心声，甚至流泪的好去处。没人知道你的窘境，只有老板娘一个人默默地给你递上一块热乎乎的毛巾，帮你擦去眼泪，安慰你："没事，明天的太阳照样升起。"

我忽然理解了须水先生为何 30 年间始终泡这一间斯纳库，因为老板娘是他人生最大的理解者，这个 20 平方米的斯纳库是他心灵的港湾。

出门的时候，须水先生对老板娘说："また来る。"（我还会再来。）老板娘说："这句话说了 30 年，说得我们都老了。"

看得出，老板娘也担心须水先生不来——真是一对红颜知己，有故事，或者没故事。

24. 日本官员退休后都去干什么

日本社会现在面临着一个很大的社会问题，就是老龄化。早在10年前，日本政府就提出，日本已经进入一个人活100岁的时代，也就是"百岁时代"。

日本人现在的平均寿命是84岁，是目前世界上最长寿的国家，其中男性的平均寿命是82岁，女性的平均寿命是87岁。由于完善的医疗保险制度和饮食结构的调整，在未来10年、20年，日本有许多人都可能活过100岁。

但是，日本的法定退休年龄是60岁。60岁距离平均寿命84岁还有20多年的时间，这余生到底应该如何度过？这不只是个人的人生问题，也是政府头痛的社会问题，因为这牵涉到养老金。

日本现行的退休和养老金制度是在20世纪60年代制定的，那时的日本人平均寿命才70多岁，因此，60岁退休后，领取十几年的养老金，然后"沙扬娜拉"的情况比较普遍。所以，在20世纪80年代，日本的养老基金多到没处用，因此到处建温泉酒店和疗养院，低价提供给退休老人们度假使用。

但是，进入21世纪，交养老金的人越来越少，领养老金的人越来越多，而且领取的时间也越来越长，所以，政府的养老基金出现了严重的亏损，不得不变卖以前建设的温泉酒店和疗养院，同时将养老金交付的时间，从60岁推迟到了目前的65岁。

如何适应时代的变迁，解决老年人"老有所养"的问题？

日本政府动了一下脑筋，那就是鼓励企业延长员工的实际退休年龄，也就是在60岁退休后，再继续雇用5年甚至10年，保持原有工资80%左右的水准。

所以，现在的日本企业员工，只要自己有愿望，一般都可以延长至65岁退休，65岁还正是年富力强的时候。

企业情况如此，国家公务员的退休年龄到多少岁呢？

根据现行的国家公务员退休制度，一般公务员的法定退休年龄为60岁；国立医疗机构的医生的退休年龄为65岁；外交官和警卫等退休年龄为63岁；事务次官（副部长级）、检察官等高级官员的退休年龄为62岁。而且退休日期不是以生日为准，而是以每年的财政年度最后一天——3月31日为"退休日"。

但是，从2023年4月1日开始，国家公务员的实际退休年龄也都延长到了65岁，以便与养老金开始支付年龄相匹配，防止出现收入空白期。

日本管理国家有两套人马。一套是通过考试成为国家公务员的人马，也就是官员队伍；另一套人马是由各地选民选出来的国会议员组成的政治家。官员队伍是"铁打的营盘"，只要不犯大的错误，始终会有铁饭碗。而政治家们则是"流水的兵"，每过几年就会遭遇一次大选，选上了继续当议员，领取议员的薪水。落选了，就得离开政治舞台成为"失业贫民"。但是官员再有能耐，你最高只能当到事务次官（中央机关的常务副部长），而政治家则最高可以当到部长甚至首相。

所以，从理论上来讲，日本是一群政治家在指挥一群官员管理国家，但是由于政治家并不具备太多的专业知识，因此事实上是一群官员在操控政治家管理国家。这种国家管理体制的最大好处，就是首相一年一换，但是国家不会乱，由一群官员管着呢。

那么官员退休之后，都去干什么呢？

一般有这么几种出路：

第一，高级官员（司局级、副部级）退休后，去各种行业协会担任理事长或者会长。所以，日本的各种行业协会和半官方协会多如牛毛，一半都是为了安置这些退休官员，让他们退休后有一个去处。为此，日文中有一个专用名词，叫"天下り"（可以理解为"天降"的意思）。

第二，去大公司当高级顾问或董事。譬如防卫省退休的高级官员去民间的军工企业，警察厅退休的高级官员去保安公司或安全设备制造企业、大型会展公司，在海外当过大使的外务省高级官员则去一些跨国公司。他们的任务就是利用自己的人脉资源和政府工作的经验，在企业和政府之间搭建一个沟通协调的渠道。

第三，去大学当教授。这类官员的数量还真不少，尤其是长期从事政治、经济与产业工作的高级官员，积累了很多人生的经验和实战的知识，把这些知识与经验教导给下一代。

第四,回老家去当地方行政长官。一些官员退休后解甲归田,离开繁华的都市,回归故里,去竞选县知事(相当于省长)、市长或町长(县长),利用自己在中央机关工作的经验与人脉资源,为家乡的发展拓展思路,谋求利益。

第五,创办企业。一些官员,尤其是普通官员,在退休后,大多喜欢几个人凑在一起,办一家小公司,专门从事商务咨询、牵线搭桥或商贸工作。

第六,开出租车或参加其他工作。

既然社会已经进入老龄化时代,那就必须为老年人创造"老有所养,老有所为"的生活环境,不能让他们每天守着一台电视机等待生命的落幕。真正让他们活到老干到老,让人生不再出现太多的寂寞,让政府和社会不再为老年人群体的不断增加而烦恼。这也是日本社会延长退休年龄,鼓励退休官员再就业的初衷。

25．日本年轻人为何远离汽车

当我们在讨论是买新能源车还是继续使用燃油车的时候，邻国日本传来的消息是：半数以上的年轻人不想买汽车。

由日本汽车制造商组成的日本自动车工业会实施的一项调查称，十几岁到20几岁的"Z世代"年轻人中，有54%的人表示"不想买汽车"。那么，万一需要用车时怎么办？52%的人表示"会租车"，另有35%的人表示会利用各种共享性质的出租网约车。

这一调查结果让日本的汽车制造商们看到了危机！

2021年，日本国内的新车销售量4215826辆，比2020年减少了9%。如果按照半数以上年轻人不想买汽车的比例，若干年后，日本国内的汽车销售量估计要减少到200万辆以下。

为什么日本年轻人不想买汽车？调查结果显示，理由有这么几条：

1. 没有车也能生活，因为公共交通很发达（33%）。

2. 停车费等车辆维持费太高（27%）。

3. 有限的钱想用在其他地方（25%）。

4. 对于汽车没有一点的兴趣（19%）。

5. 存款太少，买不起（17%）。

从以上的答案中，我们可以看出，半数以上的人还是因为买车养车太费钱而不想买车——说到底还是经济问题，因为回答"买车是生活的最大浪费"的人，高达63%。

那么，目前日本全国到底有多少人拥有汽车？

Faburika汽车俱乐部实施的调查称，接受调查的人中，有51%的人拥有汽车，其中以个人名义拥有汽车的为34%，以家庭名义拥有汽车的为17%。有34%的人没有驾照。

买车到底能派上什么用场？

调查结果显示，在复数回答中，有69%的人主要用于去超市购物（因为农村地区居住分散，去超市买东西必须要有车），其次是用于"兜风"（39%），而用于"旅游"的比例为38%，买车"为了上班工作"的比例仅为12%。

为什么买车用于上班工作的比例这么低？最大的原因是日本无论是公务员还是企业员工，正式工还是临时工，上下班的交通费都是通过购买月票的方式由单位予以报销，没有另外的车补。所以，日本一般城市里，很少有人开车上班，因为即使开车上班的话，单位也无法提供免费的停车位。开车上班的几乎都是位于郊外的工厂员工，公共交通不便，只能自己开车或拼车上班。

丰田汽车又推出了新皇冠，丰田社长呼吁年轻人买车。

日本自动车工业会称，我们需要调整思维和战略，今后不要只想着如何卖车，还要考虑如何利用好汽车为消费者提供好各种用车服务。

日本汽车业界开始流行一个英语单词"MAAS"，是英文"Mobility as a Service"的缩写，意为"移动即服务"。

时代在变，日本的汽车产业也面临着新的挑战和改变。

26. 比"双学位"更重要的是"双文化"

参加东京的一个有关人才问题的论坛，我作了一个发言："什么样的人，才是人才？"

这是一个极其敏感而又难以定位的问题。

日本也是一个讲究学历的社会，通常认为"高学历就是高人才"，因为这容易"量化"——学历高的人读书自然很努力，智商也一定很高。

但是，东京大学教授中泽先生在论坛上说了一句话："学历是纸，不是心。"他的观点是，学历只能证明你读书读到了什么分儿上，但是并不意味着你的能力和道德也到了这个分儿上。如果说学历是硬实力，那么"心"（能力与道德）才是软实力。

我很赞同中泽教授的观点，古往今来，给人类的发展带来伟大创造的并不都是博士。大发明家爱迪生、著名数学家华罗庚都是中学学历，而发明互联网的蒂姆·伯纳斯·李、诺贝尔奖获得者屠呦呦也都是大学毕业生。

那么，这些低学历的科学家为什么能够创造出辉煌？

华罗庚先生说过一句话："如果科学上的发现有什么偶然机遇的话，那么，这种'偶然的机遇'只能给那些善于独立思考的人，给那些具有锲而不舍精神的人。"

换句话说，这种"偶然的机遇"通常只会垂青那些追求真理、踏实苦干又守得住初心，会思考，又有动手能力的人。

我在论坛上发表了一个观点，我觉得作为一个人才，比"双学位"更为重要的是"双文化"。

未来世界的竞争是人才的竞争。人才的竞争不是学历的竞争，而是思考力的竞争。无论是文科生还是理工科生，当一个人停止了思考，那么，再高的学历都只是一张纸。因为，没有了思考力就没有创造力。

那么，思考力的本质是什么？是对于"异文化"的理解与融入。这种"异文化"包括不同的政治制度、不同的学术观点、不同的社会文化等。因为世界已是一个互联网的世界，而"互联网的世界"是一个"互通互联"的大世界。如果你一味地坐井观天，甚至盲目自信，排斥"异文化"，那么，思考力就会变得很狭窄，如同走进了一个胡同，只看到左右的两堵墙，而看不到外面的世界。

所以，培养具有"双文化"理解力、包容力和思考力的人才，要比拥有"双学位"的人才更为重要，因为只有拥有"双文化"，知己知彼，才能融入世界大家庭，才能与别国的人打交道，才能站在世界的视野来成就自己。

在论坛上，我对日本的年轻人说了一句话：你们应该去中国走走，喜欢也好，不喜欢也罢，不知道邻居在想什么，在干什么，你怎么能够理解他人成就自己呢？

下面有掌声，但是比较稀疏。

27. 东京车站为何成为人气火爆的网红打卡地

夜晚经过东京车站，细雨中的车站被广场上湿漉漉的地映照出一个美丽的倒影，那份宁静不只是百年建筑的唯美，更有一份现代大都市的浪漫。

日本是亚洲最早发展铁路列车的国家。早在1872年（明治4年）就已经开通了东京的新桥车站至横滨车站之间的第一条客运铁路线。

东京车站是一座百年老站，它位于日本皇宫的正对面，1908年正式动工兴建，经过6年的建设，于1914年10月正式投入使用，那一年，刚好是第一次世界大战爆发。

东京车站是由日本建筑设计师辰野金吾和葛西万司设计，两人是设计事务所的共同合伙人，施工单位是大林组，目前依然是日本著名的建筑公司。

东京车站的设计风格是完全的欧式，设计师辰野金吾曾经留学英国，游历了欧洲许多国家，后来担任过东京大学校长。一般认为，东京车站的外观设计是参考了荷兰的阿姆斯特丹中央车站的造型，但是，显然比阿姆斯特丹中央车站更加豪华漂亮。

东京车站是一个砖混结构的建筑，所有的红砖都来自邻近的埼玉县深谷市，屋顶使用宫城县产和西班牙产的石板和铜板。整个建筑高三层，全长330米，最初的总建筑面积为9545平方米。

东京车站与皇宫之间的土地被称为"丸之内"，是目前日本最大的中央商务区（CBD）。车站正面有三个门，分别为北门、中央门和南门。其中北门和南门是一般乘客进出的地方，而中央门被称为"天皇之门"，只有天皇和皇族成员搭乘列车时才会开启使用。

东京车站的中央门，各国大使递交国书也从这里坐马车前往皇宫。

北门和南门均为穹顶式建筑，穹顶上有极为漂亮的装饰，雕刻的12生肖表示东西南北12个方向。

意识

1945年，美军轰炸东京时，也没有忘记东京车站，整个车站虽然没有全部炸毁，但是，屋顶部分基本被掀。所以，到1947年修复时，原来的三层建筑改成了两层。为迎接建站100周年，从2007年开始，东京车站开始了"复原"工程，按照100年前的设计图纸，完全复原于原来的三层建筑样式。但同时又融入了现代的建筑技术，尤其是增加了地下耐震装置。

2012年，恢复了原貌的东京车站终于与人们见面，建筑学家们的评论是"还可以使用100年"。

修建后的东京车站扩建了站前广场，使得广场成了人们游玩休憩的地方。

经过100多年的发展，东京车站还是原来的风貌，但是其内部已经发生了巨大的变化。

首先是在1929年，在东京车站的东侧，建设了八重洲出入口，并构建了北、南、中央三个地下通道，可以从丸之内口通过地下通道走到八重洲口。

如今，东京车站上下四层，有18条新干线列车、轻轨与城际快速列车、地铁列车在这里始发与交会，一天出发和到达的列车班次多达4000个，全国47个都道府县中，东京车站的始发列车直接连接了33个。车站一天上下的乘客多达80万人，是日本最大的交通枢纽中心。

东京车站不仅是客运站，而且还是一个商业中心，车站里不仅有豪华而古色古香的五星级酒店，还有大丸百货公司，同时还有100多家商店和餐饮店，是融吃住行于一体的综合设施。

如何确保一天80万名乘客的便捷乘车？

东京车站做了四点：

第一，进出车站不搞安检。

第二，出租车下车地点与城际列车的站台的直线距离为50米，与新干线列车站台的直线距离为150米，只要提前10分钟到达车站，就可以顺利搭乘列车。

第三，整个车站没有候车大厅，乘客直接到站台候车，随到随走，跟搭乘公交车相同。

第四，买一张入场票（140日元，约7元人民币），直接可以到列车站台（包括新干线）送客接客，或者吃饭买东西（有效时间为2小时）。

日本人以前没有在照相馆之外的地方拍婚纱照的习惯，最近几年，在中国香港、台湾的婚纱公司的带动下，日本的年轻人也开始热衷于在室外拍摄婚纱照。于是，东京车站成了最有名的婚纱照网红打卡地。无论是白天还是夜晚，只要你去东京车站前的广场兜一圈，总能看到不少恋人以东京车站为背景，拍摄人生最重要的一景。

我曾经问过一家婚纱摄影公司的社长："为什么大家都喜欢跑到东京车站去拍婚纱照？"

他回答说："百年车站，百年好合。"

なるほど（原来如此）！

28. 日本农民为何比城里人还富

去北海道采访，顺道去看望了好友铃木先生。

铃木先生原来是东京一家公司的部长，退休后回到了北海道老家，如今的身份是"农民"，因为每天在田里忙乎。

铃木先生的家在北海道一个叫"美唄"的小城市，从札幌市上高速开车1小时就可以到达。

美唄市的人口只有2万人，以农业为主。最出名的地方是一条长达29公里的直线大道，为"日本第一"。

铃木先生家代代务农，只有他考上大学后去了东京，如今又回归家业。

铃木先生的家在一个半山坡上，坐在院子里看风景，金黄的稻田，绿油油的蔬菜，还有整齐的防风林，俨然一幅色彩斑斓的油画。

铃木先生指着远处的农田和山坡，告诉我："从这边到那边，都是我们家的地。"

我愣了好久，这要是"打土豪，分田地"，可以养活多少农民。

铃木家在当地自然是大地主，因为这些土地都是100多年前他的爷爷的爷爷从静冈县来到北海道垦荒获得的。当时日本政府的"北海道开拓"政策是：谁垦荒，谁拥有。

像铃木家这样的地主，在当地有不少。所以，美唄市很富裕，2万人的城市居然有小机场，有两座高尔夫球场，还有几处美术馆。

铃木家有三兄弟，农田分开种，自然是雇人种。一年的农田收入都在2000万日元（约100万元人民币）以上。

但是，日本的农家并不都像铃木先生那样有如此高的收入，毕竟并不是所有人都拥有那么多的土地。

那么，日本全国农民的平均年收入是多少呢？

根据日本农林水产省2018年的《农业经营统计调查》显示，平均年收入为450万日元（约21.8万元人民币）。

这个收入是多还是少？

2018年，日本国税厅的统计称，全国劳动者平均年收入为441万日元，农民的平均年收入高于全国的平均年收入。

《农业经营统计调查》报告显示，按照农业的种类来分：

稻农的平均年收入为253万日元（约12万元人民币）；

菜农的平均年收入为849万日元（约41万元人民币）；

大棚蔬菜种植户的平均年收入为1209万日元（约58万元人民币）；

果农的平均年收入为564万日元（约27万元人民币）；

花农的平均年收入为1545万日元（约75万元人民币）。

那么，城里人的年收入是多少呢？

依然以2018年为例（2021年更少），东京都的人平均年收入为448万日元（约21.7万元人民币），大阪府390万日元（约18.8万元人民币）、京都府为384万日元（约18.6万元人民币），均低于全国农民的平均年收入。

那么，为什么日本的农民比城里人还富裕呢？

因为农民的收入五花八门，主要来自四个渠道：

第一，种植的收入。

第二，土地出租、房租的收入。

第三，兼业的收入。

第四，养老金的收入。

其中，"兼业"的收入占了半数以上。

什么叫"兼业"？一年中，农民真正用于农业生产的平均时间只有80天。加上都是机械化操作，所以，在日本种田并不是很累很忙。那么，农民其余的时间干什么呢？去附近的工厂上班。务农与务工两者兼有，就叫"兼业"。

同时，日本的医疗保障标准与养老金标准是实施全国统一标准，城里人拿多少，农村人也拿多少，所以，社会保障待遇没有城乡差别。同时，日本农村都普及了煤气和电气化产品。

所以，日本的农村给予人们的印象，就是家家户户都住大房子，家家户户都有车,翻抽屉总能翻出许多现金。

北海道人与东京人相比,最大的不同是,东京人喜欢用新的家具,北海道人大都用旧的家具。东京人的电视机大多在42英寸以上,北海道人的电视机大多在42英寸以下。东京人大多都没有私家车,而北海道人一家有好几辆汽车。

但是,东京有银座,有歌舞伎町,有新干线列车。而北海道到了夜晚,除了漫天的星星,还得提防狗熊出没。所以,年轻人都向往大都市的生活,依然有不少人离开家乡,奔赴大城市寻找新的发展空间,然后叫爸妈隔三岔五寄一点家乡新鲜的稻米蔬菜,生活也是其乐融融。

29. 日本养育一个孩子到大学毕业需要多少钱

日本养育一个孩子，从幼儿园到大学毕业，需要多少钱？

日本富国生命保险公司于2021年3月公布了一份学资调查报告，报告显示，从孩子上幼儿园到大学毕业的19年间，一般而言，一个孩子的教育成本为1000万日元（约50万元人民币）。但是，如果从幼儿园开始就读私立学校的话，那么这一教育成本要翻一倍，约为2000万日元（约100万元人民币）。

具体细账如下：

一、上幼儿园（3年）所需费用

1. 国立公立幼儿园：45万日元（2.26万元人民币）。

2. 私立幼儿园：95万日元（约4.78万元人民币）。

二、上小学（6年）所需费用

1. 国立公立小学：每年32万日元，总计193万日元（约9.7万元人民币）。

2. 私立小学：每年159.9万日元，总计959万日元（约48.21万元人民币）。

三、上初中（3年）所需费用

1. 国立公立初中：每年48.8万日元，总计146万日元（约7.34万元人民币）。

2. 私立初中：每年140.6万日元，总计422万日元（约21.22万元人民币）。

四、上高中（3年）所需费用

1. 国立公立高中：每年45.7万日元，总计137万日元（约6.89万元人民币）。

2. 私立高中：每年97万日元，总计290万日元（约14.58万元人民币）。

五、上大学（4年）所需费用

1. 国立公立大学（文科理科类，居家走读）：477万日元（约23.98万元人民币）。

2. 私立大学（文科理科类，居家走读）：651万日元（约32.73万元人民币）。

日本的大学学费，公立和私立的学费相差很大。同时，根据学科的不同，学费也不同。譬如医科大学（6年），公立医科大学（或大学医学部）的费用很低，平均为350万日元（约17.60万元人民币）。但是私立医科大学（或大学医学部）的学费奇贵，最便宜的国际医疗福祉大学为2000万日元（约100万元人民币），而最贵的川崎医科大学则达到了4700万日元（约236万元人民币）。

看了以上数据，大家一定会想到一个问题：私立大学学费比国立公立大学贵那么多，那大家都去考国立公立大学不就得了？

如果从省钱的角度来说，这个想法是正确的。但是从专业学科的角度来说，全国优秀的教学资源并不全部集中在国立公立学校。因为，日本是先有私立大学，后有国立公立大学。私立大学为了生存发展，每一所大学一定会在某些学科走在全国前列，教学科研也会做得更全面或有特色。而国立公立大学中，综合性大学较多。尤其是国立大学，虽然有像东京大学、京都大学那样在亚洲排名前列的国立名校，但是数量有限。

以上从幼儿园到大学的教育费用，不包括上校外补习学校（学习塾）和教材等费用，更不包括在外租房住宿等的费用。一般情况下，从小学到高中毕业，孩子上校外补习学校（学习塾）一年的平均费用为48万日元（约2.41万元人民币），12年就是576万日元（约28.51万元人民币）。如果读大学不居家走读，而是在外住宿的话（日本大学校园里普遍没有学生宿舍），平均每月的住宿费和水电费等为10万日元，4年就是480万日元（约24.13万元人民币）。

这样算来，从幼儿园到大学毕业的19年间，全部读国立公立学校的话，实际教育成本至少在1600万日元（约80万元人民币）以上。全部读私立学校的话，实际教育成本至少在3000万日元（约150万元人民币）以上，因为日本的私立小学和私立中学的入学竞争率远远高于公立学校，因此，平均的校外补习学校的补习费用也普遍较高。

为了筹措孩子的教育经费，从生下孩子的那一刻起，家里每月必须拿出一部分生活费作为孩子的"教育基金"存储起来。如此高昂的教育成本与节衣缩食的生计，自然限制了人们生儿育女的欲望，甚至限制了人们结婚的冲动。

30. 日本生儿育女可获多少好处

在日本，一个孩子从幼儿园到大学毕业19年间的教育费，如果一路读的都是国立公立学校的话，一般需要1000万日元（约50万元人民币）。如果一路读的都是私立学校的话，教育费则需要翻一倍，约为2000万日元（约100万元人民币）。

那么，日本人的年收入是多少？

以日本国税厅的调查统计，2021年，日本劳动者的人均年收入为424万日元（约26万元人民币）。而丰田汽车公司员工的平均年收入为858万日元（约43万元人民币）。

即使如此，生孩子、养孩子对于许多日本年轻人来说都是一种沉重的负担。所以，在各种因素的作用下，2021年的日本女性生涯生育率已经降到1.3，也就是一位育龄女性一生平均只生1.3个孩子。这是日本战后70多年来的最低生育率。按此生育率推算，到2050年时，日本的人口将从目前的1.27亿人，减少到1亿人以下。

日本政府已将"少子化"问题，称之为"国难"！

如何才能让年轻人愿意结婚、愿意生育？从20世纪90年代开始，日本政府就陆续采取了各种优惠的政策措施，鼓励年轻人生儿育女。

那么，到目前为止，日本政府对国民（包括居住在日本的外国人）的生儿育女，采取了哪些补助政策呢？

1. 生孩子的费用由政府承担。

由于生孩子不属于疾病，因此，无法适用于医疗保险制度。于是，日本政府推出了一次性分娩补助政策，女性怀孕4个月以上，无论孩子是否出生，政府都是一次性补助42万日元（约2.1万元人民币）。最近，日本政府已经表示，还要提高补助比例，因为东京都的人均分娩费已经突破50万日元。

2. 政府每月提供"奶粉钱"到初中毕业。

孩子生下来之后,政府将提供"儿童手当"(育儿补贴,俗称"奶粉钱")。具体如下:

0至3岁,每人每月补助15000日元(约750元人民币)。

3岁至小学毕业:前两胎每人每月补助1万日元(约500元人民币),第三胎起补助15000日元(约750元人民币)。

小学毕业至15岁,每月每人一律补助1万日元(约500元人民币)。

对于单亲家庭,在孩子18岁之前(高中毕业为止),根据孩子的多少,每月每人补助4万～6万日元(约2000元～3000元人民币)。

3. 产假补贴。

日本的产假假期为98天,不仅是妈妈,爸爸也可以享受。根据法律,产假期间,用人单位必须按照原工资的三分之二的标准发放。如果用人单位不愿支付,或者每天支付的金额少于8000日元(约400元人民币),那么,由政府提供补助,确保产假期间每天有8000日元的收入。

除了产假,日本还有育儿假,一般到孩子满周岁为止,最长可以申请1年半的假期。育儿假期间的前半年,工资按照67%计算。之后按照50%计算。不足部分由政府补贴。

4. 儿童免费医疗制度。

根据日本的医疗法律,父母加入医疗保险,孩子生病只需要支付20%的医疗费。但是,各地方政府又补充推出了"乳幼儿医疗费助成制度",由地方政府来承担这20%。因此,日本绝大多数地方,儿童的医疗是免费的。

地方财政收入较好的地区,譬如东京都政府规定,到15岁为止,儿童实施免费医疗。而大阪府则直接将免费医疗制度拉长到18岁高中毕业为止。

5. 学费减免制度。

从2019年度开始,日本孩子(包括外国人孩子)入读保育院、幼儿园,均为免费。

就读公立中小学校,学费全免,但是各种学杂费需要支付。

对于年收入在300万日元(约15万元人民币)以下的低收入家庭(多数为单亲家庭),孩子就读大学和专门学校(中专)等,政府提供无须归还的补贴型奖学金，同时减免学费，其中国立公立大学每年可减免54万日元（约2.7万元人民币），私立大学每年可减免70万日元（3.5万元人民币）。也就是说，三分之二的学费由政府承担。

6. 抵扣税制度。

女性生孩子期间所产生的产检费、分娩费等所有费用，均可直接抵扣个人所得税。如果女性为家庭主妇或低收入临时工，则可以用丈夫的个人所得税来抵扣。

以上奖励政策是日本全国统一的政策。但是，各地方政府也有其他的优惠政策，譬如分娩慰问金、儿童上学奖励金、考入大学祝贺金、住房扩建补助金等。

但是，即使日本政府采取了这么多的优惠政策，鼓励人们生儿育女，但是，依然阻挡不了日本生育率的年年下降！

问题到底出在哪里？日本政府也在思考中。

31. 北海道有一处爱情圣地，名叫"幸福车站"

北海道地大物博，人口稀少，一个村落到一个村落之间，往往相距几公里，因此，交通成了问题。

于是，北海道铁路公司开始在村与村之间铺设农村小火车。这种小火车往往只有一节或两节车厢，半个小时甚至1小时才有一班车经过。

如果你看过电影《非诚勿扰》，一定对于这种小火车记忆犹新。

后来，北海道买车的人多了，甚至一家人变得人手一辆时，搭乘小火车的人就越来越少。

前几年，北海道发生过一个真实的感人故事。

每天早上，一位出生在北海道的女孩都会来到村里无人检票的小车站等小火车，坐上几站地去邻近的学校上学。很多时候，车厢里都只有她一个人。放学的时候，小火车又总是准时驶来，送她回家。等她中学毕业要去别的地方读书的时候，铁路公司才宣布，废除这条铁路线，因为已经亏损了许多年。

当小火车最后一次驶过这个小火车站的时候，小女孩流了泪，因为她才知道，为了送她上学，小火车多跑了好几年。

前些天，我去寻访了一个叫"幸福"的小车站。

这个小车站位于北海道中部一个名叫"带广市"的地方。小车站不在市区，而是在乡下。

为什么这个车站会叫"幸福"呢？因为这个村的村名就叫"幸福"。不仅如此，这个车站的前一站，叫"爱国"，也是一个村名。这就意味着，坐上这一小火车，经过"爱国"，就能到达"幸福"的终点，因为"幸福"站就是这条铁路线的终点站。

村民介绍说，这条铁路线是在1956年铺设启用的，当时是村民们外出和上学的唯一交通工具。20世纪70年代，日本进入汽车时代，家家户户都买车，搭乘小火车的只剩小孩和老人。1981年的数据记载，平均一天乘客只有13人。到1987年时，不得不宣布废除这条客运线。

因为名称响亮，这个小车站居然被村民们保留了下来，如今成了年轻人打卡的"爱情圣地"。

"幸福"站建在广漠的田野中，有一个小小的站舍，还有一段铁路线。铁路线上停放着当年运载了许多人梦想和幸福的小火车，就一节。

车站的参观是免费的。管理员是一位女性，当地的村民，兼做小卖部的售货员。

小小的站舍是一个木头搭建的房子，虽然，经过风吹雨打，木板已经变黑，但是整个站舍却是一片粉红，因为贴满了粉红色的爱情纸片，上面写满了甜甜蜜蜜的爱情话语。

站舍里贴满了爱情卡片，估计有近万张。

其中有一张这样写道：

"那一年在这里与你相遇，从此抹不去你的身影。这是我第五次来到幸福站，期望还能遇到你。神啊，请给我一次机会！"

站台上当年的报站小铜钟，如今变成了"爱情之钟"。几乎所有的游客到这里，都会去敲响钟，把自己的爱恋传递给相思的那一位。

我也敲一下钟，把爱传递给家人。

我想，提议和守护这一"幸福"车站的人们，一定在这里留下过自己刻骨铭心的爱情故事。因为靠小卖部根本不赚钱。但是，在他们的心中，"幸福"值得用一生来守护。守护"幸福"站，就是守护着人世间的一份"幸福"。

意识

32. 日本人结婚时如何买房

人过30岁,面临两大负担:买房和孩子的教育费。中日两国都一样。

2022年,日本人的平均结婚年龄,男性为31.2岁,女性为29.4岁。按照正常状况的话,过了30岁,都开始有了孩子。

日本人没有必须自己买婚房才能结婚的说法,因此,有没有属于自己的婚房,并不是结婚的一大前提条件。

那么,有多少人在结婚的时候,已经有了自己的房子?

日本一户建为主的房产公司アットホーム(At home)实施的调查结果显示,在东京首都圈(东京都、埼玉县、千叶县、神奈川县),日本人结婚时已经拥有自己房子的比例为41.8%(其中,一户建为17.7%,公寓楼为24.2%),租房结婚的比例为58.2%(其中一户建为2.7%、公寓楼为35.8%、简易公寓为19.7%)。

如果单是以东京都计算,租房结婚的比例高达82%。

那么,在东京首都圈内要买一套房子,平均价格是多少?

日本不动产研究所在2022年3月的最新调查报告显示,新建公寓楼是6518万日元(约327万元人民币)、二手公寓楼是4158万日元(约208万元人民币)、新建一户建是4054万日元(约203万元人民币)、二手一户建的话是3741万日元(约188万元人民币)。

但是,如果是东京市中心(23区)的话,公寓楼的平均价格是8449万日元(约424万元人民币)。

日本人的平均年收入是426万日元(约21万元人民币),这就意味着,在东京首都圈内要买一套房子的话,需要工作10年。而在东京市中心买一套房子的话,需要努力20年。

这里需要说明一点的是,东京首都圈也有许多的农村地带,那里的土地价格便宜，因此，结婚时自己建房的比例较高，而在大城市里，自己建房和买房的比例就低。

那么，在买婚房时，有多少人得到了父母或家人的资金援助？

这一比例为41.5%，平均援助资金为664万日元（约33万元人民币）。之所以是这个金额，原因在于日本存在着一个"财产赠与税"，也就是父母或长辈送一套房子给孩子结婚，是需要支付45%左右的"财产赠与税"。日本政府在8年前修改了法律，允许长辈对孩子的生活进行援助，但最高金额不得超过1000万日元（约50万元人民币），超过部分要征税。

那么，既然有6成的日本人在结婚时是"租房结婚"，那么，他们什么时候购买属于自己的第一套房子？

日本国土交通省公布的"2020年度住宅市场动向调查报告书"的数据显示，平均年龄为38.9岁。平均购房资金为4486万日元（约225万元人民币），自有资金为989万日元（约49万元人民币），房贷金额为3497万日元（约175万元人民币），平均还贷年数为34年，平均每月还贷金额为10.4万日元（约5200元人民币），房贷占年收入的平均比例为17.9%。

2022年，日本平均房贷的银行利息为0.4%。

日本人之所以选择在40岁左右买房，主要原因在于：

1. 孩子已经长大，需要自己单独的房间。
2. 夫妻生活也过了"七年之痒"，比较稳定。
3. 丈夫的工作调动也基本平稳，岗位与收入也基本稳定。
4. 家里也有了一定的积蓄。

但是在2021年时，日本人拥有自己房产的比例只有61%，依然有39%的人喜欢租房子生活。

租房的人说：买了房子，就困死在一个地方，还要背负每月还贷的压力。租房子生活，我可以随时选择自己喜欢的地段，而且有钱时住得好一些，没钱时可以住得差一些，而且房子坏了也不用自己修，不会为每月的房贷累死累活，心力交瘁。

当然，前提是：日本有相当成熟的租房市场，只要你愿意，你可以一辈子在一个房子里租住下去，房东不会临时把你赶走。

33. 日本百年老店的待客之道

到京都，去"三岛亭"吃了一顿饭。

三岛亭是京都吃すき焼き牛肉（寿喜烧）的名店，创建于明治6年（1873年），距今已有150年的历史。

这家店从创建到现在，一直在四条河原町的地方，房子也是原来的模样，浓浓的明治时代的风貌。

三岛亭的创业者名叫"三岛兼吉"，在明治时期之前，他是京都的一名武士。由于爱上了一名京都女子，触到了武士的底线——武士不得自由恋爱。为了躲避处罚，三岛先生逃离京都来到了长崎县。长崎港是日本当时连接中国和亚洲各国的最主要的港口之一，受大陆饮食文化的影响，有吃牛肉的习惯。在那里，三岛先生学会了做寿喜烧。

寿喜烧又叫锄烧，是用薄片牛肉、葱、春菊、大白菜等食材烹煮而成，现做现吃。

进入明治时代，明治天皇离开京都去了东京，并把皇宫安在了东京，日本的武士制度也逐渐废除。于是三岛先生回到京都，与自由恋爱的妻子一起开了这家寿喜烧店。

这家店里接待过许多社会名流，但是，无论是名流还是一般的食客，进店都会得到最好的服务。脱鞋、上茶、做菜、送别，每一个环节，一如明治初创时期，敬客如上帝（お客様は神様）。

一顿饭，三岛亭给我留下了十分深刻的印象，老店不欺客。

晚上，京都的友人宴请，居然请来了三岛亭的老板娘三岛里美，她是三岛亭的第五代女将（老板娘）。

看上去才40岁左右的人，告诉我大女儿已经大学毕业，特别喜欢设计。

三岛女将一个劲儿地道歉："早知道徐先生来，我应该穿和服才是。今天特别感谢您来我们家的店。"

一家餐厅，在一个地方开了150年，而且至今口碑甚好，有什么特殊的待客秘诀？

三岛女将想了半天，说："其实没有什么秘诀，所谓的待客之道，也只是日本社会坚守的一些传统的待客经商的文化。"

三岛女将的话，归纳为三点，也就是"待客三道"：

第一道，衣食父母，敬为上帝。

来店都是客，不问英雄出处。每一位客人都是自己的衣食父母，没有客人，就没有餐饮，没有餐饮，事业就难以为继。

所以，要厚待每一位来客，满足每一位客人的需求，让他们有一种宾至如归的安心感和舒适感，同时能够享受到高品质的温馨服务。而作为店家，必须时刻谦逊待客，禁忌傲慢。

第二道，坚守物心之道。

"物"即为"心"，店里要为客人选择和提供最高品质的食材，令客人感到物有所值。所以，拿牛肉来说，店里不仅选购全国排名前3位的金奖牛肉，同时，与专业而资深的养殖户签合同，定点采购高品质的好牛肉。不仅让客人吃得安心，更要让客人觉得这钱花得值，下次还想再来。

第三道，公私分明。

禁止员工将个人情绪和行为带入工作之中。每一位员工在工作时，必须有一种忘我之精神，把所有的私事私情抛之脑后，以最美的笑容和最高的礼仪迎接每一位客人的到来。譬如，迎接客人时，必须跪着服务，以敬上的视线对待客人。送客人时，必须弯腰90度，不能因为个人的情绪等原因而损害店家的服务品质，令客人产生不悦。

上述三个待客之道，其实包含了客人管理、品质管理、员工管理的三大内容。这三大内容的长期坚持，使得三岛亭坚持繁荣了150年，而且至今依然人气十足。

三岛亭的待客之道，应该是日本服务性企业长寿百年的秘密，也是日本能够成为世界一流服务国家的根本原因。

34. 日本人约会为何也要 AA 制

一对日本大学生恋人相约去温泉地旅游，俩人都是学生，没啥钱，于是按规矩，旅费各自负担，也就是 AA 制。离开温泉地时，女友兴高采烈地把自己的那部分旅费交到了男友的手中。

回到东京后，俩人意犹未尽，又去新宿歌舞伎町的情人旅馆欢悦了一番。分别时，男友说，我们去麦当劳喝一杯咖啡吧。女友当然说好。咖啡喝了两口，男友说："刚才情人旅馆的钱，要不也算一下？"女友一愣，但还是掏出了自己的那部分——2500 日元（约 125 元人民币）。

这是几年前日本富士电视台的娱乐节目中讲述的一个故事。

当然，节目中的嘉宾都对这位男友最后的 AA 制感到愤怒！

世界诸多国家中，实行彻底 AA 制的国家，日本是典型的一个。

这种 AA 制并不是进口货，而是日本土生土长的文化。

AA 制在日文中叫"割勘"，念作"WARIKAN"。发明者是江户时代的小说家山东京传（与山东省不搭界）。山东先生每次与友人喝酒，最头疼的问题是"谁付钱"。于是他想出了一个办法，那就是参加喝酒的人平摊酒钱。这种做法实现了"有钱喝酒，没钱请假；人人平摊，互不相欠"，让本来敏感的人际关系变得平等、清朗。

山东京传先生的这一创举被江户人称为"京传勘定"。

这一"京传勘定"在全国流行，是因为一群士兵。明治时代后期，日俄战争爆发，前往战场的士兵们最后一次聚餐喝酒，达成一种共识："说不定明天就死了，作为战友，在金钱上谁也不能欠谁。"

于是，"兵队勘定"在全国流行了起来。

这种"割勘"文化发展至今，算起来已经有 200 多年的历史。目前，已经成为日本的一种十分自然的社会习惯。

不过，最近，有关AA制的文化遭到了女性的反对。

日本著名的娱乐艺人公司吉本兴业的女笑星稻田美纪（艺名"红姜"）在电台节目中提出一个观点："男女约会实行AA制，是一个十分不公平的做法。因为女性为了赴约，总是要买新衣服，还要化妆，已经事先付出了约会成本。再叫女性另外承担一半的约会费，没有道理。"

稻田的这一发言，在日本网络上成了一个话题，网民们开始了"约会要不要AA制"的大讨论。

一位男性在网上聊了一个恋爱经历，说自己在大学时代是一个穷学生，第一次与女朋友约会，在京都的鸭川边上坐了5小时。本人感觉到挺高兴，但是事后女朋友发给他一条短信："今天实在太冷酷。"从此不再联络。

大多数的年轻女性在网上发言，约会的费用理应由男性负责。她们赞同稻田的意见，女性在约会前为了取悦男性，做美容，化妆，买新衣等，已经花了许多钱，男性也应该在约会时表现出一种奉献精神。

男性们则认为，约会是我快乐，你也欢悦，是俩人共同参与的快乐行动，不应该只让男性承担费用。

网上意见对立，最多的意见是："没钱别恋爱。"

根据东京一家生活网站的调查，大学生约会的一次费用，大概是3000～5000日元（约150～250元人民币）。而外出一起旅行的费用（同住一晚），一般是5万～10万日元（约2440～4880元人民币），如果全部由男性负担的话，一般人估计需要存上好长时间的零花钱，才能完成这么一次幸福之旅。

35. 大阪为何禁止政府工作人员开车上班

五月黄金周前，我去大阪、京都出差，拜访了当地政府官员。

日本各地政府大楼的一楼几乎全国统一，都是"市民服务中心"，按照我们中国的说法，应该叫"办证中心"。

譬如迁户口、开证明、交住民税、处理养老金和医保业务等老百姓日常需要办理的各种生活业务，都在一楼大厅集中办理。

市民服务中心的气氛总是"老百姓趾高气扬，公务员小心翼翼"，导致这种气氛产生的最大原因，比较简单：你拿的工资是我给的。

日本是如何培训和规范公务员的服务行为？我在一位官员的办公室里看到了一本《地方公务员行为准则》，这本准则是市政府编制的，用于对公务员进行业务培训，同时也是对公务员在工作、意识、行为等各个方面提出的要求。

我很好奇，日本的地方政府对工作人员到底有什么要求？于是拿起来翻阅，觉得内容很有趣，其中两个"意识"很有内涵：

第一，成本意识。

准则强调，政府使用的每一元钱均来自市民的缴纳，所以必须"用最少的经费，获得最大的效果"，公务员必须具备强烈的"成本意识"。要把每一日元都用在刀口上，不做无用的浪费金钱的事情。同时，最大限度实施人员的有效配置，在提高工作效率和时间效率上下功夫，杜绝人浮于事。

第二，全体意识。

公务员必须善待每一位市民，为每一位市民提供好服务。公务员要成为全体市民的奉献者，而不是一部分人的服务员。要回应每一位市民的诉求，体现"全体"的意识，杜绝任何不公平的行为发生。

这本准则除了上述两大意识之外，还规定了"八项规定"。这八项规定是：

第一，严守市民个人信息。

政府能够收集市民的个人信息，是因为获得了市民的信赖。因此，作为公务员，必须严守法令，严格管理好市民的个人信息，不得泄露。

第二，坚决不做不公平的事情。

为了不辜负市民的信赖，公务员必须成为"全体市民的奉献者"，根据法令条例行事，以公平、中立的原则为市民服务，不得从事任何产生"不公平"嫌疑的事情。

第三，坚守规则，自我反省。

必须坚守公务员的行为规则，常以市民的感觉与视角对待自己的工作。更为重要的是，一旦发生让市民反感或不愉快的事情，一定要进行自我反省，及时找出问题所在，并予以改正。

第四，不做有损市民利益的事情。

进行任何工作时，必须要有强烈的"成本意识"，努力以最少的经费，获得最大的成果，不让市民的利益受到损失。

第五，不做任何糊弄、欺骗市民的事。

为了防止发生糊弄和欺骗市民的问题发生，要强化办事规则和检查体制，发生问题后要迅速作出应对，承担起作为一个组织的责任。

第六，困难的事情不要一个人应对。

遇到困难的事情，不要一个人去应对，要充分重视和发挥组织的作用，及时沟通商量。

第七，做事要让市民信服。

为了提高政府工作的透明度，必须履行向市民说明事情原委的责任。做任何事情，只有市民信服，才能确保市民对政府的信赖。

第八，做任何事必须有根有据。

市政的任何工作必须依法依规办理。公务员必须深入理解自己的业务内容，不管什么时候，都能够履行向市民进行解释说明的责任。

大阪市是日本第二大经济中心，市政府还有一条奇葩的规定：禁止政府工作人员开车上班！

为什么禁止政府工作人员开车上班呢？理由有这么三点：

1. 上下班高峰期，作为公务员不应该增添城市道路交通的拥堵。

2. 开车上班，若发生交通事故，将有损市民的生命与财产的利益。

3. 政府不能用税金来为公务员个人提供停车场，停车场是给前来办事的市民用的。

据说，东京都政府也有这条规定。

在日本，当公务员也不容易！

36．一把传世的"海啸小提琴"

日本的富士山下有一片湖，叫河口湖，我们平时看到的富士山的湖光山色的美景，就是在这里拍摄的。

河口湖岸有一座"音乐与森林美术馆"，收藏着亚洲最多的八音盒，大多是19世纪的欧洲珍品。这些八音盒不是我们平时看到的那些小摆设，而是两个世纪前，世界最早的大型半自动音乐播放器，不仅让我们看到了欧洲工业革命后精巧的精密机械的设计制造能力，也让我们看到了当时欧洲贵族社会的奢华生活。

其中，最值得一看的是，当年为"泰坦尼克号"豪华邮轮专门定制的大型八音盒，因为来不及搬上邮轮的舞厅，最终躲过了那场悲惨的海难。几经流转，如今来到了日本富士山下，成为音乐与森林美术馆的镇馆之宝，音色之美，足以撼动百人舞蹈。

音乐与森林美术馆的建筑很欧式，保持了北欧古色。院子里种植了几十种异色玫瑰，盛开时节满园春色，花香飘逸。

美术馆的创办人平林良仁先生邀请我和几位伙伴一起，去参加一年一度的"玫瑰花音乐会"，邀请了两位日本小提琴手演奏。

在音乐会上，我见到了一把十分奇特的小提琴。

这把小提琴上画着一棵孤独的松树。

大多数的日本人看到这棵松树，都知道它的故事。

2011年3月11日，日本近海发生了9级大地震并引发海啸，几十米高的巨浪席卷了日本东北地区的海岸，冲垮了一座座沿海城市。岩手县陆前高田市沿海地带绵长的防风林，1万多棵高大的松树瞬间被连根拔起。

海啸退去后，整座城市成了一片废墟，唯有一棵松树顽强地活了下来，这棵"坚强松"被人们称为"奇迹一本松"，成了灾区人民不屈精神的象征。

我几次去灾区采访,都要去看看这棵松树。看到它,就看到一种顽强的希望。

小提琴手菊池晶子小姐用这把小提琴演奏了《故乡》等名曲,委婉的琴声让在场的人泪湿衣襟。

演奏会结束后,我找到馆长,想看一看这把小提琴,问一下这把小提琴为什么会绘上"一本松"的图案?

馆长堀内正一先生找来菊池小姐,一问才知道这把小提琴的来历。

原来,在海啸发生后半年,日本小提琴制作大师中泽宗幸先生访问了灾区,在陆前高田市的海啸废墟的乱木中,发现了一把小提琴,小提琴已经严重损坏,无法再使用,但是,中泽先生看到边上的松树,突发奇想:"何不用倒塌的松树来做一把小提琴?"

于是他叫来了做木材的朋友,挑选了最好的松树,拉了满满一车回家。

这把小提琴有一个正式名称,叫"TSUNAMI VIOLIN"(海啸小提琴)。

一个月后,一把用"海啸松树"制作的小提琴问世,其中琴内支撑的小圆木,中泽先生还特地选用了"奇迹一本松"的树枝。他说:"这不是一把琴,这是魂,这是生命。"

这场大地震引发的海啸造成了 2 万余人遇难。虽然已经过去 12 年,人们还在追思、还在怀念,不是忘不了痛,而是为了一份难以忘却的爱!

37. 东京为何家家户户都有自行车

我曾经拍过一张照片,是日本前首相村山富市先生骑自行车去超市买菜的情景。

村山先生当时已经快90岁了,曾经的一国之首相,居然还自己骑自行车去超市买菜。这张照片引起了许多读者的关注。

我跟村山先生聊这件事的时候,他脱口而出的一句话是:"自行车很便利。"自行车是日本人的大众出行工具。

在日本人的眼睛里,汽车只是一个普通的"家用电器",其地位与电冰箱相同。因此,有车没车,不是"有钱没钱"的符号,与财富不搭界,只是需要与不需要的问题。

在日本的小城市,尤其是在农村地区,由于缺少公共交通,居住又十分分散,无论去超市,还是去上班,没有汽车是寸步难行。因此家家都有车,而且几乎达到了每人一辆的水准。

但是,在东京这样的国际大都市,有自行车是正常的,有汽车反而不正常。

因为东京的城市交通实在太发达了,有新干线、城际快速列车、轻轨、地铁,还有公交大巴,出门上班,与人约会,可以算着分钟准时抵达。单位还给你报销上下班的交通费。

相反,如果开车上班的话,家里需要租一个停车位,单位附近还需要借一个停车位(单位往往没有停车处),加上汽油、车检等,对于年轻人来说,一个月一半的工资喂了汽车,买车养车成了巨大的生活负担。

于是,自行车成了东京人出行的主角。

为了验证"东京家家户户都有自行车"这句话的真实性,我去家附近的住宅区转了一圈。

东京的自行车可谓是五花八门,根据不同的需要,基本可以分成这么几种:

意识

1. 母子车（专门搭乘孩子的，有政府严格的法律技术标准）。
2. 老年人车（大多数是小轮车或小三轮型）。
3. 生活日用车（前有篮子，后有架子）。
4. 轻便出行车（前有篮子，后没架子）。
5. 运动型车（山地自行车或轻型赛车）。

东京人买自行车，都干什么用？

第一，接送孩子。

日本法律规定，一般的自行车不得搭载他人，也就是说，你骑一辆自行车，后面坐女朋友的话，那就是违反交通法规，被警察发现，会直接吹哨子。

但是，日本法律也规定，幼儿可以搭乘大人的自行车。当然，这是一种特殊的"母子车"。

为什么日本有这种特殊的"母子车"？

因为东京人送孩子上保育院、幼儿园，绝大多数都不是开车送的，而是骑自行车送。我曾经看到过一位3孩母亲，前面坐一个，后面再坐一个，身上还背了一个，一家四口就这么一辆自行车浩浩荡荡出门。你会瞬间觉得母亲的伟大，同时担忧她"胆子也实在太大"。

第二，去超市买菜。

东京的超市大多数在地铁轻轨车站边上，或者在居住区附近，虽然走一段路也能到，但是，拎着这么多东西走路，毕竟不方便，尤其是对上了年纪的人来说。所以，骑自行车去超市购物，成了自行车的第二大功能。

第三，去上班。

骑车去上班，不是真的骑到公司去，东京太大，平均通勤时间需要一小时，你根本骑不到，除非想参加下届奥运会。

那么，骑车上班骑到哪里呢？骑到地铁轻轨车站。

那车停在哪里呢？

停在"驻轮场"，也就是自行车停放场。

自行车停放场大多建在轻轨列车高架桥下面，或者车站前的地下。东京江户川区有一个很有名的车站地下停车库，立体的，可以停放3000多辆自行车。这些停车场都由区政府的交通课管理，大多聘用退休人员驻场。

东京都的地方条例规定，车站周围 500 米范围内禁止停放自行车，乱停放会被"收车队"收走，被收走之后再想领回来的话，得交 3500 日元，有的地方是 4000 日元的"保管费"（约 200 元人民币）。买一辆新车，一般价格在 15000 日元左右（约 750 元人民币），乱停车的代价实在有点高。

第四，中学生上下学。

东京有小学生坐地铁轻轨上下学的（主要是上私立学校），很少有小学生骑自行车上下学的，因为公立小学都比较近。因为中学离家都有距离，所以，中学生骑自行车上下学在东京是一道风景。

在东京，骑自行车去见客人，不是一件难为情的事。所以，如果大家有机会到日本留学生活，建议第一时间买一辆自行车，实用，便捷！

38. 在日本，什么样的人才算是"有钱人"

去了日本九州地区几天，再回到东京，发现自己有点不习惯了。

高原上悠悠白云，青青草地，与银座大街的熙熙攘攘完全是两个世界。

当然在日本，一个国家，两个世界，差的只是"寂寞"，而不是"贫富"。因为东京繁华，但许多人蜗居在狭小的住宅里。乡下冷清，但是，住的都是豪华级的别墅（一户建）。日本最偏僻的村落，依然同城里人一样拥有水电煤气，但是，城里人未必拥有这些"田舍者"（农村人）拥有的汽车——一方面，大都市公共交通很发达；另一方面，停车费实在太贵。

到底是城里人有钱，还是农村人有钱？在日本，往往农村人的生活比城里人过得还要滋润。

日本是世界上少有的相对均富的国家之一，最富裕的10%的人口才占有25%的社会财富。2020年度，日本拥有百万美元以上金融资产的富人，总数为316万人，平均22人中就有一个。这个数据仅次于美国，我们中国这个总数是118万人。

日本人是不是很富裕？我们来看两个数据：

第一，日本人的平均年收入。

根据日本国税厅的《民间给与实态统计调查》数据，2021年，日本劳动者（包括临时工在内）的平均年收入为425万日元（约21万元人民币），其中，上市公司员工的平均年收入为603万日元（约30万元人民币）、国家公务员的平均年收入为650万日元（约32万元人民币）；年收入在1000万日元（约50万元人民币）以上的比例只占全体劳动者的5%；年收入超过2500万日元（约126万元人民币）的，只占0.2%。

第二，日本人的金融资产（储蓄额）。

日本各大银行组成的"金融广报中央委员会"的调查数据称，2021年，日本2人以上家庭的金融资产，平均为1563万日元（约79万元人民币），1人家庭平均为1062万日元（约54万元人民币）。

这个"金融资产"包括银行存款、股票、生命保险、现金，但是不包括不动产。无论是多人家庭，还是1人家庭，日本人金融资产的40%为现金。

以年收入在600万日元（约30万元人民币）的家庭为例，平均金融资产为1209万日元（约61万元人民币），其资产构成是：

不定期存款：412万日元；

定期存款：376万日元；

生命保险：263万日元；

有价证券：126万日元；

现金：32万日元。

那么在日本，什么样的人才算"富裕阶层"（有钱人）？

日本的评价标准不是以你有多少动产和不动产来计算，而是以你的金融资产减去你的负债额，得出的"纯金融资产保有额"，作为评判标准。

也就是说，扣除房贷、车贷、借款等债务之外，你手头所拥有的实实在在属于自己的"现金"，才是真家伙。

根据野村综合研究所在2020年10月实施的调查显示：

1.日本纯金融资产超过5亿日元（约2532万元人民币）的"超富裕家庭"为8.7万户，占全国家庭总数的0.2%。

2.纯金融资产在1亿～5亿日元（约506万～2532万元人民币）之间的"富裕家庭"为124万户，占全国家庭总数的2.3%。

3.纯金融资产在5000万～1亿日元（约253万～506万元人民币）之间的"准富裕家庭"的比例为341.8万户，占全国家庭总数的6.3%。

2021年，日本全国包含单身汉在内的"世带数"（家庭数）为5583万户，而属于"纯富裕家庭"的为474.5万户。

也就是说，日本全国只有8.8%的家庭属于天塌下来也不怕的纯有钱人。

另外，纯金融资产在3000万～5000万日元（约152万～253万元人民币）的"余裕家庭"，为712.1万户，占全国家庭总数的13.2%。

但是，野村综合研究所并没有把这类家庭纳入"富裕家庭"的范围内。

总体来说，日本有 20% 的家庭过着吃穿不愁，没有房贷、车贷和债务压力的轻松生活。但是，绝大多数的家庭虽然年收入的绝对额高于多数国家，但是，还是过着需要数钱过日子的普通人生活。

39. 日本为什么会成为"低欲望社会"

中国连锁经营协会举办视频读书会,叫我讲讲"日本社会消费变迁对中国零售业的启示",我讲了一个半小时。

主持人彭建真秘书长跟我聊到了日本陷入"低欲望社会"的问题。

日本著名学者大前研一先生在2015年写了一本书叫《低欲望社会》,书中提到日本社会出现了年轻人无欲无求的状态。

我说,我在日本生活了30年,感悟到了这种状态的产生。

以前,东京歌舞伎町后街的情人旅馆区,生意好到需要掩面排队。现在,成了东京OL拉帮结群,喝酒唱歌的游乐场。

以前,银座街头到处是背着LV包包的女性,甚至高中女生为了得到这么一个名牌包,不惜去做援助交际。现在,如果你背了一个LV在大街上逛,绝对能够吸引人们异样的眼光。

曾经的"欲望国度",如今变得无欲无望。

"低欲望社会"充满了禅意,其实很具有回归自然的美感。但是,对于社会经济来说,容易导致消费不振、经济低迷的问题。

在日本的GDP的构成中,个人消费占据了60%。所以,消费是日本经济的生命线,一旦人们没有了消费的欲望,整个国家的经济就会出现超低空飞行。日本这些年来经济增速持续低迷与"低欲望社会"的形成有着很大的关系。

那么,日本社会为什么会出现"低欲望"的问题?

原因是多样的。

首先,是收入的减少。

根据日本国税厅的统计,2021年,日本劳动者的平均年收入为403万日元(约20万元人民币),比2020年还少了6万日元。而在泡沫经济崩溃时的1991年,日本劳动者的平均年收为455万日元。过去30年,收入没有增加,反而减少了

52万日元（约2.6万元人民币）。

日本人明白了一个道理："世上没有永远丰盛的晚宴。"一旦经济滑坡，下行的趋势往往难以阻挡，依靠政策的调控要拉回繁荣，那是盲目的自信。高潮过后，一定会有一个低迷期。

怎么办？存钱！

2021年，日本2人以上家庭的存款平均达到1880万日元（约93.6万元人民币），日本家庭财产的60%是现金，是动产。而中国家庭财产的70%是不动产。

储蓄额的居高不下，必然导致消费的低迷。日本银行的定期存款利息已经降到了0.002%，100万日元（约5万元人民币）存一年，利息也只有20日元（约1元人民币），不够取钱的手续费。房贷年利息也只有0.5%。

即便如此，日本人也愿意把钱放在银行里，而不愿意拿出来消费。

其次，是看不到未来。

日本人之所以忙于存钱，除了本能的危机意识之外，更多的是对于自己未来的迷茫。

说好60岁退休后就可以领取养老金。但是，由于少子化问题的日益严峻，交钱的人越来越少，领钱的人越来越多，寿命也越来越长，养老基金的坑越来越深，现在领养老金的年龄，已经推迟到了65岁，说不定若干年之后，就会变成70岁。

退休后到可以领取养老金的这几年，日子怎么过？唯用存款或继续出去工作。

而对于许多的年轻人来说，自从终身雇佣制度被打破后，虽然有了更多跳槽发展的机会，但是，也有了更多被随时解雇的风险。谁都无法确保自己的未来一定是风生水起，蒸蒸日上。所以，"买买买"，对于许多日本年轻人来说，根本提不起兴趣。

日本瑞穗银行的调查称，由于受疫情的冲击，日本30多岁的男女单身者的平均储蓄额已经减少到247万日元（约12.3万元人民币）。

最后，是价值观与生活观念的改变。

日本年轻人追求"有房有车"的生活，是在20世纪70年代。到了80年代，"每年出国旅游，拥有世界名牌"，成为年轻人时尚生活的追求。

但是，当这一切荣华过后，"不过如此"就成了不少日本人生活观念改变的拐点。

现在的日本年青一代呈现出来的价值观与生活观念，表现为以下五个特点：

第一，不买车，坐公共交通挺好。

第二，不买房，有钱住好，没钱住差，随时挪窝。

第三，不一定结婚，一个人过得也挺好。

第四，可以一日两餐，保持最佳的体形和健康状态。

第五，不出国留学，日本挺好。

也许，日本只是早走了一步。